不可能犯罪诊断书

5

[美]爱德华·霍克　著

黄延峰　译

Edward D. Hoch

CNS 湖南文艺出版社
HUNAN LITERATURE AND ART PUBLISHING HOUSE　　博集天卷 CS-BOOKY

Challenge the Impossible

Copyright © 2000,2001,2002,2003,2004,2005,2006,2007,2008 by Edward D. Hoch

This edition copyright © 2018 by Patricia M. Hoch

著作权合同登记号：图字18-2022-126

图书在版编目（CIP）数据

不可能犯罪诊断书 . 5 /（美）爱德华·霍克著；黄延峰译 . -- 长沙：湖南文艺出版社，2023.6
书名原文：Challenge the Impossible
ISBN 978-7-5726-1138-4

Ⅰ . ①不… Ⅱ . ①爱… ②黄… Ⅲ . ①推理小说－小说集－美国－现代 Ⅳ . ① I712.45

中国国家版本馆 CIP 数据核字（2023）第 086838 号

上架建议：畅销·外国文学

BU KENENG FANZUI ZHENDUANSHU.5
不可能犯罪诊断书.5

著　　者：[美] 爱德华·霍克
译　　者：黄延峰
出 版 人：陈新文
责任编辑：匡杨乐
监　　制：于向勇
策划编辑：布　狄
特约编辑：罗　钦　王成成
版权支持：王媛媛
营销编辑：时宇飞　黄璐璐
封面设计：潘雪琴
版式设计：利　锐
出　　版：湖南文艺出版社
　　　　　（长沙市雨花区东二环一段 508 号　邮编：410014）
网　　址：www.hnwy.net
印　　刷：三河市天润建兴印务有限公司
经　　销：新华书店
开　　本：680 mm×955 mm　1/16
字　　数：229 千字
印　　张：16.5
版　　次：2023 年 6 月第 1 版
印　　次：2023 年 6 月第 1 次印刷
书　　号：ISBN 978-7-5726-1138-4
定　　价：59.80 元

若有质量问题，请致电质量监督电话：010-59096394
团购电话：010-59320018

导读

　　二○○六年五月的某一天，我联系爱德华·霍克先生询问翻译授权事宜。那时，他的作品尚未被系统性地引进中国，国内知道这位推理小说大师的读者寥寥无几。在回信中，他表示这是他第一次收到来自中国读者的邮件，非常开心，并且答应了我的请求。十六年过去了，这位世界短篇推理小说之王笔下的角色终于再次来到中国读者的案头。

生平

　　霍克全名为爱德华·丹廷格·霍克，一九三○年二月二十二日出生在纽约罗切斯特市，父亲埃尔·G.霍克是银行的副行长，母亲爱丽丝·丹廷格·霍克是家庭主妇。霍克从小喜欢阅读推理小说，他阅读的第一本推理小说是埃勒里·奎因的《中国橘子之谜》，虽然霍克自己也认为这并非奎因最好的作品，但这并不妨碍他喜爱上这种独特的类型文学。霍克在高中时就开始尝试撰写推理小说，这个习惯一直延续到他就读罗切斯特大学的两年时光。

一九四九年开始，他在罗切斯特公共图书馆担任研究员，同时还加入了美国推理作家协会分会，不时去纽约参加聚会。次年年底，他应征加入美国陆军，并被分派至纽约服役。这无疑给他参加美国推理作家协会的活动制造了便利，这两年他和许多当时响当当的人物成了朋友，其中就包括弗雷德里克·丹奈（埃勒里·奎因的缔造者之一）、密室之王约翰·狄克森·卡尔、悬念大师康奈尔·伍尔里奇、美国推理作家协会首位女性主席海伦·麦克洛伊，以及魔术师作家克莱顿·劳森等人。也是在此期间，霍克与名编辑汉斯·斯特凡·山特森建立了良好的关系，这为霍克今后的专职创作之路埋下了伏笔。

退伍后，霍克先是在纽约的口袋图书公司找了一份核算货物账目的工作。一年后，周薪仅涨了三美元，他便于一九五四年一月回到罗切斯特，并在哈钦斯广告公司找了一份版权和公共关系管理的工作。这些工作经历，比较明显地投射在霍克塑造的第一个侦探——"西蒙·亚克"系列的故事叙述者"我"的身上。

一九五五年九月二十六日，霍克的短篇《死人村》在《名侦探》杂志上发表，这是他第一次正式发表推理故事，灵感源于一九五三年夏天他和女友的一次约会经历，正是这个故事里的西蒙·亚克此后成了霍克笔下最重要也最"长命"的侦探。

一九五六至一九六七年间，霍克发表了二十二篇小说。一九六八年，他的《长方形房间》获得美国推理作家协会颁发的埃德加·爱伦·坡奖，同时他还获得了一份长篇小说合同，并于第二年完成了《粉碎的大乌鸦》。由此，霍克决定转向全职写作。一九七三年起，霍克作品开始在主流推理杂志如《埃勒里·奎因推理》和《阿尔弗雷德·希区柯克推理》上发表。

此后三十多年间，霍克笔耕不辍，为世界留下了近千篇短篇推理故事。二〇〇一年，他获得美国推理作家协会终身成就奖，这是该领域的最高荣誉之一。

系列

在不同的系列故事中，霍克塑造了众多侦探形象，其中最具代表性和知名度的是以下七人。令人惊叹的是，他们的职业竟然全都不同。

西蒙·亚克：具体年龄不详，活了两千年以上，是纪元初期埃及的基督教教士，在世上的主要任务是寻找并消灭魔鬼。"西蒙·亚克"系列多与玄学、撒旦、巫术或各种匪夷所思的事件有关，不过到故事终了时，案件都会以合乎逻辑的方式得到解决，共计六十二篇，最后一篇为二〇〇九年一月号《埃勒里·奎因推理》刊载的《圣诞节鸡蛋》。

萨姆·霍桑：新英格兰诺斯蒙特镇的执业医生，专攻密室以及不可能犯罪，首次登场是在一九七四年十二月号《埃勒里·奎因推理》刊载的《廊桥谜案》中。"萨姆·霍桑医生"系列故事背景设定在二十世纪二十至四十年代，共计七十二篇，最后一篇为二〇〇八年五月号《埃勒里·奎因推理》刊载的《秘密病人之谜》。

尼克·维尔维特：专业窃贼，只偷各种奇怪的东西，比如用过的袋泡茶、褪色的国旗、玩具老鼠，甚至一个空房间的灰尘，首次出场是在一九六六年的《偷窃云虎》中。"尼克·维尔维特"系列共计八十七篇，最后一篇为二〇〇七年九月号《埃勒里·奎因推理》刊载的《偷窃被放逐的鸵鸟》。

本·斯诺：西部快枪手侦探，因为人物设定的关系，读者经常可以在书中看到枪战描写，初次登场是在一九六一年《圣徒》杂志刊载的《箭谷》中。"本·斯诺"系列背景设定在一八八〇至一九一〇年间，共计四十四篇，最后一篇为二〇〇八年七月号《埃勒里·奎因推理》刊载的《辛女士的黄金》。

杰弗瑞·兰德：杰弗瑞·兰德是一位密码专家，退休前是英国秘密通信局的特工，初次登场是在一九六五年五月号《埃勒里·奎因推理》刊载的《无所事事的间谍》中。"杰弗瑞·兰德"系列洋溢着异域风情，共计八十五篇（含合著一篇），案件多与密码或谍报有关，最后一篇为二〇〇八年十二月号《埃勒里·奎因推理》刊载的《亚历山大方案》。

麦克·瓦拉多：罗马尼亚一个吉卜赛部落的国王，口头禅是"我只不过是个贫穷的农民"。一九八四年，霍克受比尔·普洛奇尼（二〇〇八年美国推理作家协会大师奖得主，塑造了著名的私家侦探"无名"）之邀，为《民俗侦探》杂志撰稿，发表了瓦拉多的登场作品《吉卜赛人的好运》。"麦克·瓦拉多"系列共计三十篇，最后一篇为二〇〇七年十二月号《埃勒里·奎因推理》刊载的《吉卜赛黄金》。

利奥波德：康涅狄格州某市警察局重案科队长，霍克短篇系列小说中登场次数最多的主角，初次登场是在一九五七年三月号《犯罪与公正推理》刊载的《嫉妒的爱人》中。"利奥波德"系列的早期作品大多具有刑侦小说特征，后期则趣味性增强，不可能犯罪数量上升，共计九十一篇，最后一篇为二〇〇七年六月号《埃勒里·奎因推理》刊载的《卧底利奥波德》。

创作

霍克一生共创作了九百多个推理故事，平均两周完成一个，就算称之为"故事制造机"恐怕也不为过。尽管如此，霍克的作品却令人惊叹地保持了一贯的高水准，每个故事在满足充分意外性的同时，都具有鲜活的地域或时代特色。从独立战争时期的美国，到改革开放后的中国，您都能发现霍克笔下的侦探们活跃的身影。

他是怎么做到这一切的？

霍克是一位求知欲强烈，同时保持着童心的作家。朋友们说，从他的眼神中能看到他对世界的好奇。霍克每天都会在固定的时间阅读报刊或网络新闻（当然是在电脑普及之后），这让他积累了丰富的素材，创作时可以信手拈来。

一次，他在《纽约时报》上看到一则报道，说现在有年轻人通过帮货运公司运货，可以享受超低折扣的机票。于是，斯坦顿和艾夫斯的侦探组合便诞生了。两人是情侣，从普林斯顿大学毕业后想去欧洲旅行，但又负担不起高昂的机票费用，恰在此时，免费机票这样的好事出现了，代价就是要在他们的行李中加入委托人的一件货物。

除了新闻，霍克还有阅读旅行指南的习惯，他尤其偏爱那些配有生动插图的画册。虽然他一辈子都没学会开车，也很少出远门旅行，但因为脑海中已经有了世界各地的画面，他笔下的角色行动起来便不再受到地域限制。从中东到南亚，再到远东，侦探们的足迹遍布全球。

值得一提的是，霍克从未来过中国，但他创作的角色至少来过两次。一九八九年，杰弗瑞·兰德在香港完成了一次冒险之旅，故事的名字是《间谍和风水师》。二〇〇七年，斯坦顿和艾夫斯千里跋涉，在

《中国蓝调》中前往黄河边的农村，故事刚一开场，两人便已身处北京首都国际机场了。

除了长期扎实的素材积累工作，霍克需要面对的另一个挑战是短篇小说创作本身的难度。创作十万字以上的长篇小说固然费时费力，但不少作家都有一个共识——优秀的短篇较长篇更难驾驭，原因就在于篇幅的限制。推理小说是欺骗的艺术，作者通过文字布下陷阱，令读者因为思维定式而忽略近在眼前的真相，从而在揭晓谜底时，产生最为强烈的冲击力。一个故事的字数越少，可供作者布置陷阱的空间就越少。

在长篇小说中，误导线索可以平均地塞进十几个不同的章节，这些"雷区"的密度被"安全"的文字大大稀释，即便是有经验的读者，在长时间的阅读后，也难免放松警惕，结果不知不觉着了作者的道。反观短篇小说，读者通常能够一口气读完，从头到尾都保持高度的警觉性，如果作者像在长篇小说中那样设置误导线索的数量，那么很容易就会被识破。您也许会问，把"红鲱鱼"的数量降低到长篇小说的十分之一不就行了吗？但新的问题随之而来：人的思维要被植入某个观念，其摄取的信息量不能太低，正所谓一个令人信服的谎言需要十个不同的谎言来圆。因此，短篇小说的核心挑战便在于用最少的笔墨，最大程度地操控读者的思路。短篇推理小说的字数没有统一标准，东西方差异明显，欧美作品的篇幅普遍短于日本和中国作品，霍克的短篇小说篇幅多为一万字上下，要想做到意料之外，情理之中，难度可想而知。在这一点上，霍克的作品将为您展示教科书级别的推理小说创作（误导）技巧。

灵感

　　既然霍克这么能写，为何只写短篇呢？据霍克本人说，这是因为他缺乏耐心。能用一万字就让读者感到惊奇，就没必要用两万字。笔者却认为，更深层的原因在于霍克无法抑制的创作灵感。挂历上的插画，偶然听到的广播，生活中的所见所闻都能随时刺激他开启一段新的故事。

　　从某种意义上说，创作短篇小说比长篇小说更依赖灵感。一个巧妙的点子，离开了复杂的人物关系和丰满的社会背景，就很容易导致故事后劲不足，可用于人物较少的短篇小说却刚刚好。

　　霍克的很多作品从开头到结尾，都保持着情节的高速推进，始终牢牢抓住读者的胃口。名作《漫长的下坠》，不仅入选了一九六八年的经典密室推理选集《密室读本》，还被改编为二十世纪七十年代美国热门电视剧《麦克米兰和妻子》中的一集。故事讲述了一起匪夷所思的坠楼案，一个男人从一栋摩天大楼的窗口跳了下去，可楼下的街道却人来车往，一切如常，正当人们以为发生了凭空蒸发的灵异事件时，跳楼男子却在四小时后"砰"的一声着陆身亡！

　　将这种贯穿全文的悬念发扬到极致的代表，是"尼克·维尔维特"系列，该系列标题格式统一，均为"偷窃××物品"，这些物品毫无经济价值，却有人花大价钱雇佣主角下手。读者光是看到标题，就已经好奇不已——这个小偷为什么要偷空房间的灰尘？他要怎么偷一支球队？

　　霍克本人曾告诉我，他总是先构思故事大纲，然后再思考符合大纲设定的解答，这也从侧面验证了他依靠灵感驱动的写作模式。他用自己的职业生涯证明了这一模式的高效与持久，可以说，霍克完全就是为短篇推理小说而生的。

《不可能犯罪诊断书》在美国结集出版时，霍克将献词留给了《埃勒里·奎因推理》的专栏书评撰稿人史蒂文·斯泰恩博克。据斯泰恩博克回忆，他第一次见霍克是一九九四年在西雅图的一间宾馆里。当时，霍克正站在一部扶手电梯上。这个画面长久地停留在他的记忆中，他对我说："相信我，如果你在他刚刚走上电梯的时候丢给他一个密室，他能在电梯到达下一层之前想出至少三个不同的诡计。"

　　读完这套书，您也会相信的。

吴非

二〇二二年于上海

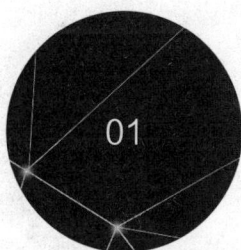

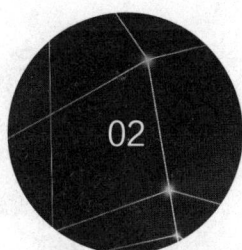

DIAGNOSIS:
IMPOSSIBLE

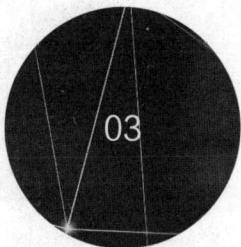

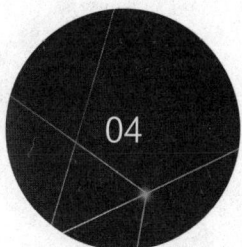

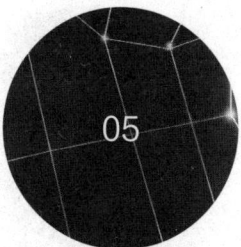

CONTENTS
目录

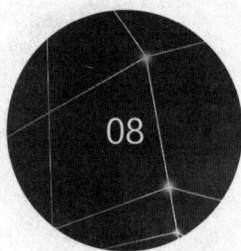

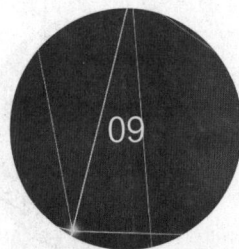

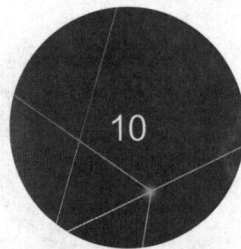

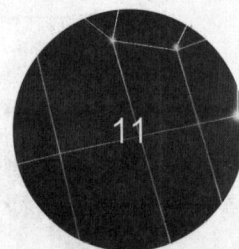

01 消失的 路边餐馆

一九三八年八月那个愉快的夜晚，如果不是一股冷锋带来的云层遮住了满月，这一切可能永远不会发生。在诺斯蒙特的格兰奇舞厅参加完周五的方块舞后，杰克和贝姬开车回家。当时刚过十一点，贝姬恳求丈夫把那辆道奇车交给她开。

"你喝得太多了，杰克。让我开。"

他粗暴地转向她，将她的手从方向盘上推开。"我做着梦都可以把我们送回家。你注意看路标就行了。"

路标在土路的右侧，上面写着"特克山路"，并有一个左转箭头。天黑后在这条路上开车很难控制，更何况还是一个多云的夜晚，杰克·托伯必须紧盯着路面上的车辙，一刻也不能放松。"你确定我们没有开过吗，贝姬？"

"没过，还得往前开。你没事吧？"

"很好。"

"喝到最后一杯啤酒时，你和福斯特吵了起来，然后和他一起去了停车场，那时你的声音听起来就像是喝多了。"

"他只想谈论西班牙内战。我才不管佛朗哥是不是攻占了比纳罗斯呢？所有他……"

"看路标，杰克。该转弯了！"

"见鬼！差点开过了。"他向左打方向盘，进入一条狭窄的土路，开始沿着缓坡向他们的农场开去。以当地的标准看，他们的农场不大，不到四十英亩^①。几年前买下这个农场后，他们把它改造成了一个苹果园，同时他们还种了一些蔬菜、养了一些鸡作为副业。

"杰克，看着点路。你会让我们掉进沟里去的。"

"该死的路，每次我开车它都会变窄！"

爬上一个小坡后，突然杰克看到前面有灯光。灯光出现在左边，差不多是在他们农场的对面，可那里应该只有树林，而不是眼前的低矮建筑和小停车场。"这是哪里，贝姬？我们走错路了。"

杰克放慢车速，从他那一侧的车窗往外看了过去。这里似乎有家路边餐馆，里面传出了音乐和说话声。停车场停着六到八辆汽车，其中一辆旁边站着一个高个子男人，杰克向他喊话道："我在哪儿？这是什么地方？"

那人朝建筑侧面的霓虹灯招牌指了指。"苹果园。进去坐坐吧。"

杰克·托伯直摇头。"我们住的地方就是苹果园。它是我们的。"

"你说的想必是路对面的果园。这地方就是因它而得名。"

杰克看向路对面，一片黑暗，什么也看不见。"我的农场离路边餐馆远着呢。我一定是走错地方了。"

那人走近了一点。他长着一张粗糙的脸，戴着一个尖顶水手帽，给人以饱经风霜之感，"如果你们从没来过，应该进去喝杯啤酒。"

贝姬大声说道："你已经喝得够多的了，杰克。我只想回家。倒车，我们掉头。"

杰克开始挂倒挡倒车，但就在这时，他撞到了什么东西，发出"砰"的一声。"怎么回事？"

"天哪，你撞到了伦尼！"戴帽子的人喊道，"往前开！"

"伦尼是谁？"杰克嘟囔了一声，但他和贝姬立刻下了车，急忙跑

---

① 英美制面积单位，1英亩合4046.86平方米。——编者注

到车后面，只见那人旁边的地上躺着一个蜷缩身体的男子。

"他还有呼吸吗？"贝姬说。

"看不出来。"那人说，"我们最好马上送他去医院。"

杰克的手从浑身是血的男子身上缩了回来，这一幕让他立刻清醒过来。"快叫救护车。"

"你开车送他去医院会更快！"那人说。

"用我的车？"杰克想到的是他的车内饰上会沾上陌生人的血。

见杰克明显不情愿，贝姬迅速做出决定。"把他弄到后座上去，杰克。我去后备厢拿围毯。"

"好吧。"

受伤男子大约三十岁，棕色头发，穿着正装，打着领带，头上和身上有很明显的轮胎印。他们用毯子将他裹住，放到后座上。贝姬说："我想他已经死了。"

"开车送他去清教徒纪念医院。"戴帽子的人说，"我开车跟在你们后面。"

杰克换了挡，他们在几乎空无一人的停车场里掉转车头。

"需要我开车吗？"贝姬问，显然她十分紧张。

"我很好。这事让我很快清醒过来了。"

他们带着昏迷的人往回走，没有等跟在后面的人，杰克突然意识到自己甚至不知道他的名字。十分钟后，他们赶到了医院，停在急诊室门口。

"他是因交通事故受伤的。"杰克告诉值班护士。

护士带着担架手急忙跑到车旁。"他怎么了？"她边问边摸受伤者的脉搏。

"我倒车时撞到了他。"

"我认为这个人已经没救了。"

"你是说他死了？"贝姬问，"我就担心这个。"

过了一会儿，一位年轻的医生确认此人已经死亡，他对杰克和贝姬说："我们必须将这次事故告知伦斯警长。我建议你们留在这里，等他过来。"

"这一切都是我后来听杰克·托伯说的。第二天上午，当伦斯警长出现在我的诊所时，我对此是全然不知的。"

"现在有空吗，医生？"伦斯警长从门口探进头来问道，那时我正和护士玛丽·贝斯特清点过期的账款。

"十五分钟后有空。"我瞥了一眼钟表，回答说，"进来吧，有什么事吗？"

"有个叫伦尼·布卢的人昨晚死于交通事故。这事有些地方不对劲。"

"怎么个不对劲法？"

伦斯警长走进诊所，用手摸了一下帽檐，向玛丽致意。"抱歉，打扰了。你们俩谁听说过一家叫苹果园的路边餐馆？"

我们都摇了摇头。"它在这附近吗？"玛丽问道。

"大约在特克山路的某个地方，至少托伯夫妇是这么说的。"

"杰克·托伯？"

警长点点头。"他是你的病人，医生？"

"韦伯斯特医生有事不在的时候，我给他治过一次流感。究竟发生了什么事？"

"他们讲了一个奇怪的故事。杰克和贝姬昨晚跳完方块舞开车回家时可能拐错了弯。他们最后到了一家叫苹果园的路边餐馆。停车场里的一个男人跟他们说过话，但他们不知道他叫什么。托伯在倒车时撞到了什么东西，碾压了伦尼·布卢，显然伦尼当时正站在车后面。"

"伦尼·布卢。"玛丽重复了一遍这个名字，"我想他曾经因为某种心理问题被送来过医院。"

"二十多岁，瘦高个儿。谁都不太了解他，只知道他有点疯疯癫癫的。"

"他是诺斯蒙特人吗？"我问。

"他住在雪松街，租的是古茨基夫人的房子，在那里待了大概有一年了。有人雇他采摘苹果，或者干一些季节性农活。"

"苹果园餐馆。"

"是的，很贴切。"伦斯警长不无遗憾地说，"唯一的麻烦是没人能找到这个地方。"

我瞥了一眼诊所的时钟。"再过几分钟有一个病人要来，之后还有两个，然后我今天就有空了。午饭后没出诊安排，是吗，玛丽？"

玛丽查看了一下预约记录。"今天没有。"

"那我去跟托伯和他的妻子谈一谈。"

就这样，我终于可以了解昨晚发生之事的来龙去脉。午饭后，杰克·托伯来到我的诊所，坐在我对面，详细地讲述了这件事，就像在讨论他刚刚在诺斯蒙特电影院看到的一部特别生动的电影。他不时转向妻子贝姬求证，她会点头表示同意，或在一些小细节上加以纠正。

"跟着你到医院的那个人呢？"我在托伯说完后问道。

托伯只是摇了摇头。"他再也没有出现过，我想他是不想牵扯进来吧。"

"你没问他叫什么？"

"没有。"

就在这时，伦斯警长走进诊所，递给我一张字条。我快速看了一眼，然后说："托伯先生，看来你们有麻烦了。"

"为什么？因为那人死了？"

"不只如此。尸检报告显示头部有一处枪伤，伦尼·布卢是被谋杀的。"

当警长动身去找古茨基夫人，也就是租房给伦尼的那位女士了解情况时，我觉得有必要趁托伯夫妇尚且记得很清楚，花些时间重走一遍昨晚他们走的路线。伦斯警长扣押了他们的道奇车，以便对事故进行取证，于是我们只好开着我的别克车前往他们那趟冒险之旅的起点：格兰奇舞厅。

当我们开车抵达，并把车停在舞厅前时，我问道："你们常来这里吗？"我知道这里经常举行舞会，而且多是外地乐队伴奏。去年这里发生了一起谋杀案，我还参与了调查。

"有时周三会来。"贝姬解释说，"他们周三有方块舞。"她拍了拍丈夫的肩膀。"但这家伙啤酒喝多了，连开车回家都成问题。"

"我没有问题。"杰克·托伯嘟囔道，也许她的话让他有点尴尬。

"这么说是你开车了？"

"对。"

"你把车开出停车场，然后往哪儿开的？"

"朝家开。我们的苹果园在特克山路。"

我发动汽车，在费尔法克斯路右转，朝那个方向开去。路是土路，在第一个右转路口之前，有三条左转的土路，其中第二条就是特克山路。"你们确定是在此处转弯的？"我问道。

"我看到路标了。"贝姬确认道。

在这三条左转路中，它是唯一有路标的，可能是这条路上住着托伯和其他几家人的缘故。另外两条路上人烟稀少，有一两家农场，偶尔可见一个水果摊，除此之外，我完全不知道它们的情况，那里肯定也没有我的病人。另外，特克山路要宽一些，也更平坦，自然开往其沿线几家果园的车辆就多一些。

现在，我沿着特克山路行驶，想象昨夜在云层遮住月亮的黑暗中，它是什么样子的。

道路两旁种满了果树，即使是农舍也都建在离特克山路很远的地方，通过土路或煤渣车道与它相连。

"没有这么远。"托伯突然说，"快到我们家了，前面那条路的右边。"

"我继续往前开。黑夜会让你产生错觉。"

不久，我们来到了下一个十字路口，我不得不承认他们是对的。这里不仅没有路边餐馆，甚至都没有地方建餐馆。我掉转车头，沿特克山路往回开，这次开得更慢，但还是什么也没有发现。

"我们最好试试别的路。"贝姬·托伯有些疑虑地建议道。

"它肯定在某个地方。"

下一条路通向北方，就叫"北路"，更不大见人，只有一条私家车道通向远处的农舍。我们把车停在一个大的水果摊前，眼前出现一箱箱新摘的李子、樱桃、桃子、玉米和西红柿。

"有瓜吗？"我向出来招呼我们的那个胖女人问道。

"明天应该会有一些，下午的时候可以来看看。"

我前前后后看了一下这条路的情况。这个摊位大到可以同时接待十几个不下车购物的过客，但当时我并没有看到其他车辆。"我想走这条路的车不多。"

"他们都知道我在这儿，皮奇大妈水果摊。我已经连续十个夏天在这儿出摊了。"

"我想可能是我不常来北路的缘故。这附近有叫苹果园的路边餐馆吗？"

"路边餐馆？"她哼了一声说，"整个县都没有一家路边餐馆，有吗？"

"据我所知没有。"

托伯夫妇已经下车，当皮奇大妈认出他们时，她喊道："你们能早点给我送一些好苹果吗？"

"再过几周吧。"杰克·托伯承诺道，"我会拉几筐过来。"

沿着北路继续行驶时，我说："我不知道你们认识她。"

"她会卖一部分我们的苹果。"贝姬解释说，"这附近的农场和果园都向她供货。"

北路剩下的路段两边什么都没有，甚至见不到一条私家车道。在返回的路上，我们向皮奇大妈挥手致意。

开车回镇上时，我突然想起我们还没去过南路，也就是费尔法克斯路第一个左转路口那边的路。我们预期什么也不会发现，但我们错了。还没走半英里①，我们就看见一个谷仓被火烧成了平地，仍在冒着烟。它在路的左边，但托伯坚持认为他们沿着这条路走得要更远一些。

"就算我们不知怎么搞的转错了弯，我们开车走得也要更远一些。我敢肯定！"

我把车停在路边的高草丛中。一个穿工装裤的男人正在检查谷仓废墟，我认出他是希·霍尔登。"希，发生什么事了？这是你的谷仓？"

他走到车旁。"是我的谷仓，医生。快天亮时着火了。等我把救火志愿者叫来后，已经什么都不剩了。"

从我来到诺斯蒙特起，希就一直在这片地上耕种。他不是我的病人，我是在镇民大会之类的场合认识他的。他的农场正对主干道，索耶老头去世后，他把老人家的地买了下来，这个谷仓是他留着备用的。这里离他的农舍有一英里多，因此他才没能早点发现失火。

"昨晚虽然多云，"我说，"但没有闪电。"

"可能是孩子，也可能是在附近露营的流浪汉。庆幸的是我没有在这里养牲口。我失去的只是谷仓和一些干草。"

"早些时候，在午夜前，你有没有看到或听到什么不寻常的事情？"

"比如说……"

"一声枪响。"

---

① 英美制长度单位，1英里约合1.61千米。——编者注

"没听到类似的动静。这条路很荒凉，深夜过来任何车辆都会引起注意，但我们离得太远，惊扰不到我们。有一次，我在天黑后来这里寻找一头走失的小牛，听到了一些声音，但我懒得调查。你若逮到人们在做一些不应该做的事情，有时会让他们很不高兴。"

"确实如此。"我同意道，"听说过在这些偏僻的路上有一家路边餐馆吗？叫苹果园，提供饮品，还有音乐。"

希·霍尔登摇了摇头。"这附近没有这样的地方。如果有的话，我会听说的。想喝酒的人会到镇上去喝。"

随后，我们开车返回诺斯蒙特。即使苹果园餐馆真的存在，也没人知道。杰克·托伯和他的妻子比之前更加不安了。

"我们去过那儿！"贝姬坚持道，"我们看到过它。"

"我们还和一个戴尖顶帽的人说过话！"

"幽灵吗？"我告诉他们，"你们现在是在参与一桩谋杀案的调查，需要用确凿的事实支持你们的说法，但你们没有任何证据可供佐证。"

"你检查过那人的口袋了吗？也许他有苹果园餐馆的火柴。"

"没有火柴。"我告诉他们，虽然我没亲自检查。当我把验尸报告的情况说出来时，我想起了它上面的其他内容。

"也没喝酒。"

"什么？"

"伦尼·布卢死前没有喝酒。如果你真的深更半夜在餐馆外撞了他，你不觉得这事很蹊跷吗？除了喝酒，他还有什么理由要去那里呢？"

杰克·托伯似乎泄气了。"我不知道。"他承认。

尽管我一直在反驳他们，但我并不认为托伯夫妇的讲述完全不可信。我在诺斯蒙特生活多年，经验让我懂得谋杀案往往发生在最离奇的环境之中。在我看来，要想弄清楚昨晚特克山路上究竟发生了什么，死者是我们目前掌握的唯一也是最重要的线索。

我没找到伦斯警长，也就无法得知他从受害者的房东那里了解到了什么，于是，在送走托伯和他的妻子后，我决定亲自去拜访古茨基夫人。相对而言，她是诺斯蒙特的新居民之一，大约五年前从波士顿搬来这里。虽然她有东欧血统，但她的英语说得相当好。我猜她的年龄在四十岁出头，仍然很迷人，即使平时穿的衣服有些朴素也难掩魅力。我从没听人说过她姓什么，也不知道她丈夫的情况。自从她来到诺斯蒙特买下伦尼·布卢租住了一个房间的那栋房子后，大家就只知道她是古茨基夫人。

"我已经跟警长谈过了。"我敲门后，她来开门时对我说，"现在我得跟医生谈谈了？"

"你不用跟任何人谈，古茨基夫人。"我说，"我只是在帮伦斯警长。你很了解伦尼·布卢吗？"

"有什么好了解的？他很安静，按时交房租。"

"警长看过他的房间了？"

"是的，我领他去看了。"

"能让我也看看吗？"

她犹豫了一下，然后退到一边，让我进入陈设简陋的楼下。"我去拿钥匙。"

她握着一把最普通的细长钥匙回来，领我上楼。也许是出于习惯，她在插入钥匙之前轻轻敲了一下死者的门。里面的家具和楼下一样少，一张单人床，一张褪色的长沙发，一把直背木椅，还有一张小桌子。

"你出租的是带家具的房间？"我猜测道。

"是的。他什么都没有，只有那个手提箱和衣柜里的一些衣服。警长说会派一名警官来把这些东西拿走，等与他关系最近的亲戚来领取。"

我在房间里转了一圈，漫不经心地拉开抽屉，想让自己显得不是在搜查这个地方。一开始我没有看到什么不同寻常或不应该出现在那里的东西，直到我在最底下的抽屉里掀起一套内衣，发现一张朝下的装裱好的照片。照片中，纳粹领袖阿道夫·希特勒正在一个大型露天集会上讲话，这种场面在德国越来越常见了。

"那是什么？"古茨基夫人问。

"只是一张照片。"我把它放回抽屉里，"我想这里没有多少东西。"

"他是没有多少东西。他是一个孤独的人，没人关心他。"

"可有人关心到想杀了他。"我提醒她。

晚些时候，回到诊所，我把我的发现告诉了玛丽·贝斯特。"他在镜柜的抽屉里藏了一张装裱好的希特勒照片。这让我觉得有点不同寻常。"

"我在报纸上看到德裔美国人联盟最近很活跃。德国正在为可能的战争进行动员，他们想把美国排除在战争之外。"

我想到过这一点。伦尼·布卢看起来不像是典型的德裔美国人联盟成员，但因为我从没亲眼见过他们中的任何人，我怎么会说得准呢？

"不管他是不是德裔美国人联盟成员，他去一个根本不存在的餐馆做什么？为什么会有人以这种方式杀死他，以嫁祸托伯夫妇呢？"

"他们只是碰巧去了那里。"玛丽提醒道，"那不可能是事先计划好的。"

"那么，路边餐馆在哪里？我们在特克山路上走了一遭……"

"那它就不是在特克山路，而是在其他地方。"

"他的妻子看到了路标。"

"路标是可以替换的，我们现在就开车去看看那个路标吧。"

这似乎是个好主意，尤其是在我已经走进死胡同的情况下。这不是玛丽第一次将我引至正确的方向上了。我们开着我的车驶离费尔法克斯路，然后把车停在指向特克山路的指示牌附近的草丛中。

玛丽尝试摇动路标，但没有成功，路标纹丝不动。然后她跪在地上，拨开它周围的草四处探查。"没被移动过。"她最后确定说，"没有最近翻土的痕迹。"

"替换路标一说到此为止。"

然而，玛丽·贝斯特没有轻言放弃。"他们可能在其他路上的某个地方放了假路标，既然已经来了，我们就查一查吧。"

接下来的半小时，我们仔细查看了北路和南路路口对面的地面。没有洞，也没有被翻动的痕迹。

"这两个地方附近都没有路标。如果他们看到了特克山路的路标，就只有那个指示牌了。"

于是，我们再次驶回，在通往托伯家农场的私家车道上减速停下。"他们似乎认为餐馆就在他们家对面。"我说，"我从车上什么也没有看到，不过，我们还是去那边走走看吧。"

我们又逛了二十分钟，仍然一无所获。

本来应该是餐馆停车场所在的地方只是一块草地，后面是一片冷杉树，一排一排地挺立在那里。再过一年，它们可能会被砍掉，运到城市作为圣诞树出售。

"这里没有路边餐馆。"我说，"要不是那具尸体，我会说托伯夫妇昨晚都喝醉了。"

"但那具麻烦的尸体就出现在这里。"

开车回到诊所，我拨通了伦斯警长的电话。"有什么新进展吗，警长？"

"我试着给你打过电话，医生。地区检察官对杰克·托伯的讲述不满意，他认为托伯和伦尼打了一架，托伯开枪打死了伦尼，然后编造了这起事故以掩盖伦尼是因枪伤而死的。"

"托伯的妻子可以支持他的说法。"

"做妻子的都会这样，不是吗？"

"你在伦尼·布卢的房间里搜查得如何？"

"我根本没搜，只是随便看了看。我告诉古茨基夫人我们会派人去取他的东西。"

"我也查看了一圈。布卢的抽屉里有一张希特勒的照片。"

"你认为凶手杀人是出于政治动机？在讲述昨晚的经历时，托伯提到他和戴夫·福斯特就西班牙内战发生了争执。"

我也记得这一点。"也许我应该和福斯特谈谈。你今天不会逮捕杰克·托伯吧？"

"嗯……"

"缓一缓，好吗？我想先找到苹果园餐馆。"

"医生，没有什么苹果园餐馆。这不是你的那种不可能犯罪，只是一个杀手在说谎而已。"

"也许是，也许不是。不管你要做什么，等到明天早上再动手。"

"好吧。"警长勉强同意了。我们一起经历了很多事情，他很尊重我的意见。"但在这件事上，明天我必须有所行动。"

戴夫·福斯特在镇广场对面的加油站工作。我注意到他刚送走一位满意的顾客，顾客带走了一顶当月赠送的红色消防员头盔。戴夫三十多岁，礼貌而友善，我不知道他持什么政见。"霍桑医生！要我加满吗？"

我从别克车里出来。"加吧，戴夫。我想借此机会跟你打听一件事。"

"什么事？"

"你昨晚在格兰奇舞会上见过杰克·托伯和他的妻子吧？"

"见过。我们喝了几杯啤酒，谈了一些事情。"

"西班牙内战？"

他的脸上慢慢绽开了笑容。"我以为他不记得了。是这样的，当时我在和经营水果摊的皮奇大妈聊天，托伯夫妇走了过来。皮奇大妈说起了佛朗哥的事，似乎很高兴得知他在四月份拿下了比纳罗斯。我也发表了对此事的看法，杰克啤酒喝多了，便急于反驳我，他一喝酒就这样。我们离开了女人和桌子，试图到外面冷静冷静。有那么一会儿我以为他要跟我打架，但他又清醒了。"他把加油枪的枪嘴插进汽车的油箱里，捏住手柄，按下开关，汽油从加油泵上的小出口汩汩流过。"很快他就回到女人们中间去了，并给桌上的人都买了啤酒。"

"这是什么时间的事？"

"大概十点半吧，我想。贝姬想走，没过多久他们就离开了。"

我点了点头。杰克·托伯说他们刚过十一点走的。"你和伦尼·布卢很熟吗？"

"他来过加油站，我们有时会聊聊天。不能说我很了解他。他有点古怪。"

"他参加过格兰奇舞会吗？"

福斯特窃笑一声，此时，我的油箱加满了。"我从没见伦尼跟一个女孩子在一起过。"

我付了油钱，开车返回我的诊所。我收集了很多昨晚的信息，但仍然不知道到底发生了什么。我还是不明白一家路边餐馆怎么能在短时间内出现，然后消失得无影无踪，除了留下一个头部中弹的死人外，了无痕迹。

走进诊所时，我惊讶地发现杰克·托伯正在等我。"你好，杰克。有病人预约吗，玛丽？"

她摇了摇头。"只有托伯先生。他早些时候打来电话，然后就过来等你了。"

"到我办公室来，杰克。贝姬没和你一起来？"

"她在警长办公室，等着他们归还我们的车。我跟她说到家里见。这事让我一整天没干成活。"

快五点了，我没意识到已经很晚了，我对玛丽说："你先回家吧。

我来锁门。"然后，我又把注意力转向杰克。"我能帮你什么忙吗？是健康问题？"

"还是这起该死的杀人案。伦斯警长不相信我，我担心他会指控我谋杀。他去过格兰奇舞厅和几个酒吧，跟人了解我是不是喝了几杯啤酒后就会变得很好斗。"

"你这样子过吗？"

"不常这样。我跟人打过一两次架，但从没动过枪。我甚至没有枪，只有一把猎枪，还是在猎鹿季节才会用上。"

"你想让我做什么，杰克？"

"我读书时得知医生可以相当准确地确定死亡时间，或许尸检报告可以证明在我们到达路边餐馆几个小时前，布卢就死了。"

我摇了摇头。"整个报告我都看了。死亡时间在十一点左右，大概是你把他送到医院前的半小时。"

"贝姬的话难道就无足轻重吗？"

"你真正需要的人是那个戴尖顶帽的神秘男子。他知道的肯定比他当时讲的要多。"我想到了别的事。

"你提到的那些打架有跟伦尼·布卢动手的吗？"

"当然没有！我甚至不认识他。"

"但你认识希·霍尔登。"

"当然，我认识希。怎么了？"

"他的谷仓在案发当晚被烧了，似乎很是巧合。"

"谷仓又不是餐馆。"

"是啊，不是餐馆。"我同意道，"我现在要走了。想搭车回家吗？"

"不顺路。"

"我不介意。也许在路上我们能找到答案。"

我们开往费尔法克斯路，再次沿着托伯此前走过的路前进。当我们来到特克山路的拐角处时，我正准备左转，一辆绿色敞篷跑车从山上疾驰而下，杰克·托伯抓住了我的肩膀。"就是他！餐馆外头的那个人！"

我看到了那张脸的侧面，看到了那个尖顶水手帽，于是急忙掉转车头去追，并按响了喇叭。前面的车没有停下，而是加快了速度，向右拐向了通往镇上的路。他占着路中间，我无法与他并行或截住他。

突然，他右转开上了南路。我开过了，踩刹车再倒车让我失去了宝贵的数秒时间。当我拐过去追他时，那车已经消失在一团尘土中了。

"他就在前面。"托伯说出了显而易见的事实，"他知道我们发现他了！"

"这样的路况，我没有把握能追上他。我不是赛车手。"

"让我来开，我会抓住他的。"

"不用了，谢谢。"我说，脑海中浮现出翻车景象让我变得谨慎起来。

当然，拒绝让他开车，也迫使我要更加努力追赶。我知道我的车在沥青公路上可以获胜，在土路上应该也没有问题。最后，我们追上了那团尘土，我知道我们已经离他很近了，近到似乎可以直接超过他。尘埃散去，却不见他的踪影！

"他在某个地方转弯了！"托伯喊道。

"这段路上连条私家车道都没有。"

当然，我错了，还有一条通向希·霍尔登谷仓废墟的杂草丛生的小路。我在尘土飞扬的路面上追车时开过了，甚至都没有意识到有这样一条小路。于是，我开始倒车，就在这时，我发现那辆车停在一些灌木后面。"抓稳了！"我告诉托伯，然后快速驶进草丛。

"他在那儿！"托伯指了指。那个戴帽子的男人下了车，跑进了一片玉米地。

我们俩都下了车，立刻去追，似乎都知道这是我们解开谜团的最后希望。但到了八月，此地的玉米在夏季天气的促进下已经长得很高。

戴帽子的人消失在玉米秆组成的迷宫里了。搜寻了二十分钟后，我们不得不承认追丢了他。我一直留心，不让他绕到他的车上，但显然他并没有这么做。这辆深绿色的敞篷跑车有一个隆隆座，没有上锁。我打开看了看，里面只有一块很大的黑布和一块手绘的牌子，上面写着"私人聚会，不对外开放"。

"有什么东西？"杰克·托伯问道。

"没多少东西，但也许足够了。"

我把托伯送回他的农场，然后开车回镇上，直接去了警长办公室。警长见到我似乎很高兴。"托伯的案子你查到了什么？"

"可能是个线索。让我们先研究一下县地图。"

"地图能告诉我们什么，医生？"

"看看再说。"我走到他桌子后面的墙前，开始研究我这一天的开车路线。这是一张大比例尺地图，伦斯警长不怕麻烦地用彩色铅笔把不同的农场标了出来，很有远见。我用我的手指在这些私人地产上画来画去，试图想象各家农场的情况。

"你在找什么？"他问。

"希·霍尔登的谷仓今早失火了。"

"一直有流浪汉睡在那附近，几个星期前我赶走了几个。"

"希的农舍和主谷仓在公路旁，但他的农场一直延伸到南路，他那个已被烧掉的备用谷仓就在那里。"

"这些农场贯穿了两条路。你看，托伯家的农场一直延伸到北路。他的地全在这里，除了这个绿色的长方块，那里是皮奇大妈的大水果摊。"

"警长，你有没有想过那个水果摊就是一家路边餐馆？"

"什么？这也太疯狂了，医生。托伯告诉我们，餐馆有一个霓虹灯招牌，里面有音乐声和说话声，停车场里有六到八辆车。那个摊位很大，但没有那么大。"

"我们去那里兜一圈看看。你能安排几个警员开辆车跟在后面吗？"

他对我咧嘴一笑。"你想武力威慑，是这样吗？"

"差不多吧。"

我把车停在警察局，然后坐上他的车，警员们则跟在后面。我们到达皮奇大妈的水果摊时已经六点多了。她的货箱大部分都空了，她也开始关闭摊位台子前的玻璃窗。"我只剩下一些李子和樱桃了。"她告诉我们，"你们应该早点来。"

伦斯警长走到她面前。"我们想问你几个问题，皮奇大妈。"

"什么问题？"

"关于你在这里召开的德裔美国人联盟会议的问题。"我说。我原以为她会否认，但她站了起来，非常平静地说："这是一个自由的国家，不是吗？我们对德国示好又不违反任何法律。"

"那为什么要遮遮掩掩呢？"我想知道原因，"为什么要用音乐把这个地方伪装成一个小餐馆？我想如果我们在你的柜台下面找一找，可能会发现苹果园餐馆的霓虹灯招牌和留声机，杰克·托伯听过它放的音乐，或许说话声也是它放的。多辆汽车在大半夜停在水果摊旁会引起人们的注意，所以在德裔美国人联盟之夜，它被你们改造成了一个假路边餐馆。"

我边说便走进水果摊里面，她试图挡住我的路。"你有搜查令吗？"

"我不需要那个，我不是警察。"

她想了想，机警地看着我们俩，琢磨我们想干什么，也看到了从车里出来的另外两个警员。"你想怎么搜就怎么搜吧。"她最后决定道，"你也找不出什么东西来。"

几乎让她说对了。除了空盒子和板条箱，摊位柜台后面什么也没有。这个低矮的摊位大约三十英尺①长，十英尺深，几乎没有别的藏身之处。不过，后面有一扇关着的门，当我朝那扇门走去时，皮奇大妈吓得尖叫起来。

门突然开了，我们之前追赶的那个人端着枪走了出来，这次他没戴帽子。我知道这回我们要逮住他了。

"这是我的侄子奥托。"她说道，"他从纽约来。奥托，把枪放下。"

这时他才看到其他警员，已经有三把枪瞄准了他，他不得不听从姑妈的建议。

"要我说，你现在就给我们讲讲你是如何杀死伦尼·布卢的吧。"警长说。

当天晚上，我们给杰克和贝姬打去电话，告诉了他们事情的结果，但直到第二天早上，伦斯警长和我才开车去他们的农场详加解释。我们在谈论失踪的路边餐馆时，贝姬把咖啡和甜甜圈端到了厨房的桌子上。

我让他们看了我在奥托的敞篷车里发现的手绘指示牌。"私人聚会。这是他们为了在开会时防止陌生人偶尔经过，撞进会场弄的。这足以让我相信你的讲述，还有伦尼身上的轮胎印，它们可以证明他不是被车撞倒的。你碾过他时，他已经躺在地上了。因此，我才开始寻找这个像幽灵般出现的餐馆。即使霍尔登的谷仓没被烧毁，它也不太可能成为怀疑对象，它可能是被流浪汉烧的。谷仓比两层楼的房子还高，很难被人误认为是你描述的那座矮房子。"

"那块黑布是干什么的？"托伯问道。

"它放在奥托的隆隆座上，上面还印有聚会的标志，我想它是用来遮盖特克山路的指示牌的。像这样被遮盖住，在多云的夜晚你就很容易错过它。如果路边餐馆在南路或特克山路，那就没必要遮指示牌了。如

---

① 英美制长度单位，1英尺约合0.30米。——编者注

果你被诱导至更远的地方，那一定是在特克山路以北的北路上。北路上有什么？皮奇大妈的水果摊，我们听说皮奇大妈跟支持希特勒一样支持佛朗哥。如果事关德裔美国人联盟，她就可能知情。"

"为什么我没注意到这不是我回家的路？"

"你喝多了，你自己也承认这一点。但在某种程度上，你其实注意到了。你说你开车时，觉得路窄了，而北路比特克山路更窄，也更坑洼不平。"

伦斯警长这时接过话头。"皮奇大妈和奥托还没有完全招供，但情况显然是伦尼·布卢的行为反复无常，威胁要向警方报告他们的一些活动。前一天他还狂热支持希特勒，第二天就不想和德裔美国人联盟扯上任何关系了。"

我点了点头。"抽屉里的那张照片。"

"没错。因此，他们遮住指引你们回家的路标，把你们引了过去。该拐的时候没有拐，你们错过了正确的路，拐到了下一条路上，最后到了你所说的路边餐馆那儿。黑暗中，临时的霓虹灯挂在那里，一个隐藏的留声机播放着适当的音乐，你根本认不出那是皮奇大妈的水果摊。毕竟，人们夏天看到时，摊位的正面通常是开放的。"

"像伦尼·布卢这样的人，他们有什么好害怕的？"杰克问，"他们又没有违反法律。"

"目前没有，但他们对未来有规划，这个水果摊只能容纳二十人左右开会，"警长继续说道，"他们想要发展到数百人，数千人，他们想在本州举行最大的德裔美国人联盟集会。"

"真想不到。"除此之外，托伯无话可说。

"布卢是被枪杀的，可能是奥托干的，而且是在你到达前不久干的。在奥托分散你注意力的时候，他的一个同伙把尸体放在了你的后轮下。他们认为，即使子弹被发现，也不会有人相信你讲的话。"

"我该去喂鸡了。"贝姬瞥了一眼时钟说道，"农妇总有杂活要干。"

我笑着说我要和她一起去。"我还没认真看过你们这个地方呢。"

"就几只鸡和很多苹果树,没什么可看的。"

贝姬拿起一桶饲料,我和她走到后院,警长继续和杰克交谈。"我仍然不敢相信这一切真的发生了。"她说。

"我也很难相信。"我告诉她。我们到了鸡舍,当鸡纷纷跑出来时,贝姬扔给它们几把饲料。"我很难相信奥托和皮奇大妈能把你们骗到那儿去。我很难相信皮奇大妈为了参加格兰奇舞会而错过了德裔美国人联盟的一次重要会议。她不仅在那儿,戴夫·福斯特还告诉我你们俩坐在她旁边。"

她茫然地盯着我。"我们有吗?"

"贝姬,这件事从头到尾都是你策划的,是不是?陷害杰克谋杀伦尼·布卢是你的主意,你从一开始就是德裔美国人联盟的成员。"

"疯了吧你!我是他唯一的证人!"

"当他的案子开庭审理时,你很容易就能找到理由不出庭作证。既然不能强迫妻子为她的丈夫作证,陪审团就会得出这样的结论:你不出庭作证是因为你知道他是有罪的。"

"我为什么要和他们合作?我能得到什么?"

"这个农场。我昨天看了县地图,看到你们的果园一直延伸到北路的水果摊那里。杰克进监狱后,农场就会落到你的手里,你打算把它交给皮奇大妈和奥托,让他们举行一直想要的盛大集会。到那时,你的果园会热闹非凡,到处可以听见纳粹德国的圣歌和演讲。"

"你想如何证明这些呢?"

"你和皮奇大妈在格兰奇舞厅单独待了一会儿,商量细节问题。你们往家赶时,她给在水果摊的奥托打电话。奥托把伦尼带到外面,枪杀了他,然后等你们的车过来。你试图开车,以确保拐到北路上。但杰克不让你开,那也没关系。当然,他错过了那个被遮住的路标,而你只须告诉他路标在下一个拐弯处即可。实际上那里没有路标，因为我们检查了那个区域的地面。你在撒谎。到了路边餐馆后，你让杰克倒车，然后他就撞到了伦尼。杰克不愿意用自己的车送伦尼去医院，你又催促他赶紧送。你在一步一步地诱导他，贝姬。没有你，这一切都不可能发生。研究地图时，我意识到它与农场有关。你在利用皮奇大妈和奥托，他们也在利用你，各取所需。最后，你摆脱了杰克，他们也为德裔美国人联盟找到了一个真正的家。"

"你真以为伦斯警长会相信吗？"

我把最后一把饲料撒向鸡群。"他相信。我在来的路上告诉他了。现在我们去看看杰克是否也相信吧。"

02

乡村信箱奇案

"一九三八年秋天，"萨姆·霍桑医生对他的访客说，"翻开报刊，全都是张伯伦与希特勒签订《慕尼黑协定》的消息。战争的阴霾已然笼罩天际，即使暂时散去，大多数人也知道那是暂时的。战争迟早会来，欧洲的街道上将血流成河。"

那年秋天，我在诺斯蒙特关注的是一些更平凡的事情，比如接种疫苗、治疗过敏等。镇上执业的医生更多了，人口也在稳步增长。

那时，我们还无法预见战后的繁荣，但到处已见变化的迹象。邻镇正在兴建一所小型私立大学，计划于一九三九年秋季学期开学。虽然那是一年后的事，但受此鼓舞，有个叫乔希·弗农的人还是在我们镇上开了一家书店。

乔希的书店不大，开在镇广场的旁边。之前的租户开的是一家用大玻璃罐出售廉价糖果的商店，我还能想起自己进店后闻到的巧克力和甘草糖的味道。乔希·弗农身材修长，留着灰白的小胡子，戴着夹鼻眼镜，自带一种学者风度。在书架之间的他看起来轻松自在，我无法想象要是他去当屠夫或面包师会是什么形象。

弗农存有大量的旧书库存，但也有纽约和波士顿出版商最新出版的书。虽然福克纳的《没有被征服的》和迪内森的《走出非洲》没有多少，但在这里你可以找到很多《飘》《已故的乔治·阿普利》和《鹿苑长春》。

他要是了解到市场需要什么，就会提供什么。

"等明年大学生入校了，情况就不一样了。"一天，他边抽着烟斗边对我说，"如果生意好，我就可能扩大店面，卖更多的文学作品。"

我从架上取下克罗宁的《城堡》，翻看起来。

很自然地，我对描写小镇医生的小说很感兴趣，哪怕那些小镇与我之间隔着一个大洋。"这书好看吗？"我问乔希。

"很受欢迎。我已经卖出三四本了。"

"我买一本。"我放下几美元钞票，他用他那里特有的绿纸和麻绳把书包了起来。

"我听说你很擅长破解谜案，医生。有人说你比伦斯警长还厉害。"

"我只是幸运了几次而已。"我承认。

"我这儿就有一起谜案，可能连你都会对之感到困惑。"他在烟灰缸上敲了敲烟斗，把烟灰倒空，然后打开烟袋，"我有一位常客，叫亚伦·德维尔，住在老里奇路。你认识他，对吧？"

"不太认识。他不是我的病人，也很少到镇上来。"

书店老板重新点燃他的烟斗。"自从他妻子死后，他确实很少到镇上来了。但他喜欢书，他订阅了《星期六文学评论》，每周都会打电话来购书，而且他选择的都是杂志书评推介过的。我开业两个月了，卖了他十几本书。据说他以前是从波士顿购书的，但我这里可是近多了。当然，有时他想要的书我这里没有，我必须自己先进货，但通常我会在回家的路上停下，把书放进他的信箱。"

"很好的服务。"

"但不可思议之处就在于此，医生。我已经三次把书放进他的信箱里了，可是书都不见了！"

"也许是邮差拿走了。"我提醒说，"如果信箱被用来放置邮件以外的东西，他们会很恼火。"

"一开始我也是这样想的，但那条路线上的邮件投递通常是在下午一点左右。肯尼·迪金斯午饭后会开车走上老里奇路，每到一个地方，便从车里拿出邮件放进信箱。我六点关门，通常快六点半时我才去把书放进德维尔的信箱。德维尔有时会在一旁看着我，有一次他甚至在前门廊朝我挥手，然后他走到信箱前，却发现里面是空的。"

"是不是有淘气的孩子悄悄靠近，把书偷走了？"德维尔有一个十二岁的儿子。

"我不知道，至少最近一次不是，因为他一直看着信箱。"

"也许从今往后你最好把车停到他家的车道上，然后把书亲自交给他。"

"这不是你喜欢破解的那种谜案吗？"

"嗯，是的。"我承认，"但我看不出存在什么严重的犯罪行为。如果有人在偷书……"

"肯定有人在偷书！"他坚持道，"下次送书时，我能给你打电话，叫上你吗？如果你能弄清楚到底是怎么回事，我会十分感激的。"

"当然可以。如果不是在给病人看病，我定会尽力帮忙。"

这似乎让他很满意，我带着我的书离开了。晚上，离开诊所后，我在回家的路上绕了个弯，特意开车走老里奇路，经过亚伦·德维尔的家。他的信箱安在一块架高的木板上，但这块木板上还有另外三个信箱，彼此间隔几英寸[①]。信箱的侧面都用油漆写着各家的姓氏，字体虽小，却很整齐。德维尔的信箱夹在中间，看起来和其他信箱并无二致。

西尔维亚·格兰特在弗农的书店打零工。她二十多岁，很聪明，一头金色的鬈发，戴着黑色细框眼镜，这让她的脸看起来像个用功学习的小仙女，很吸引人。

---

① 英美制长度单位，1英寸合2.54厘米。——编者注

在我和乔希·弗农谈话两天后，我看到她从舞台附近走过镇广场。

"去书店？"我问。

"是的！今天需要什么书，萨姆医生？"

"我陪你一起去。"尽管在这之前我没想过要去那里，但我还是走到她身旁，与她并行，"店里的生意怎么样？"

"还不错。乔希认为圣诞节时书会卖得很好，前提是那时我们没有卷入战争。"

"我们不会的。"我很肯定地说，但我并不觉得真会这样，"那天乔希告诉我，他给亚伦·德维尔家送书时遇到了麻烦，那些书总是从邮箱里消失。"

"他是这么说的。难以置信，不是吗？"

"你是说你不相信？"

西尔维娅耸了耸肩。"可能是德维尔的儿子戴蒙以某种方式拿走了。"

"戴蒙？"

"他有点早熟，喜欢制造一些谜团让他父亲难堪。"

"不管发生了什么，似乎都困扰着乔希。"

"嗯，他不得不补上丢失的书。这让他花了不少钱，毕竟几美元也是钱。"

"你认为亚伦·德维尔关于书从他的信箱里消失的事是他在撒谎吗？"

"那他的动机是什么？再得到一本书？似乎不太可能。"

来到书店后，西尔维娅·格兰特转身进去了。我道别，继续走我的路。自从开车经过德维尔的信箱后，我就没再想过乔希·弗农的麻烦。不管如何解释，这都不是我特别关心的问题。

第二天下午，乔希把电话打到我的诊所，当时我正在诊治一位病人。

我的护士玛丽告诉他我会回电话的，我觉得有必要打回去。

"你还好吗，乔希？"他接电话时我问道，"今天的书卖得怎么样？"

"我又接到了亚伦·德维尔的订单，他想要一本《战争与和平》。"

"你有吗？"

"有，是现代图书馆的版本。我告诉他今晚我会在回家的路上给他送过去。他建议我直接送到门口，但我想把它放进信箱里，能麻烦你到时在一旁观察，看看会发生什么吗？"

我确信即使我盯着也不会有什么事情发生，但我还是勉强同意了。"等我处理完这里的事，"我答应道，"快到六点时，我去你的书店。"

五点，我诊治完最后一个病人，玛丽·贝斯特走进我的办公室，说她要回家了。"你现在要去乔希的书店吗？"

"我想是的。有时我觉得我太好说话了，无法拒绝别人。"

"西尔维娅·格兰特认为你很不错。"

我轻声地笑了笑。"你认识西尔维娅？"

"我们偶尔一起去看电影。她很讨人喜欢。"

"她提到过亚伦·德维尔的书的事吗？"

玛丽开始忙着整理桌上的病历。"你是说信箱里的书不见了的事？她说起过。"

"你可能比我更了解德维尔，他的妻子是不是被卡车撞死了？"

玛丽·贝斯特点了点头。"到下周他妻子就过世两年了。她开着亚伦的福特车行驶在老里奇路上，被一辆装满南瓜的卡车从侧面撞个正着。"

"我现在想起来了，当时人们都在谈论南瓜滚过马路的事。"

"我想有些人可能觉得很有趣，但亚伦·德维尔和戴蒙却不这么认为。"

"这孩子现在十二岁了，我有时会在镇上看到他。车祸发生时他大概十岁。"

"没错。他是个聪明的男孩子，虽然年龄不大，但挺有风度。"

"他妈妈叫什么？"

"拉结。拉结·德维尔。"

"取自《圣经》的名字，'亚伦'也是。"我跟玛丽道了晚安，然后出门去找我的车。

从我在医院翼楼的诊所到镇中心只有五分钟的车程。在那个时间，我可以把车停在乔希书店大门的正前方。乔希在门旁等我，准备晚上关门。"谢谢你能来，医生。"

"准备好了吗？"

"我只要把书包好就行了。"

我跟着他走到柜台前，翻开了托尔斯泰巨著的书页。"上大学后就没空读了。"

"大家都这样。"书店老板笑着说。他从卷轴上拉下几英尺印有书店标志的绿纸，撕下一部分，把书包在中间。只几秒钟，他就包好了，并用了一截相配的绿色麻绳绑好。"都准备好了！"他把书递给我，"请你拿好，医生，我们马上走。"

"德维尔总是选择看这么经典的书吗？"

"也不是。事实上，丢失的三本书都是现代小说，斯坦贝克的《人鼠之间》、格雷厄姆·格林的《布莱顿棒糖》和达夫妮·杜穆里埃的《蝴蝶梦》。"

"也许这本书的运气会好一些。"

在去德维尔家的路上，我把书放在我的膝盖上。

跟老里奇路上的很多房屋一样，德维尔家这里曾经是农场。随着邻近农场的收购扩张，就只剩下旧农舍立在那里了。德维尔家的谷仓很早就拆了，储藏室现在成了车库。房子离老里奇路大约两百英尺远，需要粉刷，除此之外，它的状况看起来还不错。

乔希·弗农把车停在那排信箱的旁边。正如我之前看到的那样，信箱的侧面都写着主人的姓氏：切斯纳特、米勒斯、德维尔和布林。"直接把书放进信箱里，医生。该你上场了。"

我打开信箱，把书塞了进去。"我要立起小红旗吗？"

"最好不要。邮局的人知道了会大为不满。"

我们往前行驶了大约五十英尺，在此期间，我转身从车后窗看着那些信箱。然后，弗农把车停在一丛灌木后面。"你下车看着。我继续开车。"

"你觉得我会看到什么人吗？"

"德维尔马上就会出来。我确信他看见我们了。"

我迅速下车，两眼仍然盯着信箱。没人走近它们。然后，我蹲下，把身体的一部分隐藏起来，静静等待着。

没等多久我就看到有人来了。那是一个年近四十的粗壮男人，我认出他是亚伦·德维尔，他正从房子那边的私家车道慢悠悠地走过来。当他走近信箱时，我不得不承认，如果那本书不在里面，那我将是这个国家最惊讶的人。

德维尔在他的信箱前停下脚步，打开它。从我的角度看，我可以看到他从信箱里拿出了那本绿纸包装的书，然后塞进了皮夹克的口袋里。我总算松了口气。乔希·弗农错了，至少这一次书没有消失。

开始返回车道上时，德维尔似乎想到了什么，他从口袋里把书掏出来，解开绳子，撕开包装纸。我看到他就要翻开封面，可就在这时，传来了一道骇人的闪光和一声霹雳般的巨响。

我冲出灌木丛，向他跑去，但我在跑的时候就意识到，亚伦·德维尔的这种情况，怕是医生也无能为力了。

那年秋天，伦斯警长一直在努力减肥，但他的脾气并没有因此变好。他让其他警员清理亚伦·德维尔的碎尸，自己则开始审问乔希·弗农和我。"你是说，医生，你一直在看着那个信箱，没看到有人靠近它？"

"这正是我要告诉你的，警长。"

他转向弗农，弗农站在那里，脸色苍白，浑身发抖。"你送的书里有个炸弹，乔希。在我看来，你是唯一一个可以把它放进书里的人。"

"可是我做不到，警长！我包书的时候萨姆医生就在旁边，他甚至翻开看了看。"

"是的。"我有些不情愿地确认道。

"在来这里的路上，他甚至把书放在膝盖上，书从未离开过他的视线。"

伦斯警长面露不悦，看着我说："是吗，医生？"

"恐怕是这样。"

爆炸声引来了几位邻居，路对面的玛尔塔·切斯纳特突然问道："小戴蒙怎么样了？他一定还在上钢琴课！"

伦斯警长脸色阴沉地看着她。"你能去接他吗，玛尔塔？我让我的手下开车送你去。"

"当然可以。"她毫不犹豫地回答道。

在我们等待戴蒙回来的时候，警长询问了其他邻居，米勒斯和布林什么都不知道，也就没有了解到任何情况。与德维尔家隔路相望的三家人比邻而居，住的都是小乡间别墅式的房子。它们占的那几块地是亚伦的父亲卖掉德维尔农场的另一块地时划出去的。听到爆炸声时，他们正在吃晚饭，随即跑了过来。

跟他们谈完后，伦斯警长回到我这边。"你怎么想的，医生？"

"我不想说，现在还不太想说。"

"几年前有个案子，国庆日谋杀案，爆竹里有一管炸药……"

"完全不是一回事。那件案子的凶手就在附近。亚伦·德维尔身边没人。除了我没有别人。"

就在这时，警长的车回来了，切斯纳特太太和德维尔家的那个男孩都在车上，我们的谈话被打断了。很明显，她在路上已经把不幸的消息告诉他了。他哭着从车里出来，抓着她不放手，她催他穿过马路去她家。"我想他今晚最好和我们待在一起，"玛尔塔·切斯纳特对警长解释说，"他说他有个婶婶在哈特福德，你们最好联系她。"

"我们会处理的。"伦斯警长向她保证，"我能和他说几句话吗？"

"我想晚一点会更好。他被吓坏了。"她的丈夫领着小戴蒙进了屋，她也跟着回了家。

"我们最好进去看看。"警长说，"德维尔出来取书时没有关门。"

我瞥了一眼乔希·弗农，他站在一边，始终没有说话。"如果你想回家，那就走吧，我想警长会把我捎回去的。"

没有得到伦斯警长允许，他似乎不愿意离开，不过，警长很快就同意了。"我知道去哪儿找你，乔希。你先走吧，明天上午我顺道去书店。"

"谢谢，警长。"他小跑着回到停车的地方，沿路把车开走了。

"你怎么想的，医生？"伦斯再次问道，他拍了拍自己的肚子，似乎在评估自己减肥的效果。

"说实话？"我看着乔希的车开走了，"我觉得他以某种方式骗我去送了一本里面有炸弹的书，但我怎么也想不出他是怎么做到的。"

房子内部就是一个单身汉的住处该有的样子。咖啡桌上放着一瓶波旁威士忌，还有一只倒了一半酒的玻璃杯。墙架上摆着三把猎枪。石砌的壁炉两边各有几个书架，书多得快装不下了。威士忌酒杯旁的桌子上放着一副老花镜。书架上满是灰尘，窗户也很脏。

院子里的草最近被割过，但这只能证明是德维尔让儿子割的。我的目光扫过小说、诗歌以及关于建筑、狩猎、枪支和炸药的书籍。

"德维尔靠什么谋生？"我问。

"建筑工作，但最近他没干。他从害死他妻子的货运公司那里得到了一笔赔偿金。他一直靠这个过日子。"

我看到了拉结·德维尔曾经在这生活过的证据，壁炉台上有一张带框的照片，里面是面带微笑的母亲、父亲和儿子，书架上还有《小妇人》这样的书。我从书架上取下它，发现扉页上写着拉结·马奇，这应该是她的婚前姓名。难怪奥尔科特的小说会吸引她，因为她和书中描写的家族同姓。

厨房有准备做饭的迹象，楼上的床还没有铺好。地下室是跟大多数农舍一样的土地面，架子上放着几罐桃子和西红柿，毫无疑问是拉结活着时就放在那里的。角落里有张桌子，应该是亚伦的工作台，上面放着他给自己的猎枪装子弹的设备。伦斯警长伸出手指摸了摸装火药的容器。"全是灰。他很长时间没来这儿了。"

"两年。"我指着桌子上方墙上钉着的狩猎许可证说，"最后一份是一九三六年的，他妻子被杀的那一年。看起来从那以后他就对打猎失去了兴趣。"楼梯底下放着一些旧报纸，看日期是几个月前的，肯定是他或者那个男孩带下来的。台阶下放着一个捕鼠器，诱饵发霉了，但弹簧不见了。我不知道过去两年里是否有人在下面待过，哪怕是一只老鼠。

我们回到外面，警察们正在清理爆炸的最后痕迹。警长说："我们想在孩子回来之前把这里弄得像样一点。"

"书和包装呢？"我问。

"除了几块烧焦的碎片需要实验室检验外，所有的东西都烧没了。"

我弯腰捡起一张烧焦的报纸，内容大意是"谁因为什么而获得提名"，其他的字已经看不到了，像亚伦·德维尔一样被炸飞了。

"在我送你回家之前，医生，我希望你能和我一起去看看能不能和小戴蒙谈谈。"

"没问题。"

当我们穿过马路去切斯纳特家时，天开始黑了。玛尔塔·切斯纳特前来开门，她扭头看了一眼说："进来吧，他现在很好。"

戴蒙长着一头沙色头发，与其年龄相比，他看起来有点瘦弱和矮小。毫不奇怪，他的眼睛已经哭红了，现在面对我们，嘴唇仍在颤抖。伦斯警长说了几句话让他放松下来，然后问他："你最后一次见到你父亲是什么时候，戴蒙？"

"今天……今天下午。我像平时一样，在大约八点半去上学。大约下午三点半，我回家取我的乐谱，然后，爸爸开车送我去上钢琴课。他本该六点半来接我的，但一直没露面。切斯纳特太太……"

"我们知道，孩子。不用再说了。"

我在他旁边坐下。"戴蒙，你认识我，对吧？我是霍桑医生。我知道这些问题很难回答，但我们只是想知道你爸爸到底发生了什么事。"两年内，他先后失去了父母，从他的眼神中，我能看出他那绝望的求助。

"有人杀了他？"戴蒙问道。

"我们认为是这样的。你今天下午回家时有人在家吗？有谁可能摆弄过这些书吗？"

"没人。妈妈在世的时候，我从来都不能碰那些书，爸爸很反感别人动它们。"

"最近有人来你家吗？"

他看向了一边。"我在家的时候没有。"

我想知道这是什么意思，但想了一想，觉得现在还是不问为好。

"那邮件呢？"我问，"你爸爸每天都会去取吗？"

"我想是的。我回家后会查看信箱，但它经常是空的。"

"即使小旗子没有立起，你也会去看？"

"是的。"他耸了耸肩说。

我抬头看向玛尔塔·切斯纳特。"你能照顾他一晚上吗？"

"没问题。"她的蓝眼睛亮晶晶的，"我们也是这样打算的"。

"我明天早上再来。"我保证道。

坐伦斯警长的车回镇上的途中，我一直思考着信箱的问题。"我想明天我应该和肯尼·迪金斯谈谈。"

"那个邮差？"

"是的。那本书里有炸弹，除非弗农以某种方式给我调了包，否则就是有人在信箱里动了手脚。"

"你跟我说的是你一直盯着信箱看。"

"我是盯着看了。现在我不知道我这两个设想哪一个更不可能。"

第二天上午，我去了切斯纳特家，又和戴蒙谈了一次。他恢复得不错，玛尔塔告诉我，他的婶婶和叔叔下午晚些时候会到。他们会留下来参加葬礼，然后把男孩带回哈特福德。

"他睡得好吗？"我们单独在一起时，我问玛尔塔。

"我不知道。他起床四处走动了一会儿。我听到他出去过一次，去了他家，但没去多长时间。我想他是想确认这并非一场可怕的梦。"

我走到外面，穿过马路，第一次停下来仔细查看信箱。四个信箱都用螺栓固定在支撑它们的结实木板上。两头的信箱是切斯纳特和布林家的，已经开始松动；中间的两个信箱是德维尔和米勒斯家的，用螺栓固定得牢牢的。我想知道为什么德维尔家的信箱排在第二位，而不是在两头，毕竟其中三个信箱是给马路对面的住户准备的。已经是下午了，我决定等肯尼送来当天的邮件。

快到一点时，肯尼开着他的雪佛兰车从山那边过来，在每个路边的信箱前停下，将邮件投入信箱，立起小旗。当他走到德维尔家门前的信箱时，我走了出来，跟他打招呼。"你好，医生，"他也跟我打招呼，

"我听说亚伦·德维尔出事了？"

"有人在他的信箱里放了颗炸弹。"

邮差盯着信箱，似乎无法相信会有这样的事情，然后，他慢慢地打开信箱，小心翼翼地往里看。"除了邮件，往里面放任何东西都是违法的。"

"尤其是炸弹。"我指出。

"是的。"他挠了挠头，"我听说乔希·弗农在给他送书。你知道，弗农总是把不该放的东西放进去。"

"你还见过别人这么做吗？"

他想了想。"小孩子偶尔会这么做。要是逮到他们，我会狠狠地骂他们一顿。"他一边说，一边把几份账单和一期《星期六文学评论》放进德维尔家的信箱。

"他已经死了。"我提醒他。

"我是照章办事，医生。没人通知邮局停止投递。"

"告诉我，肯尼。为什么德维尔家的邮箱是排在第二位而不是在两头？其他住户的房子都在街对面。"

"很简单。德维尔一直住在这里。切斯纳特家的房子是后来建造的，他们的信箱放在了德维尔家信箱的旁边。几年后，另外两家搬了过来，他们的信箱就安在了德维尔家的信箱的另一边。我猜他们这样安排没有什么特别的原因。"

他开车离开了，这时，我注意到另一辆车从山那边开了过来，车速很快，车后扬起一团尘土。看见我在那里，司机把车停了下来。"你是伦斯警长吗？"他问。他三十五岁左右，穿着正装，打着领带，戴着帽子。他旁边的女人穿着一件普通的黑色衣服，戴着一顶帽子。

"不，我是萨姆·霍桑医生。你们就是从哈特福德来的德维尔的家人？"

"是的。他们打电话说我哥哥……"

"太惨了。我无法表达我有多么难过。"

"孩子……戴蒙呢？"

"住在街对面的邻居家。把车停在车道上，我们步行过去吧。"

那位弗洛伦丝女士急忙去找那个男孩。扎克·德维尔犹豫了，似乎对自己缺乏信心。"当然，我们会给他一个和睦的家庭。"他试图让我放心。

"你和你哥哥亲不亲？"

"不怎么亲。他比我大五岁，他是老大，你从他的名字就能猜得出来。我是老幺。我们的父母就是这么起名的。"

说了几句话后，他就把侄子交给妻子照顾了。

"你想看看房子吗？"我问。

"我想应该去看看。我和弗洛伦丝会把房子清理干净，然后卖掉。我们要在那儿待到葬礼结束。"

"亚伦没有其他亲戚吗？"

"没有了。"

我回到切斯纳特的家中，从玛尔塔那里拿到了钥匙。然后，扎克·德维尔和我走进他哥哥的房子。"抱歉，酒瓶太乱了，警察们都懒得清理。"

"我以前在亚伦身边见过很多。"

"他喝酒时什么样子？"

"拉结活着的时候日子不好过。有一次她的眼睛被打青了，那晚她给我打长途电话，我把亚伦臭骂了一顿。"

"她死的那晚呢？"

"我想她是想逃离他，但这又能如何呢？她的死显然是个交通意外，没人能拿亚伦怎么样。"

"有人拿他有办法，他们把他炸飞了。"

扎克·德维尔环视了一下房间，耸了耸肩。"也许他又找了一个女人，但这个女人可能不喜欢任其摆布。"

走回切斯纳特家时，我一直在想这件事。当扎克和弗洛伦丝带戴蒙回家时，我把玛尔塔叫到外面跟她说几句话。"什么事？"她问。

"你的前窗隔着路对着德维尔家，你应该可以注意到他进进出出以及家里来过什么人之类的。"

"他的客人不多。"

"小戴蒙暗示可能有人来过。"

"哦，有个镇上的女人来过。她偶尔会来。戴蒙可能不喜欢她。"

"镇上来的哪个女人？"

"在弗农书店工作的那位。我想她叫西尔维娅。"

第二天早上我没有诊治病人，而是早早去了警长的办公室。伦斯警长已经把烧焦的炸弹碎片送去了州警实验室，我到达时他正在琢磨检验报告。"你会发现这很有意思，医生。"他边说边把报告递给我，"这只是初步报告，他们还要做更多的检验。"

我快速浏览了一遍报告。"捕鼠器？"

"只要翻开书的封面，捕鼠器就会弹起，进而引燃雷管，令炸弹爆炸。整个装置被报纸包得很好，以防炸弹露出来。"

我确实发现了一片烧焦的报纸，但是报告中最有趣的部分是关于书本身。为了给捕鼠器和炸弹腾出空间，书的中心被挖空了，但它并非《战争与和平》，而是赛珍珠的《大地》。"乔希不可能当着我的面把书调包。"我坚持道。

"但就是有人这么做了。你说在亚伦·德维尔取走书之前，没有人接近过信箱，他也肯定不是自杀的。"

"也许他就是自杀的。"我终于找到一个可以自圆其说的理由，"他把书塞进外套口袋，然后又掏了出来，拆开了包装。也许就是他调的包。"

伦斯警长只是摇头。"他挂了三把猎枪在壁炉上方，随便用哪把自杀都没你想的那么难。这比造一个炸弹，然后挖空一本书，再把炸弹放进去容易多了。再说，《战争与和平》去哪儿了？"

我必须承认他想得没错。"包装是乔希用的那种纸吗？"

"一模一样，不过我想人们随便买本书都能得到这种纸。"

我摇了摇头。我的思路回到了乔希身上。现在我想我可能理解他的动机了。我离开警长办公室，沿街走到乔希书店。

西尔维娅·格兰特正在柜台后面忙着。我没有看到乔希的身影。

"他去殡仪馆吊唁了。当然，棺材已经封了。德维尔先生明天就要下葬了。"

"你跟德维尔很熟吗？"我随口问道，一边翻着范多伦那本令人赞叹的《本杰明·富兰克林传记》。

"一点也不熟，他只不过是电话那头的一个声音而已。"

"这就奇怪了，因为有个邻居告诉我你以前偶尔会去他家。"

西尔维娅摘下眼镜，盯着我看，也许她不戴眼镜看我看得更清楚。"我可能去那里送过一两次书。"

"不是吧，我印象中这些拜访比较私密，通常发生在戴蒙不在家的时候，但他知道。"

她那漂亮的脸蛋僵住了，露出一种不置可否的表情。"你想对我做什么，萨姆医生？"

"只是要弄清真相。"

"天哪，你认为是我杀了他？"

"不，不过你也许提供了杀人动机。我很抱歉问你这些私人问题，西尔维娅，但它们非常重要。我需要了解你和乔希以及亚伦·德维尔的关系。"

她摇了摇头，笑了出来。"我和乔希纯粹是雇员和雇主关系，我甚至连杯酒都没跟他喝过。坦率地说，我怀疑他对女人没有多大兴趣。"

"好吧。那德维尔呢？"

"他几乎有我两倍那么大，但我们彼此喜欢，这一点我不否认。不过，我觉得这事已经不了了之了。他在寻找一个妻子，而我不认为他适合当我的丈夫。"

"谢谢你对我说实话。"我说，"我在想乔希可能会嫉妒……"

门开了，乔希走了进来，打断了我们的谈话。"我很高兴你能来，医生。我这里还有一本书，你可能会感兴趣。"

我向西尔维娅使了个眼色，转而跟乔希交谈。"你刚才在殡仪馆吗？"

"是的。太可怕了，真的。我越想越觉得他一定是自杀，不然怎么会发生这种事呢？"

"我和伦斯警长谈过了。炸弹藏在一本《大地》里。如果他是自杀，乔希，《战争与和平》哪里去了？"

他想了想。"我要是知道，那才叫奇怪呢。"

西尔维娅借机走开了，去布置橱窗。

"那么厚的一本书就这么凭空消失了。"我说。就在我说这句话的时候，我意识到这一切是怎么发生的了。

葬礼定于次日上午举行，我需要和伦斯警长商量该怎么办。不管怎样，这都是件难事。当我一丝不漏地把我的怀疑告诉他时，他只是摇头。

"你就是要告诉我这些，医生？"

"我只是想问，是现在抓人好，还是等到明天上午葬礼结束后再抓人好？"

"葬礼之后。"他不容置疑地决定道，"到时候我就动手。"

第二天上午，当送葬者聚集在墓地周围时，空气中弥漫着秋日特有的那种寒意。亚伦·德维尔葬在妻子拉结的旁边，牧师吟诵着望主赐以永安之类的话。我听到一些窃窃私语，说守灵时间太短了，但大多数人似乎都很高兴能早点结束。德维尔所有的邻居都在场，还有他的弟弟、弟媳和戴蒙。乔希·弗农和西尔维娅·格兰特也来了，显然是把书店关闭了几个小时。就连肯尼·迪金斯都来了，他把车停在路上，在一旁观看，然后继续上路邮递。

事后，大多数人都回到了德维尔家。按照乡村习俗，邻居们带来了食物，多数人顶着寒风坐在外面进餐。伦斯警长和我绕到房子后面，看到小戴蒙在用棍子抽打一些枯花。

"过来，孩子。"我和蔼地说道，"我想和你谈谈。"警长站到了一旁，我把胳膊搭在戴蒙的肩膀上。"在父亲下葬的日子你肯定很不好受，我知道。"

戴蒙低头咕哝着什么。我紧紧抓着他的肩膀，不让他挣脱，继续说："当你知道是自己导致他死亡时，今天就更为难熬了。"

"我？我没有……"他试图抽身离开，但我紧紧抓住了他。

"西尔维娅·格兰特告诉我你喜欢制造谜团为难你爸爸。让书从信箱里消失正是吸引你的那种事。然后，你决定更进一步，将《战争与和平》变成《大地》，而且是在信箱被人盯着的情况下完成这一切。我花了点时间才想明白你是如何做到的，但我应该早点猜到的。我在信箱里放了一本厚厚的《战争与和平》，但过了一会儿，你爸爸拿出了一本薄到可以塞进外套口袋的书，连他自己都意识到事情不对劲。他当场拆开了它，就在院子里，引爆了你精心安置的炸弹。"

"不！"男孩尖叫道，"我不是故意要杀他的。我不是故意的！我没有……"

"我花了很长时间才意识到你把书调包了，戴蒙，就像之前你让书消失一样。你只要调换信箱就可以做到这一切了。"

他喘着粗气，试图挣脱，伦斯警长从他的另一侧走过来。"冷静点，孩子。我们跟你的叔叔、婶婶谈完，就会让你做笔录。"

"我昨天注意到，你家和米勒斯家的信箱都被螺栓牢牢地固定着，而两边的信箱却有些松动。后来想起此事，它让我想明白了一些事情，那就是有人对它们动过手脚，它们松开了，被移动过，位置也被调换过。肯尼在一点左右送邮件，你三点半回到家，很轻易就能把你家和米勒斯夫妇家的邮箱对调，天黑后再把它们放回正确的位置。乔希·弗农开车过来，看一下邮箱上的名字，就会把书塞进左边的第三个信箱，你父亲去世那天我也是这样做的。而你父亲习惯了左数第二个信箱的位置，取邮件时自然不会看信箱上的名字。那天他出门时没戴老花眼镜，即使看到了信箱上的名字，对他来说也是模糊的。之前三次，他打开信箱时都是空的，因为他打开的是米勒斯家的信箱。最后一次，炸弹在里面，那是用你在自家地下室找到的材料制成的：一个捕鼠器，你父亲装填子弹时留下的火药。前天晚上，你想把信箱换回原位，玛尔塔·切斯纳特听到了你穿过房子的声音，但你犯了一个错误，把螺母和螺栓拧得太紧了，导致几个邮箱间的松紧程度不一样。"

伦斯警长提出质疑。"医生，为什么邻居们都没看到他在下午调换信箱呢？"

"他可能是早些时候拧松了螺栓，所以他只要快速地拧一圈，就可以把信箱抬起来。他的身体会遮挡住街对面的视线，让他们看不到他的举动。即使他们注意到他在鼓捣些什么，也会以为他是在检查邮件。"

戴蒙哭了起来，沉重的喘息声使得他整个身体颤抖得厉害。"不是我干的，我没有杀他！"

"你有乔希店里的报纸，因为你偷了之前的书。你为什么选《大地》？仅仅因为它的尺寸适合之前所偷的某本书的包装纸吗？"

"可以了，医生。"伦斯警长决定道，随后把哭泣的男孩带走了。

我自己也喘着粗气，试图平复自己的情绪。指控一个十二岁的男孩杀害自己的父亲是一件可怕的事情。他这样做是因为多年前父亲虐待母亲，还是因为觉得西尔维娅·格兰特正在逐渐取代他母亲的位置？我离开德维尔的房子，穿行在高高的杂草间，其实，我并没有真正搞清楚他的动机是什么。如果他怨恨父亲虐待母亲，他应该早就行动了，不是吗？西尔维娅说过，他喜欢迷惑他的父亲。这意味着欺骗。在此之前，任何一个诡计都有可能致命。如果他怨恨西尔维娅，他针对的应该是她，而不是他的父亲。

我清楚地记得各个信箱的位置，于是，在自己的脑海里又推演了一遍。我把书放在了左数第三个信箱里，就是写着"德维尔"的那个信箱。后来，德维尔的名字出现在第二个信箱上。信箱被调换了，这事只有戴蒙·德维尔能做到，他正试图用另一个谜团迷惑他的父亲。这些都能对得上。制造炸弹的材料来自德维尔的地下室，凶手必定是能去那里接触到它的人，因此凶手必定住在那栋房子里。即使西尔维娅有动机，德维尔也不会把她一个人留在家里，让她有时间和可能制造炸弹。不，一定是家庭成员。只剩亚伦和戴蒙两个人了，我已经证明这不可能是自杀，那就只可能是戴蒙了。

"戴蒙！"

我怎会错得这么离谱？我跑过草地，在到达房子时大喊他的名字。

伦斯警长告诉我他和扎克叔叔在车里，他承认调换了信箱和书，但对炸弹毫不知情。

我跑到车那里，猛地拉开车的后门，男孩和他叔叔坐在后座上。"戴蒙，你得原谅我，我完全搞错了。因为认定是你调换了信箱，我就断定炸弹也是你组装的。不是你。绝对不是你。"

"那是谁？"扎克·德维尔问道。

"拉结·德维尔杀了她的丈夫，尽管她已经死了快两年了。"

伦斯警长难过地摇了摇头。"你差点犯了大错，医生。我们都错了。"

开车回镇上时，我从警长的车里望着窗外。"戴蒙的动机不成立，他的母亲却有动机，她曾遭受亚伦·德维尔的殴打和虐待。我说过炸弹的材料在地下室，但那里没有雷管。雷管不是一个男孩能想出来的东西。那其他东西呢？我在德维尔的地下室见过一个捕鼠器，可能已经好几年没有老鼠触碰它了。火药容器上有一层厚厚的灰尘。不仅如此,在那张用来包炸弹而被烧焦的报纸上,有一个罗斯福重新获得提名的新闻标题,时间可以追溯到一九三六年六月下旬,也就是两年多以前。然而,地下室里的旧报纸只能追溯到几个月前。"

"她那时就做好了炸弹?"伦斯警长问道,"在她死于那次事故之前?她怎么会知道如何组装炸弹呢?"

"可能是从她丈夫的书里学的。我在那里见过一本关于枪支和炸药的书。她可能是一时控制不住愤怒才这么做的,她把《大地》放回书架,等待着自己的丈夫来取。由于不允许十岁的戴蒙碰这些书,她知道只有她的丈夫有可能打开它。如果亚伦没有打开,我肯定她另有计划。她可能会打电话给他:'我要离开你了。《大地》里有一封信,它会解释一切。'正如命运所安排的,她在完成自己的计划之前死了。"

"你怎么知道不是戴蒙在书里发现炸弹后,决定执行他母亲的计划?"

"因为如果他打开那本书,那现在死的就不是亚伦,而是他了。"

当我们开车回镇上时,我想起了德维尔家那张幸福的全家照。我想起了拉结的笑脸,她早就为现在才实施的犯罪而受到了惩罚。

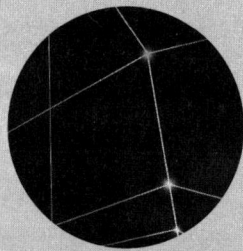

03

流血的
棺材

"年轻时，我常去泉水谷公墓野餐。"几杯酒下肚之后，萨姆·霍桑医生对他的访客说，"那时，那里更像是个公园，而不是墓地。一条小溪将其一分为二，一年中的大部分时间里，溪水都是缓缓地穿园而过。只是到了春天，随着科布尔山的积雪融化，小溪有时会涨水淹没部分墓地。"

那是一九三六年严冬之后发生的事情。泛滥的河水侵蚀了河岸，几英亩的墓地因此消失。一九三九年春天，公墓理事会召开会议，我当时是成员之一，显然我们必须采取一些应对措施。

"三年来，情况越来越严重了。"多尔顿·斯旺一边说，一边给我们看洪水造成破坏的照片。公墓理事会有五位履职过的轮值主席，斯旺是本届主席，这是他两年任期的第二年。他个子很高，五十多岁，已经开始谢顶，他的另外一个身份是某银行的总裁。

我看过照片后，次序乱了，我没整理就把它们递给了我右边的弗吉尼娅·泰勒。我意识到公墓的财政状况岌岌可危，于是问道："能再坚持一年吗？"

"看看这些照片，萨姆，"多尔顿·斯旺指出，"布鲁斯特家族的墓地几乎都被冲毁了！看这里，这些树根中间都露出了一具棺材的一角。"

"那些棺材需要挖出来迁走。"弗吉尼娅·泰勒应和道。

她三十多岁，身材高大，体格健壮，我经常在镇网球场看到她。泰勒家族在康涅狄格州各地种植烟草，赚了不少钱，这为他们赢得了泉水谷公墓最大的一块家族墓地。

我们又讨论了一会儿，墓地理事兼法律顾问兰迪·弗里德建议再等一个月。"若有其他办法，这笔支出就是不合理的。"

多尔顿·斯旺对此嗤之以鼻："其他办法只能是让布鲁斯特家族的棺材顺着泉水谷的溪水漂流下去。你是不是想要这样？"

与其说是斯旺的话，不如说是斯旺的语气让弗里德勃然大怒。"随你的便吧。"他嘟囔道。

斯旺要求就迁走布鲁斯特家族棺材的提议进行投票表决。"我已经和布鲁斯特家族谈过了，他们会签署必要的文件。"

泰勒小姐、斯旺和我投了赞成票，还有海勒姆·马林斯——一个退休的房地产开发商，很少在我们的会议上发言——也投了赞成票。他现在坐在那里，脸上露出带有忧伤意味的微笑，也许是想起了河水不漫堤时的好日子。唯一的反对票来自兰迪·弗里德。

"那么，我们尽快推进。"多尔顿·斯旺说，"冈瑟明天上午可以把工人和设备安排到位。"厄尔·冈瑟是公墓管理员，负责公墓的日常运营。

"你们这样仓促行事是错误的。"弗里德告诉我们，"拉一车土，沿着溪岸夯实，要比迁棺容易得多。"

"直到下一场大雨把它冲走。"斯旺争辩道，"看在上帝的分儿上，实际点吧！"

在我看来，这位律师确实有点不切实际，我想知道为什么。"如果有什么需要帮助的话，"我自告奋勇地说，"明天上午工人来的时候，我可以在那儿等着，确保除了布鲁斯特家族的墓地之外其他墓地都不动。"

"那太有帮助了，霍桑医生。"弗吉尼娅·泰勒表示同意。

"如果除了厄尔·冈瑟之外，还有人监督这件事，我们都会感觉好一些。"

曾有一天上午，厄尔雇的两个临时工被人发现喝醉了，躲在一块倒了的墓碑后面，喝光了一升多黑麦威士忌，自那以后，这位管理员就不太受理事们喜欢了。几位大吃一惊的送葬者给伦斯警长打电话，喊他到现场，警长让这两个家伙二选一：要么被关三十天，要么赶紧滚出本镇。他们选择了后者。这件事引起了理事会的关注，他们警告厄尔·冈瑟，如果想保住自己的工作，就得把方方面面做好。

会后，我们在公墓大门附近的房子里找到了他。虽然他的办公室就在我们开会的那栋楼里，但在这里更方便工作。厄尔的妻子琳达把我们迎了进去。"亲爱的，霍桑医生和斯旺先生要见你。"

厄尔·冈瑟身材魁梧，留着黑色的小胡子，头发稀疏。在担任管理员一职前，他在泉水谷公墓做了多年的掘墓人。对于把此项任务交给他，理事会中没人抱多大的期望，但他似乎又是干这活的不二人选。他当时刚和琳达结婚，不知怎么，我们觉得琳达可能会开导他。琳达确实这么做了，但显然效果还不够理想。泉水谷公墓的理事会每季度开会一次，今年四月的会议将是我们在多尔顿·斯旺农场传统的七月郊游前的最后一次会议。

当理事并没有占用我大量的时间，而且直到现在，除了走走过场的会议外，理事会还没做过其他事情，但这种情况即将发生改变。"霍桑医生明天上午会来监督掘墓和迁葬。"斯旺告诉管理员，"我们不希望出什么岔子。"

厄尔·冈瑟摸了摸下巴。"我会安排好人手，带上铁锹和一组起吊滑轮。布鲁斯特家族的墓地有六具棺材，估计得干一天。"

"没办法。他们的家人要参加迁葬，可能牧师也会一起来。"

"我们会尽力而为的。"管理员告诉我们。

多尔顿·斯旺点点头。"我相信你会的。"

我开车回到诊所，下午早些时候有几个病人约诊。

"会上有什么让人兴奋的事吗？"玛丽·贝斯特问，但她知道从来就没有过。

"没什么。明天上午他们要迁移布鲁斯特家族的墓地，我得去现场。溪水泛滥把河岸冲垮了。"

她看了看我的预约登记簿。"要不要我把温斯顿太太的预约改到下午？"

"如果可以的话，最好改到周五上午。不知道我会在那里待多久。"

在等待第一个病人来时，我浏览了一下报纸的标题。希特勒坚持要求波兰归还但泽，德国和波兰之间的战争一触即发。但诺斯蒙特远在天边，不必担心战争的威胁。

那天下午晚些时候，我正要离开诊所时，看到了弗吉尼娅·泰勒从旁边的清教徒纪念医院走出来。她停在自己的车旁，等我走到她跟前。"你明天上午会去泉水谷公墓？"

"计划是要去。"

"那好。布鲁斯特家的人非常关心遗骨能否被体面地迁葬。"

"我认为没有问题。不管冈瑟有什么缺点，他干起活来总是把好手。"

她点点头，指了指身后的医院大楼说："我周二会来这里做义工。要是赶上理事会开会，那就是一整天。"她家属于较早来到诺斯蒙特的家庭之一，她把大部分时间都花在了慈善事业上。几年前，她与一位来自普罗维登斯的年轻律师订过婚，但后来分手了，也就至今未婚。像一般的未婚女性常做的那样，她打网球、旅行，又当义工，日子过得很充实，而她家的烟草生意早就转让给了别人。

我们又聊了一会儿，然后她便开着小敞篷跑车离开了。她常开着车在镇子上转悠，我年轻时也有一辆类似的车。

第二天上午，我开车去墓地，不到九点就到了。厄尔·冈瑟把一辆平板卡车停在布鲁斯特家族的墓地旁，卡车后面装着铁锹和镐头、一组起吊滑轮以及折叠好的一大块防水布。六个工人刚到现场，正从大门走过来。

"很高兴见到你，医生。"冈瑟跟我握手问好，"我安排了两组人手，每组三个人。一组往溪边挖，把土挖到岸边；另一组从上面挖，把土挖到其他棺材旁边。这可能需要一上午的时间，甚至更长的时间。"

我看着溪边的那组人铲走松动的土，挥动斧头砍断地下的树根。上面的墓碑告诉我，这些坟墓中最新的也有十五年以上了，还有几个甚至可以追溯到世纪之交前。一小时后，一具棺材终于完整地露了出来，工人们用滑轮把它吊上来，移动到平板卡车上。在那之后，速度似乎加快了。我不知道什么时候第二和第三具棺材已经放到了平板车上，第四具棺材也从它的长眠之地被吊了起来。

在工作进行时，我在墓地周围转了转，读着墓碑上的名字，想起其中几个是我从前的病人，我曾短暂地延长过他们的生命。最后，大约在中午时分，六具棺材中的最后一具也从坚硬的橡树根的包围中被拉了起来。在它被放到平板上的适当位置时，我走到了卡车旁。

"干得不错，厄尔。"我对他说，"看起来只损坏了一两个角。"这些坟墓建在棺材被封进金属椁之前的时代，较老的棺材显示，它们在溪水泛滥造成破坏之前就已经埋在地下几十年了。

不过，六具棺材似乎保存得都还算好。或者说，在我从某具棺材的破损一角摸到又湿又黏的东西之前，我是这么想的。

"这是什么？"我问冈瑟。我的手被血浸湿了，有一瞬间我以为是自己的手被割破了。

"你流血了？"

"我没有，是棺材在流血。"

"棺材怎么会流血？医生，都过去二三十年了。"

"我想我们最好把它打开。"棺盖用螺丝固定得很紧，我的手指肯定是做不到了。"你这里有什么工具吗？"

"棺材里只有骨头而已。"管理员争论道。

"我们最好看一看。"

他叹了口气，拿来几种工具，拧开棺盖的螺丝，棺材很轻易就被撬开了。我亲自抬起棺盖，心想里面应该是一具腐烂的遗骸，没想到眼前出现的是一具血淋淋的尸体，它被人塞进棺材，落在惨白的尸骨之上。

不可能啊，更不可思议的是，那是海勒姆·马林斯的尸体，不到二十四小时前，他还参加了理事会会议，就坐在我旁边。

不到一小时，伦斯警长到达现场，检查尸体时，他说的一番话再正确不过了。"你这次真的要超水平发挥了，医生。一个昨天还活着的人，怎么可能被人在一个已经埋了二十年的棺材里谋杀呢？"

"我不知道，警长，但我很想弄清楚。"在等警长赶来时，我一直询问厄尔·冈瑟和工人们，但他们都说自己什么都不知道。厄尔似乎特别不安，紧张地擦拭额头上的汗水，尽管气温还不到十六摄氏度。

"理事会对此会做何反应，医生？我会失去这份工作吗？"

"若是我们能证明你没有责任，就不会。但你必须对我完全诚实，厄尔。这些坟墓是不是在某个夜晚被人挖开过？"

"在他们开挖之前，你亲眼看到了地面是什么样子，医生。已经很多年没人动过它们了，如果有人挖出它们，再把它们埋进去，不可能不留下痕迹。"

"你跟海勒姆·马林斯很熟吗？"

"几乎不认识。他来参加理事会会议时我见过他，仅此而已。他看起来是个好人，从不多说话。"

这话不假，警长到达后，我向他描述马林斯时，用的几乎是同样的话。伦斯警长不安地看着棺材里的尸体，问道："你认为这个伤口是什么造成的？"

"像刀子一样的利器，只是刀刃似乎更长更厚。胸部有多处创伤，大量流血，以至于从棺材的这个腐烂一角流了出来。"

"还好是这样，否则，马林斯会在布鲁斯特家族的先人再次下葬时一起被埋入地下。"警长随身带着相机，正在给犯罪现场拍照。他最近总是这样做，他从犯罪调查手册之类的东西中学到了一些技巧，并学以致用。他虽只是个小镇警长，但愿意学习新东西。"你对马林斯了解多少？"

我耸了耸肩。"我想不会比你多。我猜他大约七十岁，已从自己的房地产公司退休。除了每三个月一次的公墓理事会会议，我从没见过他。"

"他的妻子已经去世，他们也没有孩子。"警长说，"你认为他是怎么到棺材里去的，医生？"

"毫无头绪。"

回到诊所后，我翻遍了书架，找出了埃勒里·奎因的推理小说《希腊棺材之谜》。七年前我就读过它，它讲了一个一具棺材中有两具尸体，但第二具尸体在第一次下葬前就已被放进去的故事。这对弄清楚海勒姆·马林斯的死毫无帮助，他的尸体被放进了一个已经埋入地下二十年的棺材里。

没过多久，我的电话就响了。消息已经传开。第一个打电话来的是兰迪·弗里德，他是律师，也是泉水谷公墓的法律顾问。"萨姆，我听说马林斯老头出事了？"

"真的出事了。我们在冈瑟的人挖出的棺材里发现了他的尸体。"

"这怎么可能？"

"是不可能。"

"听着，萨姆，我认为你是最不应该相信任何超自然力量的人。也许，是厄尔·冈瑟的人挖出棺材后把尸体放进去的。"

"我一直在那儿，兰迪，距离不到一百英尺。"

"你认为泉水谷公墓会被马林斯的家人追究责任吗？"

"我不知道他家还有什么人，他显然是被谋杀的，我们需要弄清楚他是怎么被杀的。"

"我会和你保持联系的。"弗里德挂电话时对我说。

下一个打来电话的是多尔顿·斯旺，他通知我明天要召开公墓理事会紧急会议。"我们必须彻查此事。理事会必须发表声明，然后选一个人填补他的职位。"

在我看来，最后一件事并不那么紧迫，因为我们每季度才见一次面。

"不管你怎么说，多尔顿，上午我要去医院看看病人，在那之后到下午我都有空。"

"那么，我们就定在十一点吧。我已经和弗吉尼娅谈过了，那个时间对她来说很合适。"

"好吧。"

挂完电话，玛丽·贝斯特走了进来，她刚吃完午饭回来。"两具尸体在一具棺材里是怎么回事？"她立刻问道，"泉水谷公墓拥挤到这种程度了吗？"

"我想这个消息已经传遍全镇了。"

她在接待台前坐下来。"我知道这又是一起不可能谋杀案，而你又正好置身其中。"

"相信我，这可不是我有意为之的。到目前为止，公墓理事是我担任过的最轻松的职位。"

"那条小溪始终是个麻烦。也许，他们应该找希恩镇的墓地合并。"邻镇曾想开发一个新的区域性公墓，为两个社区服务，但在定下来之前，那块地卖给了一所私立大学，现在大学正在建设，将于九月开学。

"直到事情尘埃落定，我才知道。"我承认，"我不知道理事会里有谁知道。"

玛丽的思维方式总能切中要害。"厄尔·冈瑟有杀害马林斯的动机吗？"她问。

"我想不出原因。那老头只是坐在那里开会，从没评论过冈瑟或其他人。"

"所以，你还是认为冈瑟与此事无关？"

"也许，但我无法想象马林斯会在黎明时分到墓地去见冈瑟。即使他这么做了，冈瑟又怎么能把尸体放进埋在地下六英尺深的棺材里呢？土壤坚实，并没有挖掘过的痕迹。"

"我再花点心思想想这个问题。"她说。玛丽从来都不是一个认输的人。

那天下午，我一直在医院等待，直到普劳蒂医生完成对海勒姆的尸检，没有什么意外发现。"除了假领和领带，其他地方都还齐整。"他在解剖室里洗漱时说，"伤口大且深，伤及胸腔和心脏，从肋骨下方斜着向上刺入。"

"什么东西能造成那样的伤口？一把宽剑？"

他轻声笑了笑。"诺斯蒙特不至于落后时代如此之多。墓地周围有很多园艺工具，我想一把树篱剪就可以做到这一点。"

"你能估计出死亡时间吗？"

"他在死前大概一小时吃过早餐。"

"早餐？"

"看样子像是吐司和炒鸡蛋。"

"我九点前就在那里了。"

他耸了耸肩。"像马林斯这样年纪的人，独自生活，有时会在凌晨四点吃早餐。根据体温等判断，我认为他可能是在早上五点到九点之间被杀的。"

"谢谢你，医生。"

就在我要出门的时候，他说："还有一件事。"

"什么事？"

"像这样的伤口，凶手移动尸体不可能衣服上不沾血。"

我打电话给伦斯警长，提前把尸检结果告诉了他，还跟他说了血迹的事。"没注意到冈瑟和他手下的工人身上有血。"他说。

"当然没有，他不是我在那里时被杀的。"

"海勒姆·马林斯有一辆豪华林肯，从我记事起他就有了，我们发现它停在他家的车道上。"

"嗯？"

"他是怎么到墓地去的，医生？他这把年纪肯定不会走路，天黑时更不会。"

这段路只有几英里远，步行也没有问题，但我承认马林斯这样的人不太可能会走去那里。这意味着他可能是被凶手开车带到公墓去的，想必是他认识和信任的某个人大清早把他带走的。是厄尔·冈瑟给他打的电话？还是某位理事会成员？

我跟警长通完话，告诉玛丽她可以回家了。我又在诊所待了一段时间，为我几乎不了解的一个人的生与死困惑不已，而这个沉默寡言的人我一年只见四次，每次见面也只是点头致意而已。我不知道对他的不了解是他的错，还是我的错。

"霍桑医生。"

听到有人喊自己的名字，我抬起头来，只见一个年轻女子站在门口。她背对着走廊里的灯光，我过了一会儿才认出是厄尔的妻子琳达·冈瑟。"你要看病吗？"我问，她来这里一定是来看病的。

"我只是想和你谈谈厄尔的事，还有今天早上发生的事。我听说要开个会……"

"请坐，我正想关门。"

"我知道我丈夫以前和公墓理事会有过不愉快。他担心失去工作。现在，由于今天早上发生的事，他十分害怕被逮捕。"

"我们没有理由认为厄尔与这起谋杀案有关。棺材被挖出时，我一直在那里。如果他做了什么不寻常的事，我会注意到的。"

"但是有些人一直都不喜欢他。"

"这事我说不准。不过，他总能完成别人交给他的工作。"

"我做什么才能帮到他？"

"如果伦斯警长问你任何问题，请说实话。比如，今天上午有什么不寻常的事情发生吗？"

"没什么。厄尔七点左右起床，我给他做了早餐，然后他去了布鲁斯特家族的墓地。"

"你们早餐吃的什么？"

"果汁、麦片、吐司、咖啡。他每天早上都吃这些东西。"

"没有鸡蛋？"

"没有。为什么你要问这个？"

"只是想知道。你们在晚上或清晨没有听到什么不寻常的声音吗？"

"没有。我应该听到吗？"

"如果海勒姆·马林斯是在公墓里被杀的，他可能会尖叫或哭喊出来。"

"我们什么也没听到。"

我想起了普劳蒂医生说的血迹的事。"你丈夫出门时穿的什么？"

"工装裤，跟平时一样。"

"他应该不止一条这样的裤子吧？"

"他在工具棚里放了一条备用的。"

我试图让她放心。"别担心，冈瑟太太。我们明早是要召开公墓理事会特别会议，但并非要针对你的丈夫采取什么行动。我们要讨论接替马林斯的人选。"

"那厄尔……"

"嗯……如果他没参与谋杀，就没什么好担心的。不能因为事情发生在公墓，就归咎于他。"

琳达·冈瑟半信半疑，但还是礼貌地笑了笑。"谢谢你，霍桑医生，我很感激。"

她走后，我第一次觉得她是一个很有魅力的女人。她本可以找到比冈瑟更好的丈夫，但爱情和婚姻的匹配有时就是这么奇怪。

早上我去医院给两个病人查房，他们都是轻微的心脏病发作，得到治疗后恢复得不错。然后，我给诊所的玛丽打去电话，告诉她我要开车去参加公墓理事会会议。"我以为要到十一点才开呢。"她说。

"我想早到一会儿，四处看看，尤其是工具棚那里。"

"你知道事情是怎么发生的了？"

"纯粹是魔法。"我笑着告诉她。

我到达泉水谷公墓时，清晨的阳光正透过春天的枝叶洒落到地上，满园沐浴在柔和、诱人的光辉之中。我比开会时间早到了一个小时，却惊讶地发现我不是第一个到的。弗吉尼娅·泰勒的敞篷跑车占了一个停车位，却不见她的踪影。

我绕过冈瑟和他妻子住的红砖住宅，沿着有些弯曲的小路朝工具棚走去。

在远处，我看到两个工人正从一棵被冬季风暴摧毁的树上移除一些树枝。工具棚没有上锁，有工人干活时，通常都是不锁的。我试图找到厄尔的那条备用工装裤，但没有找到。

就在我准备放弃时，我发现一把树篱剪似乎藏在一块帆布后面。我把它拉了出来，没顾得上考虑指纹，便开始检查刀片上是否有血迹。它似乎被擦拭得很干净，但刀刃接合处有几处铁锈色的斑点值得检查。我用油布把它包起来，尽量不再进一步破坏指纹。

我带着我的发现正要离开工具棚，弗吉尼娅·泰勒朝我走了过来。"你手里拿的是什么？"

"树篱剪，可能是凶器。"

"我总是忘记你还是个侦探。"

"只是业余的。"

"我想看看发现海勒姆尸体的地方。"她解释说，"他们似乎已经把布鲁斯特家族的棺材都移走了。"

"你和海勒姆很熟吗？我只在会上见过他。"

"几年前他为我们家处理过几笔房地产交易。他很擅长做交易。"

"一个沉默寡言的人。"

她笑了笑。"他能把嘴闭上，有时这也是一个优点。"

"他还工作吗？"

她摇了摇头。"他退休一年左右了，自从为希恩镇的新大学将几块地皮合并到一起，他就不干了。"

"他可能是个有趣的人。很遗憾我没能更多地了解他，他总是戴着硬假领和领带，我记得去年夏天在斯旺家聚会时他也是如此。"当时的社会流行戴笔挺的假领，马林斯和斯旺等人就经常戴着它们。

我更喜欢带领子的衬衫，像兰迪·弗里德这样的年轻人一样。

我们朝着理事会开会的小办公楼走去。现在，有位临时秘书会在需要的时候帮冈瑟处理文字性的工作，但大多数时候，他都独自一人待着，除非他去监督一个小组干活。今天和往常一样，他收拾好自己的材料，想要离开，以免打扰我们开会。

"再待几分钟，厄尔。"我建议道，"我们想和你谈谈发生的事。"

"好的，随你怎么说。"他继续坐在自己的办公桌前，而不是坐在我们开会的桌旁。几乎就在这时，又有两辆车停到了外面，我看到斯旺和弗里德正在赶来。

律师第一个进门，一副公事公办的样子。"我们在这里惹了一个大麻烦，冈瑟。我担心公墓要承担责任。"

多尔顿·斯旺在桌前坐下，用手捋了捋他那稀疏的头发。"我们以后再谈这个，兰迪。大家坐下来理一下我们知道的情况。萨姆，你了解到什么了吗？"

"没了解到什么。"我承认道。我为他们读了一遍尸检报告，然后转向冈瑟。"厄尔，你通常会在工具棚里放一条干净的工装裤，是吗？"

"没错。"

"我刚才想找它，但没有找到。不过，我发现了这把树篱剪，上面似乎有血迹。"

弗吉尼娅·泰勒露出让她看起来像是怪人的表情。"萨姆认为这可能是凶器。"

"有可能。"

多尔顿·斯旺把目光转向公墓管理员。"厄尔，那个工具棚不是一直锁着吗？"

"没错，大部分时间是这样。"

"前天晚上锁了吗？"

"嗯……"冈瑟显得有些不安，"你看，我们上午挖出那些棺材，重新埋葬，工作很多。我想有些工人可能会早到，于是就没锁工具棚，给他们留着门。但在我们到达之前，没人挖过墓地。医生也看到了。"

"没错。"我勉强同意了，"我到那里的时候，棺材还在地下。"

"你知道马林斯的尸体是怎么进去的吗？"斯旺问道。

"不知道。太不可思议了。"

"好吧。"斯旺挥手让他离开，"让我们单独待几分钟。"

厄尔离开办公室，穿过车道进了自己的住处。

"你们说说谁可以接替海勒姆？"弗吉尼娅问。

接她话的是兰迪·弗里德。"我和弥尔顿通了电话，提出了一个建议。弥尔顿·多伊尔是……"

"不要再找个律师！"弗吉尼娅突然情绪激动起来，"看在上帝的分儿上，墓地是关于家庭的，又不是打官司！另找一个女人来怎么样？"

"我们有一个女人了。"斯旺轻声回答。

"两个女人又能怎样？你们男人的票数仍然比我们多。"

"值得考虑。"我同意道，"我建议会议休会，葬礼结束后再开。在此期间，也许我们可以想出几位优秀的女性候选人。"

弗吉尼娅·泰勒给了我一个感谢的微笑，斯旺同意休会到下周一。在我们离开时，弗里德说："缺少了马林斯老头，一切都不一样了。"

"他就没说过什么。"

"可他在那儿，就在那把椅子上！瞪着凸出的眼睛，挺着公牛般粗壮的脖子，总是看起来要被自己的假领勒死。"

我突然想到一件事。"兰迪，新大学的房地产交易记录会放在哪里？"

"在希恩镇的法院。"

这不过是我的一种直觉，但开车跑一趟希恩镇还是值得的。在去的路上，我在脑海里将一些碎片拼凑起来。有一种方法可以做到把尸体藏进棺材。我现在已经想通了这一点。有时凶手会故意制造不可能情境，但此次案情并非如此。凶手想要的只是安全处理尸体的方法，一个能让尸体再隐藏二十年的方法。

法院大楼是一座大型老建筑，建于世纪之交，其石栏已经风化，而且在风吹日晒下发黑了。我找到了存放地图和地契的大房间，那里还能查到一百年甚至更久以前的记录。一个十八九岁的女孩很快过来帮我，她是兼职职员。"新大学？我们都对它的出现感到高兴。我已经注册，九月就要开学了。"

"那太好了。"我意有所指地说，"我需要查看大学各个地块的契据。会很难查吗？"

"不难，一点也不麻烦，政府备案就是为了让人查的。"

由于涉及多块单独的土地，这项任务起初看似没有希望，但后来我找到了海勒姆·马林斯的名字，便开始专注于查看他处理过的交易。我翻开一张地契，发现了我一直想找的那个名字。接下来，事情就简单了。

我给诊所的玛丽打电话，告诉她把我下午的预约推迟到第二天。"这很容易。"她说，"预约的只有凯恩家那个男孩子，他妈妈说他现在感觉很好，丘疹都没了。"

"告诉她这周剩下的时间不要让他上学，下周一他就可以去了。"

"伦斯警长一直在找你。"

"我这就给他打电话。"

过了一会儿，电话那头传来了警长熟悉的声音。"你在哪儿，医生？"

"在希恩镇，查新大学房地产的交易情况。"

"为什么查大学？"

"这是海勒姆·马林斯在彻底退休前做的最后一笔交易。"

"有什么发现？"

"动机，我想是这样的。"

"我们也有所发现。我的手下找到了一条有血迹的工装裤。厄尔·冈瑟承认那是他的，上面有他名字的缩写。"

"在哪儿找到的？"

"小溪的岸边。看起来厄尔本想把它卷起来扔进水里，只是扔短了一英尺。还有一个假领和一条领带，也有血迹。还记得吧，海勒姆尸体上不见的就是它们。"

"我记得。你现在打算怎么办？"

"当然是以谋杀罪逮捕厄尔·冈瑟，那条工装裤就是我们需要的证据。"

"听着，警长，你可以带他去问话，但先别指控他谋杀，我一小时后到你办公室。"

我以创纪录的速度穿越偏僻的乡村道路，赶到警长办公室，他正准备审问公墓管理员。琳达·冈瑟在外面的等候室，看上去很紧张，我设法安慰她。

"厄尔有麻烦了，是吗？"

"是的，他可能会有更多麻烦。不过，在我们和他谈完之前，请尽量放松。"

在办公室里，伦斯警长正和冈瑟交谈，一位警员在旁边做记录。"我从没穿过那条工装裤去杀马林斯。"管理员说，"凶手肯定是在工具棚里找到它的。"

"得了吧，厄尔，你认为我们会相信吗？"

"我是无辜的！"他转而向我求助，"你相信我，是吗，霍桑医生？"

我在桌子对面坐下来，小心翼翼地斟酌着我的每句话。"你没有杀马林斯，但你也不是无辜的，厄尔。如果还想活着走出这个地方，你最好把全部真相告诉我们。"

"你是什么意思？"

"你知道尸体是怎么被放进布鲁斯特家族的那具棺材的。"

"我……"

"你想说什么，医生？"警长问。

"我们一直在说，那些棺材上面的土壤是坚实的，没有被翻动过，这完全是事实。但小溪边则是另一番景象。因为溪水泛滥，侵蚀了河岸，这些棺材正在移动，有些棺材实际上已经看得见了，只是被树根笼罩着才没有被冲走。"

"谋杀发生的那天上午，我看见你的人铲掉松动的土壤，砍掉那些树根。"

"那么，你看到我没有……"

"我看到了你想让我看到的，厄尔。泥土是松动的，因为它们前一天晚上被挖过，是重新填上的。你走到岸边，看到一具棺材几乎完全露了出来，而且棺材的一角严重受损。你怕我或者其他理事看到后大惊小怪，便自己用平板车上的滑轮把它拉上来，放上卡车，然后小心翼翼地把它藏在一大张折叠起来的防水布和一些工具下面。你请了两组人挖土，他们都专心地干自己的活，不怎么注意对方。在我闲逛查看墓碑的时候，你很轻易就能掀开防水布，把它露出来，让人认为又挖出了一具棺材。我记得当时我还有点纳闷，不知道什么时候第二和第三具棺材就已经放到卡车上了。"

"若是他耍了这一招，那就是他杀了马林斯。"警长争辩说。

"根本不是他。厄尔之前和理事会有过不快，他担心如果我们看到他让布鲁斯特家族的墓地变得如此糟糕，我们肯定会解雇他。他只是担心自己的工作，不可能知道凶手会一大早发现这具棺材，并将之当成藏尸的最佳地点。"

伦斯警长仍然持怀疑态度。"那谁有杀了那老家伙的动机？"

"有人曾雇他为新大学购置几块土地。但是，有个人得知希恩镇可能会建立新社区墓地，便利用这一信息买下所有地产，然后破坏该项目，再把土地卖给私立大学，从而大赚一笔。"

"你是说某个理事，医生？"

"正是如此。其他人不了解情况，也不具备相应的地位，也就无法付诸实践。马林斯实际上已经退休，对其他人来说没什么利用价值了。我今天下午在希恩镇的地契上发现了我想找的名字。马林斯肯定威胁了这个人，想敲诈一笔。除了理事会成员，任何人都不可能在那天清晨把他引到墓地，而这个人找的借口可能是查看墓地侵蚀情况，然后杀了马林斯。凶手肯定了解工具棚，知道那里有多余的工装裤，可以用它防止自己的衣服沾上血迹。凶手甚至可能有钥匙，以防工具棚被人锁上。这个理事穿上工装裤，拿起树篱剪，马林斯一到，他就迎了上去，从肋骨下快速刺入，事情就结束了。然后，他拧开螺丝，打开棺材盖，把马林斯扔到已经去世多年的人的骨头上。只是血太多，而且棺材已经损坏，血渗了出来，才被人发现。"

"是谁，医生？"

"即使没有看到法院档案上的名字，我也知道。除了假领和领带，工装裤遮住了凶手身体的其他部位。为什么死者的假领和领带不见了？他肯定是戴着去的。马林斯甚至去夏季野餐时都戴着它们。受害者的假领和领带没沾血，沾血的是凶手的假领和领带！工装裤上也溅了几滴血。于是，凶手丢弃了工装裤和自己的假领及领带，换上了受害人的假领和领带。马林斯的脖子粗，其他任何一个理事都能戴得上他的假领和领带。"

"那到底是谁，医生？"伦斯警长又问。

"只有一种可能。泰勒小姐毕竟是个女人，不会用男性服装。兰迪·弗里德和我都穿自带衣领的衬衫。只有死者和多尔顿·斯旺还戴可拆卸的衣领。理事会主席多尔顿·斯旺的任期始于土地交易结束之前，他的职位最有可能阻止社区公墓的提议张扬出去，并给自己买地。他可以让马林斯为他打前站，前去跟大学打交道。他知道工具棚的情况，可以轻而易举地杀死马林斯，并隐藏尸体。他也要更换自己沾血的假领和领带，因为他那天早上要去银行，不得不换。你发现的假领和领带可以证明是斯旺的。再加上土地交易，它们应该是你需要的所有证据。"

"多尔顿·斯旺……"

"他就是你要找的凶手。去抓他吧，警长。"

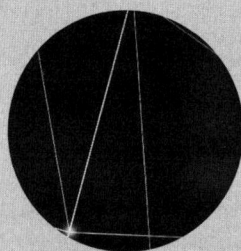

04

杀人的猫头鹰

　　"一九三九年的夏天动荡不安。"喝了几口小酒后，萨姆·霍桑医生对他的访客说，"空气中弥漫着战争的紧张气氛，报纸头条每天都在报道欧洲军队的调动和备战工作。不过，在诺斯蒙特这样的新英格兰小镇，生活还是一如既往地继续过着。当然，现在汽车比我一九二二年刚搬来时多了不少，那时我刚从医学院毕业，拿到了行医执照，父母送了我一辆黄色的皮尔斯利箭敞篷车。在那个年代，那车比我更引人注目。"

　　二十世纪三十年代末，我们的生活和工作方式被汽车所改变，生活边界也因此得到拓展。老达菲的农场卖给了一位在二十年代就获得普利策奖的纽约剧作家，对此，没人感到特别惊讶。剧作家名叫戈登·科尔，他的写作大多是在农场完成的，只有在需要咨询经纪人或制片人时他才会开车去曼哈顿。令人惊讶的是，科尔和他的妻子玛吉实际上是自己在耕种这块一百多英亩的土地，即使有人帮忙，这活也是相当繁重的。

　　今年早些时候，我曾为玛吉·科尔治疗过一次小病，但我几乎不认识她的丈夫。八月底的那个周二上午，玛吉打电话到我的诊所，告诉我戈登出事了，我告诉她我会马上赶过去。

　　"怎么了？"当我拿起黑色药箱向门口走时，护士玛丽·贝斯特问道。

"是玛吉·科尔的丈夫，我们的著名剧作家。玛吉在地里发现了躺着的他，玛吉差不多都急疯了。菲利普斯太太十一点有个预约，你最好告诉她我有急诊，给她改约到这周晚些时候。"

我开车赶往达菲农场，尽管已经换了主人，当地人还是喊它的老名字。到达后，我看到玛吉在煤渣铺的车道上等我。通过看她的病历，我知道她已经四十七岁了，尽管看起来要年轻得多。她丈夫五十岁了，几年前他们搬到诺斯蒙特时，当地报纸曾做过关于他的报道，专栏作家波莉·凯彻姆最近还采访过他。

"他躺倒在地里很长时间了。"玛吉一边上车一边告诉我，"我们只能开车走一段路，剩下的要走过去。"

"他还有意识吗？"

"我想他死了。"她抽泣着说，"他一动不动。"

玛吉的头发很长，是金黄色的，其中夹杂着几缕灰白头发。现在，她的蓝眼睛又红又肿，穿着旧休闲裤和男式格子衬衫，显然这是她在农场的工作服。她个子不高，比我的肩膀稍矮一点。

"他今天早上什么时候出去的？"我一边问，一边沿着布满车辙的车道朝房子后面的谷仓和其他附属建筑开去。

"我真的不知道。房子后面有个工作室，他通常在那里写作。如果沉浸在一个新剧本中，他有时还会在那里睡觉。昨天吃完晚饭后，我就没见过他了。"

我们把车停在谷仓后面，在地里走了大约一百码①。这里长满了草，玛吉解释说他们是在轮作，计划明年在这里种玉米。

在走到科尔身旁前，我就知道戈登·科尔已经死了。在早晨的阳光下，纷飞的苍蝇被我们无法察觉到的细微气味所吸引，在科尔的尸体周

---

① 英美制长度单位，1码约合0.91米。——编者注

围嗡嗡作响。当我弯下腰查看时，我发现他的嘴和下巴上有一条干了的血迹，表明有内出血。虽然我从未给科尔做过检查，但在我看来，他的胸腔好像已经塌陷了。我把手放在他的肋骨上，能感觉到他的骨头断了。"这是什么？"我指着粘在他衬衫上的两根沾有油污的羽毛问道。

"我不知道。我猜是鸟的羽毛。我找到他的时候它们就在那里。他是……"

"对不起，科尔太太。他似乎是死于内伤，但我们要等尸检后才能确定。"

"可是……可是他这是怎么回事？"

"有时拖拉机遭遇意外……"

她摇了摇头。"拖拉机在谷仓旁边的棚屋里。早饭后我去那儿看了看，因为他今天早上要去犁地。当我看到拖拉机还在那里时，我掉头走向他的工作室，看他是不是睡过头了。如果写剧本写到半夜，他第二天就会很晚起床。"

我直起身子。"我们得通知伦斯警长。"

"当然。"

"这里还有其他人吗？"

"我们有个农场经理，叫尤德·达菲。"

"我认识尤德。"

"他父母去世后，我们买下了他家这片地。我们需要有人管理农场，而他比任何人都懂这一点。播种和收割我们都是雇用季节工帮忙。"

"尤德这会儿在这儿吗？"

当我们走回房子时，她摇了摇头。"周二早上，他通常会去采购农业用品，中午左右再回来。"

我打电话给伦斯警长，把这边的情况告诉了他。"看起来像谋杀吗，医生？"他问。

我瞥了一眼正在收拾早餐餐具的玛吉·科尔。"我说不准。你最好来看看。"

夏末的医院并不繁忙。人们都在度假，天气很好，学校尚未开学，也就没有爆发新一轮的儿童流行病。下午快下班时，玛丽·贝斯特为我拿到了尸检报告，我立刻给伦斯警长打了电话。

"警长，正如我怀疑的那样，戈登·科尔的胸部被压碎了。他死于大量内出血，过程也就几分钟。负责尸检工作的米勒医生，在业余时间还是一位观鸟者。他判断科尔衬衫上的羽毛是巨角猫头鹰的。"

电话那头警长长叹一声。"医生，你是想告诉我戈登·科尔是被猫头鹰杀死的吗？如果登上纽约的报纸，这可是大新闻！"

"造成这样的伤害得需要一只巨型猫头鹰才行。不过，他肯定是被什么东西杀死的。我想我们明天早上最好再去那里一趟，跟科尔太太谈谈，然后到处看看。"

我挂电话时，玛丽正咧着嘴笑。"一只巨型猫头鹰？你又要开始疯狂的谋杀案调查了，萨姆？你认为猫头鹰是在黑暗中撞击了他，还是用爪子把他抓起后从天上扔了下来？"

"我不知道他是怎么死的，玛丽，但是看他这种情况，很难说是自然死亡。"

第二天上午，警长和我开车去了那里。在驾驶公务车绕过一群被领往牧场的牛时，他难得地陷入了沉思。"你知道吗，医生，那些有关战争的新闻让我妻子心烦意乱。她担心他们会开始征兵。"

想到这一点，我不禁笑了起来。"警长，对他们来说我们太老了。我都快四十三岁了。"

"如果欧洲发生战争，很多事情可能都会改变。"

对此我无法反驳，玛丽和我在诊所也谈过这个话题。

玛吉·科尔在农舍等着我们，尤德·达菲和她在一起。"我得带着戈登的衣服去殡仪馆，"她冷静地说，"有什么问题你们可以问尤德。"

　　年轻的尤德身强体壮，一头黑发，左脸颊上有块暗红色的胎记。可能是胎记的缘故，长大后他有点害羞和寡言少语。父母死后，农场本该归他所有，但他似乎对由此带来的责任毫无兴趣，而是很满足于给科尔家当农场经理。科尔太太去了殡仪馆后，他转而把注意力放到了我们身上。"你们想知道什么？"

　　"嗯，主要是想了解戈登·科尔死前几个小时的行踪。"警长说，"我们知道他在自己的工作室睡了一夜。我们想去那里看看。"

　　"我去拿钥匙。"

　　"把它锁起来了？"我问。

　　"当然。科尔的手稿都在那里，包括现在正在写的。"他从厨房的挂板上拿了一把钥匙，我们跟着他走出后门。"这是备用钥匙。"他解释说，"科尔随身带着自己的那一把。"

　　开车去谷仓实无必要，我们便把车留在原地，走了过去。"科尔太太说她丈夫昨天早上打算犁地。"我说。

　　"这是怎么回事？"

　　"他们最近从隔壁农场皮特·安特卫普手里买了一块五英亩的地。一条小溪将那块地与皮特农场的其他地隔开了，所以皮特把它卖了。戈登·科尔认为可以让它跟自己的地连成一片，便计划在昨天早上开拖拉机犁平它。"

　　"那不是你应该做的事吗？"伦斯警长问道。

　　"他经常会放下笔，在农场干各种农活，以此放松自己。那天早上我要去买物资，他觉得这是他犁地的最佳时间。"

　　玛吉发现丈夫尸体的地方大约在谷仓和工作室的中间，去他的工作室需要走过一片开阔地。当看到达菲要带我们去的地方时，我立刻说：

"那里是老制糖厂！"

"是的。"他同意道，"我还是个孩子的时候，我们家就在那里制作枫叶糖浆。我和哥哥拖来小树，帮着砍柴生火。科尔买下这个地方后，把它改造成了工作室，用来写作。为此，他不得不更换屋顶，修整地板，但他毫不在乎。这个地方对我来说还有枫叶糖浆的味道。"

他打开门，我们走了进去。若是想发现搏斗的痕迹，那我们可就要失望了。科尔的安德伍德牌大打字机上还夹着一页书稿，窄小的床也没有收拾。除此之外，这个地方干净又整洁。"他从没在这里吃过饭，"尤德·达菲解释说，"总是回家吃饭。"

"早餐呢？"

"如果要干农活，他会先干完再吃饭。"

"也就是说，他一直在写剧本，然后在这里睡到清晨，起床离开，去谷仓旁边的棚屋开拖拉机。但当他走过那片地时，什么东西杀死了他。"

达菲看着我，耸了耸肩。"我想应该是这样。"

我们谈话时，伦斯警长一直在四处查看。"这附近有猫头鹰吗？"

"可能有几只仓鸮。"

"巨角猫头鹰，特别大的那种。"

"偶尔可以看到它们。"

"听说过它们攻击人吗？"

他摇了摇头。"有时候，如果你晚上出去，穿过灌木丛，可能会吓到一只，它会朝你飞过来，但那并非真的要攻击人。"他的眼睛看向了别处。

我有别的想法。"这里有没有什么农用机械可能杀死了他？他的胸部被压得很厉害。"

"到了晚上，所有的东西都会放好，昨天早上我没在，也就没有人把它们弄出来。科尔太太从不碰那些东西，如果她丈夫把拖拉机或卡车开出来，那它们就会在尸体旁边，对吧？另外，八月一直多雨，地面松软，任何重型机械都会留下痕迹。"

"拖拉机呢？"

"它有两吨半重，到哪里都会留下痕迹。"

"我们去看看吧。"我建议道。工作室里发现不了什么新线索了，于是我们向门口走去，无意间我看到了打字机上那一页书稿上的文字。那不是遗书，是一部关于几个渔夫的剧本的第四页。随后，我们来到玛吉·科尔发现她丈夫尸体的地点，仔细检查地面，搜寻范围越来越大，但除去被践踏过的草地，没有任何发现。

我们继续走向尤德·达菲所说的存放拖拉机的那个棚屋。尤德·达菲打开了未上锁的双开门，我们走了进去。这里没有窗户，光线昏暗，只有门和靠近天花板的一个通风口透光。"好机器。"警长说着，拍了拍拖拉机超大的轮胎，铁耙已经在它后面安装到位了。

"你能为我们发动它吗？"我问达菲。

"没有问题。"他爬上去，坐到方向盘后面，打开点火开关，然后下来，拿出曲柄插进散热器格栅底部的孔里。在拖拉机和棚屋后墙之间狭窄的空间里，他用曲柄发动引擎，然后又回到方向盘后面，由空挡挂上倒挡，毫不费力地把拖拉机倒出了棚屋，放下铁耙。

显然，这事他以前已经做过很多次了。

"为了重现科尔计划的路线，你能告诉我们他是怎么到达他要去犁的那块地的吗？你不用开拖拉机，我们可以走过去。"

"那可不近。"

对我来说，这点路不成问题，但伦斯警长选择留下，检查棚屋和其他附属建筑。我们穿过田地，路线与我们去工作室的方向形成直角，尤德·达菲说："警长应该减肥了，他走多了就上气不接下气。"

"好几年前我就跟他说过。"我用手遮住眼睛，挡住阳光，"这是我们要去的地方吗？就在那棵大橡树旁边？"

"是的！它是一棵标记树，是农场之间的分界线。但后来这条小溪变得很宽，安特卫普再耕种这几亩地就不方便了。他得走到大路上，然后经过允许，才能穿过科尔家的地走到那里。因此，卖掉那五英亩地就省事多了。"

"那不是皮特·安特卫普吗？"

顺着我的目光，他看到了一个身材修长、头发花白、留着小胡子的男人，正蹚过较浅的一段溪水，朝我们这边走来。他穿着工作靴和工装裤，上半身只有一件汗衫。

"霍桑医生，是吧？"他走近时喊道。

"是的。皮特，最近没见到你。"

"身体一直没毛病，也就没有劳烦你这样的医生。"他瞥了尤德一眼，"你好，达菲。"

尤德嘟囔了一句，便转过身去，露出他没有胎记的那半边脸。我说："你肯定听说了戈登·科尔的事吧？"

安特卫普点点头。"怎么了，心脏病？"

"他的胸部被压塌了。我们不知道是怎么回事。"

他皱起眉头，走得更近了。"你是说这可能是谋杀？你认为他是被打死的吗？"

"没有其他证据，只有胸部的重击。你知道他有什么仇家吗？"

"我们都有仇家，不是吗？"

"他买你地的事有什么问题吗？"

"能有什么问题，我很高兴摆脱了它，他给了我一个公道的价格。"

在我们聊天的时候，尤德·达菲已经走了。当安特卫普终于转身离开时，我不得不小跑着追上尤德。"你不太喜欢他，是吗？"

"在我成长的过程中，他常常因为我的脸而欺负我。"

当我们绕着这块五英亩的地走时，我发现它并不平整。它在春天被犁过，但既没有栽培，也没有种植，杂草丛生。我能理解为什么科尔想犁平这块地了，只是他还没有完成这一切。有什么东西早就在等着他，可能是一只猫头鹰，也可能是一个人。

戈登·科尔的葬礼定在周六上午，葬礼前有三天的吊唁时间，那天是第一天，下午我去了殡仪馆。

科尔夫妇没有孩子，但有一位姑姑要从波士顿过来，还有几个侄子也要来参加葬礼。乡邻们希望玛吉能够挺住，她的精神状态也确实不负众望。四点左右，我回到诊所时，玛丽·贝斯特说皮特·安特卫普来过电话，让我给他回电话。

"皮特，我是霍桑医生。你需要我做什么？"

"今天上午，我不想在尤德·达菲面前说起任何事，但你知道吗，科尔做的事有点难以解释。"

"什么事？你想说什么？"

"他不只是在那间工作室里写作。有时到了深夜，要是我在遛狗，会看到一辆车停在我家这边的路上，那里靠近通向他工作室的田间小路。"

"什么样的车？"

"蓝色跑车。"

"知道是谁的车吗？"

他犹豫了。"我还是不说了吧。我已经告诉你很多了。"

"这可是一起谋杀案，安特卫普先生。"我提醒他。

"我已经把我知道的都告诉你了。"说完他就挂了电话。

我本想给警长打电话，但转念一想，也许我们在工作室的检查过于短暂，忽略了什么。我知道七点至九点间，玛吉会在殡仪馆，于是我决定开车去她家再看看。

到那儿后，我把车停在谷仓旁，在那里坐了一会儿，以确定周围没有其他人。我想尤德·达菲也在殡仪馆，事实证明我猜得没错。我一直等到将近八点，夕阳西下，夜色笼罩田野。那里，光线已经不足以让我看清要去的地方，但我带了一个手电筒照路。

经过拖拉机棚屋时，我突然想开门看看里面。拖拉机停在那里，但里面一片漆黑，我走进去的时候，一阵翅膀扇动的声音突然传来，好像有只很大的动物朝我的头扑了过来。我急忙弯腰躲闪，心想可能是一只蝙蝠，但很快我就意识到那是一只巨角猫头鹰。它飞出了门，飞上了夜空，它可能是从天花板附近的通风口进到棚屋中的。

我绕过棚屋，走上白天我和达菲走过的那条田间小路。走到半路，大约在发现尸体的地方，我突然发现我的左边出现了一辆汽车的前灯。汽车减速停了下来，然后车灯熄灭。它离安特卫普的房子太远了，不可能是他的访客。也许，运气好的话，它就是皮特告诉我的那辆蓝色跑车。

我小心翼翼地往前走。现在天几乎完全黑了下来，但我和工作室在一条直线上，所以还能在西边的天空下辨认出它的形状。我走近时，一个小手电筒的光从岔路的方向照射过来。我想这个司机走的距离和我走的差不多，但速度更快。这是一个熟悉附近地势的人，当手电筒的光在老制糖厂的房子里出现时，我意识到此人还有工作室的钥匙。好吧，这就省去我破门而入的麻烦了。

我尽量轻轻地转动门把手，溜了进去。闯入者就在床边，用手电筒照着地板。"谁在那儿？"我突然问道，并打开了自己的手电筒。

那个人影猛地转过身来，我的手电筒正好照到她的脸上。我立刻认出此人是波莉·凯彻姆。她是一个非常漂亮的姑娘，为我们当地的报社写书评和艺术专栏文章。"我的天哪，这是谁啊？"她喘着气说，在手电筒的光线照射下，她什么也看不清了。

"波莉，我是萨姆·霍桑。你在这里做什么？"

她重重地坐到床上，一时喘不上气来。我找到一盏煤油灯，点亮了它，我记得自己之前看到过它。"我做的这是什么事？"她说，并不指望得到答案。

"你是在找什么东西吧，波莉。是你上次来的时候丢的？"

"一个耳环。没有比这个借口更拙劣的了吧，萨姆医生？如果在我要评论的书里读到这样的内容，我会痛苦地大声呻吟。"

我在科尔的工作桌前坐下，她在旁边的椅子上坐下。闪烁的灯光照着她的黄色头发，让她看起来像一个偷吃饼干被抓到的天真少年。"请给我讲讲这是怎么回事吧。"我和蔼地说道。

波莉深吸了一口气。"大约六个月前，报社安排我采访他。事情就是从那时开始的。"

"他应该五十岁了吧。"

"下个月五十一岁。对我来说，年龄不是问题。我想，我爱他。"

"两天前的晚上你和他在这里？"

"是的。"

"他是怎么死的？"

在灯光下，她的脸突然僵住了。"我不知道。黎明前，我们离开了这里。我匆匆回到我的车里，因为我想在皮特·安特卫普起床到处走动前离开。我最后一次见到戈登时，他正开始走过田间，去开他的拖拉机。"

"他没开成。"我说，"有什么东西在路上杀了他，他的胸腔像蛋壳一样被压塌了。"

听到我的话，她猛地往后一缩，好像我要打她似的。"你不会认为这事跟我有关吧。"

"直到十分钟前，我还不相信这一切。"

她试图说些什么，最后却问道："你能帮着找找我的耳环吗？我可不希望被人发现它在这里。"

"是周一晚上丢的吗？"

她摇了摇头。"可能是上周的某天晚上。我本想周一找的，但我们聊着聊着，我就把这事忘了。戈登很健谈。"

"当然。"我把灯放在地板上，我们一起找，但也没有找到。她又在床单里摸了摸，还是没有找到。十分钟后，我们放弃了。

"我不得不设法找到它。"她有些抱歉地说。

我站起来，掸掉膝盖上的灰。"波莉，你在附近见过猫头鹰吗？"

"从没见过。有一次，我们在晚上听到一种声音，戈登说那是猫头鹰。你为什么要问猫头鹰？"

"他的衬衫上有猫头鹰的羽毛。"我不想重复任何有关巨角猫头鹰杀人的说法。

"我的耳环……"她开始说，又停了下来。

"什么？"

"我得走了。"她决定道。然后，她犹豫了一下，问我："你不会告诉任何人吧？"

"你来这儿的事？当然不会，除非这对调查很重要。"

我们一起走出去，锁好门后，她把钥匙递给了我。"我不会再来这里了，还是你留着它吧。"

"也行。"

然后，她沿着一条她已经熟记的路，消失在了黑暗中。我并不为她担心，她很聪明，即使犯错，也能吸取教训。九点前，我回到自己的车里，在玛吉·科尔回到她那孤零零的农舍之前，我已经返程了。

周四下午，伦斯警长准备承认调查失败。"如果知道是什么杀了他，也许我们就知道是谁干的了。"他推测道。

"你没有发现巨型猫头鹰吧？"我问。

"你知道的，医生，这个问题并没有你想象的那么离奇。我记得在哪里见过一只大猫头鹰的，只是我想不起来了。去年你参加了格兰奇万圣节晚会吗？"

我摇了摇头。"我像躲避瘟疫一样躲避化装舞会。"

"也许是前一年吧。"他若有所思地说，"我得问问薇拉。"警长中年结婚，到现在还不满十年，他的年轻妻子薇拉是出了名的记忆好，能记住每一个重要的日期和地点。我想起了自己和波莉·凯彻姆的交流以及它可能造成的影响，但目前我要信守承诺，什么也不能说。

然而，那天晚些时候，我又产生了一个疑问，我找了个机会从诊所给波莉打了个电话。"我是萨姆·霍桑。你还好吗？"

"还行。"她谨慎地答道。

"关于你丢的那只耳环，我有一个小问题。"

"找到了吗？"

"没有。我只是想知道它是什么样子的，这样的话如果找到了也好识别出来。你昨晚想说却没说。"

"上面有一只小金猫头鹰。我去年在波士顿买的。你提到羽毛的时候，我打了个寒战。"

我感谢了她，然后挂断电话。我盯着电话，对猫头鹰的事陷入沉思。

周五早晨，我醒来时天正下雨，天气已经转凉了。我没有理由抱怨。夏天过得很愉快，现在毕竟已是九月一日了。波莉就职的诺斯蒙特报社只发行普通的周报，不提供国际新闻，因此我们很多人会订阅附近地区能送上门的日报。我从门廊上拿起报纸，随即展开，看到的是将改变所有人生活的大字标题。德国闪电入侵波兰，这意味着欧洲要遍地战火了。

我走到电话旁，给伦斯警长打电话。"看来是开战了。"我说。

"刚从收音机里听说了，医生。他们说英国人正在动员起来，已经开始疏散城市的妇女和儿童了。"

"愿上帝保佑我们所有人。"

"医生，我正要给你打电话。薇拉一直在翻看她在格兰奇万圣节晚会上拍的照片。我想她找到了我们要找的猫头鹰。"

"我出发去诊所时先拐弯去你那里。"

八点钟时玛丽·贝斯特还不会到诊所，于是我给她的公寓打去电话。"他们说一场战争要开始了，萨姆。美国会卷入其中吗？"

"如果这种情况持续一段时间的话，就有可能。希特勒已经疯了，什么都敢做。玛丽，我还在帮警长调查戈登·科尔的案子。我今天上午有急需处理的事吗？"

"只需要去医院查房。悉妮太太昨晚生了孩子，母子安好。菲茨帕特里克医生接生的。"

"太好了。我今天上午晚些时候去看她。"我的病人越来越多地去看专科医生，比如此次负责接生的产科医生，他最近在诺斯蒙特开了诊所。我看到了医学的变化，我的病人得到了更好的医疗服务，对此我只有称赞。

不过，当我听说有些专科医生的年收入是我的两倍时，我还是有些羡慕。一小时后，我到达警长家，薇拉·伦斯在门口迎接我。"警长记得见过一只猫头鹰，我也记得。进来吧，我给你看看我的照片。"

薇拉总是用柯达盒式相机拍来拍去，有时甚至在室内聚会上用闪光灯拍照。我跟着她进了客厅，伦斯警长正在仔细查看她那堆黑白照片。我瞥了一眼其中的几张照片，认出警长打扮成了一个胖牛仔，就连玛丽·贝斯特也大胆地打扮成了宫女模样。

玛丽从没告诉过我她参加了格兰奇万圣节晚会的任何活动。

"这是谁？"我问道，举起其中一张照片，照片上的人打扮成了一只曲线优美的黑猫。拍摄日期是一九三八年。

"报社的波莉·凯彻姆。"薇拉回答。

"戈登·科尔在那里吗？"

她想了一会儿才回答。"我想没有，除非他打扮得我没认出来。"

警长一直拿着其中一张照片。"这就是我想让你看的那张。"照片里的那人披着长长的羽毛斗篷，戴着猫头鹰面具，侧身也有很多羽毛。

"医生，这就是你要找的巨型猫头鹰。"

"是谁？"

薇拉回答。"猫头鹰吗？尤德·达菲。"

我们冒雨开车赶去达菲的住处，我跟着警长一起走了进去。他目不转睛地看着我们，好像知道我们是来打扰他工作似的。"我在科尔家还有事情要做。"他说，"我得走了。"

"坐下，达菲。"警长命令道，"我想讲给你听听你是怎么杀死戈登·科尔的。"

"杀他？我从来没有……"

"周一你把拖拉机开了出去。你知道科尔打算周二一大早就用它去犁他从安特卫普手里买的那块地，你也知道棚屋里很黑。当你停放拖拉机时，没调成空挡，而是在关掉点火装置后，将之调到了高挡。戈登·科尔第二天黎明时分来到棚屋，他看不清挡位，便以为它在空挡上。于是，他打开点火装置，下车发动引擎。引擎启动时，拖拉机突然前冲，把科尔顶在了后墙上，然后拖拉机就熄火了。"

警长显然是对的，但我不得不问："尸体是怎么跑到地里去的？"

"科尔惨死棚屋表明尤德就是让拖拉机挂在高挡上的人。他可以声称这是一场意外，但他必须在周二早上赶到棚屋，然后把尸体运到其他地方。也许，他想把尸体扔到田地中间，或者别的什么地方，但那样的话，他需要付出大量体力扛尸体。"他转向苗条而匀称的年轻人问道："你能给我们讲讲这一段吗，尤德？"

尤德开始坦白，像先前那样侧脸对着我们。"拖拉机的事你说得对，警长，但那是意外，不是谋杀。我告诉你发生了什么，我一开始就该告诉你的。我需要几个拖拉机的火花塞，希恩镇的经销商有卖约翰迪尔牌的火花塞，在出发去那里时我先路过了农场。我到农场时快七点了，棚屋的门是关着的。我拉开门闩打开门看了看里面，以为科尔先生已经在田里忙活上了。看到拖拉机时，我很惊讶，然后我看到了他，他被钉在墙上，拖拉机的引擎罩顶着他的胸部。我迅速倒车，心想他可能还活着，但太晚了，他已经没救了。至于接下来的事，我都不知道我为什么会那么做。我想我肯定是害怕担责任。我试图把尸体弄出去，远离拖拉机。这就是我把他扛到地里，然后扔在那里的原因。"

伦斯警长目不转睛地盯着他。"如果真像你说的那样，尤德，你把尸体扛到地里时为什么要戴着猫头鹰面具？"

"我没……"

"他的衬衫上粘着猫头鹰羽毛。"警长站了起来，"你有雨衣吗？我得带你回去进一步问话。如果你愿意，你可以请一个律师在场。"

尤德·达菲面对着我们，似乎已经丧失了抗拒意志。"我去拿件外套。"他说。

过了一会儿，他又出现了，身上穿着雨衣，戴着我在照片中看到的猫头鹰面具。警长的手伸向左轮手枪，但我把手压在他的手上。"不，警长。"我低声说，"没事的。"

"我想你需要这个。"达菲说，"这样你就可以比较一下羽毛了。我周二没戴它。"

伦斯警长的手从枪上抬起来。"走吧。"他说。

结果我并不满意，事实上伦斯警长也不满意。周五晚些时候，警长告诉我尤德·达菲只承认移动过尸体，没有对谋杀做出供认。

"我开始认为这是个意外。"警长告诉我，"至少陪审团无法消除合理的怀疑，他会获得无罪判决的。"

"羽毛呢？"

"他是对的。面具上的羽毛用某种防腐剂处理过，而戈登·科尔衬衫上的羽毛是猫头鹰新掉的。"

"我也这么怀疑过。周三晚上，我在棚屋里碰到了一只朝我飞来的猫头鹰。"

"你周三去那儿干什么，医生？"

"只是四处看看。当拖拉机撞向科尔的胸部时，那些羽毛肯定在引擎盖上，而羽毛上的油脂足以让它们粘到他的衬衫上。"

"所以啊，你认为我把达菲当成凶手是错的。我终究还是没能破解此案。"

"你很好地解决了科尔是如何死亡的问题，警长，一个人怎么可能在空无一物的地里因胸腔被压碎而死呢？要搞清楚是谁干的很难，我也不知道答案，直到我想起尤德·达菲今天早上告诉我们的话。"

"那么，这不是意外？"

"不是。"

"他是自杀的？"

我笑了笑。"若是自杀，那用这种方式也太离奇了，等明天葬礼结束后我再解释。"

"要是凶手逃走了呢？"

"不会的。"

周六上午，断断续续下了几个小时的雨停了，等到戈登·科尔的遗体下葬时，太阳都出来了。送葬结束后，我们几个人回到玛吉家。葬礼期间，邻居们送来了食物，很多人还参加了葬礼。尤德·达菲仍被拘留，接受审问，隔壁农场的皮特·安特卫普过来待了几分钟，唯独不见波莉·凯彻姆的踪影。中午过后没多久，大家陆续告别，到最后一个送葬的人离开时，就剩下伦斯警长和我了。

"带些吃的走吧。"玛吉提议说，"剩了很多。"

"不了，谢谢。"我说，"我们得跟你谈谈尤德·达菲。"

"我不认为他和我丈夫的死有什么关系。尤德连苍蝇都不会伤害。你一定了解。由于长了块胎记，他是个很腼腆的人。"

"他承认移动了尸体。"警长告诉她。

"从哪里？"

"戈登是被他的拖拉机顶死的。事情发生在棚屋里。达菲移动了尸体，搬到了地里，他担心自己会因为前天晚上没有将拖拉机调成空挡而承担责任。"

"是他杀的吗？"她问。

我摇了摇头。"你看，我们确定了你丈夫是怎么死的，但仍不能确定这是意外还是谋杀，甚至是自杀，虽然听起来自杀的可能性不大。尤德为我们解释了这一点。他一开口，我们就基本认为他的话是可信的。他告诉我们周二早晨七点之前他来过这里，发现棚屋的门关着，我们相信他，因为他在这一点上撒谎没有任何好处。"

"门是关着的？"她重复道。

我点了点头。"奇怪的是，戈登打算把拖拉机倒出去，却把门关上了。除了奇怪，达菲后来告诉我们的事情是完全不可能的。他说他是拉开门闩打开门的！既然戈登不可能从里面把门关上，那就意味着有人在他死后闩上了门。这个人看到了尸体，出于习惯关上门，并插上门闩。既然看到了尸体，他为什么不打电话求救或报警？原因只有一个，关门的这个人就是想看到尸体，因为头天晚上是他把拖拉机调至高挡，为戈登·科尔准备了一个死亡陷阱的。周二早上这个人去棚屋的唯一原因是想确认戈登真的死了。"

玛吉用舌头舔了舔嘴唇。"继续说。"

"只有少数与戈登关系密切的人可能知道他计划在周二早上去开拖拉机。不管是谁，这个人肯定知道安特卫普那块地的事和戈登的习惯，还知道尤德·达菲周二早上会外出购物。这样一来，知情者的范围就缩小到了尤德、安特卫普和你，也许还有跟戈登关系密切的另一个人。在这些人中，只有你和尤德有充分的理由一大早去那间棚屋。尤德在这里打工，你住在这里。尤德承认来过这里，发现门是关着的。玛吉，是你在发现戈登的尸体后不假思索地闩上了门，是你设置好陷阱杀了戈登。"

"为什么？"伦斯警长问道，"你为什么要杀他？"

　　玛吉突然把手伸进黑色礼服的口袋，有那么一瞬间，我担心警长又要掏枪，但玛吉把手掏出来时手上并没有武器，而是一只小小的金耳环，上面有一只猫头鹰。这便是闯进玛吉生活的那只巨型猫头鹰。

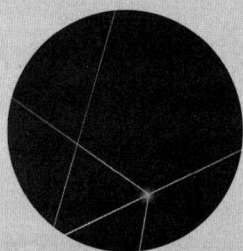

05

水罐
毒酒案

"一九三九年十一月，战争离诺斯蒙特十分遥远。"斟好酒后，萨姆·霍桑医生告诉他的访客，"说实话，有些人从来没有想过战争会有多大影响，至少在开始时是这样。尽管英、法两国的加入让一些媒体开始将战争称为'第二次世界大战'，但这儿的生活还是和希特勒入侵波兰之前一样。总统试图打破传统，将感恩节提前一周，这让全国各地大多数人的生活出现了混乱。"

普罗克特·霍尔和妻子米尔德丽德·霍尔是我们小镇的两位名人，他们在九月和十月去地中海地区旅游了一圈，此次旅行是在战争在欧洲爆发之前就计划好的。有人担心他们的安全，其实他们去的地方离冲突地区还很远。

四十多岁的霍尔继承了诺斯蒙特附近的一个大烟草农场，不过，他把日常经营交给了贾森·森尼克——一个动作笨拙的大块头。霍尔似乎很乐意做一个乡绅，不跟米尔德丽德一起外出旅行时，他们会积极参与社区和教堂的事务。

夫妻二人归来后，他们的朋友丽塔·珀金斯要为他们接风洗尘，特意举办了一次聚会。过去几年，我为米尔德丽德治过几次病，都是妇科方面的小病，故而我和我的护士玛丽·贝斯特受邀参加此次聚会也就不足为奇了。丽塔是教堂唱诗班的领班，也是我的病人。在家的时候，米尔德丽德会跟着丽塔一起唱歌，她们也就成了亲密的朋友。她们都快四十岁了，但各有魅力。米尔德丽德是一个旅行家，见多识广，丽塔则是一个从未离开过家乡的邻家女孩。事情就是这样，父母相继去世后，丽塔仍然住在老宅里。

聚会定在十一月初的一个周日下午，那天的气温出人意料地降到了零摄氏度以下，空中还短暂地飘了一阵小雪。丽塔的房子在镇广场边上，面积不大，她也就只邀请了十个人。除了玛丽和我，还有霍尔夫妇、丽塔、贾森·森尼克、牧师和他的妻子，以及巴德·克拉克和多丽丝·克拉克，这对年轻夫妇与霍尔夫妇关系很好。我们是最后到达的，走进去时，大家都在闲聊。玛丽·贝斯特赶紧上前欢迎米尔德丽德归来，我则跟普罗克特打招呼。他刚点上一支雪茄，我只好避开他旁边的座位，在穆尼牧师旁边的一张空椅子上坐了下来。他是圣公会教徒，说话稍带北爱尔兰口音，有些陌生人会误以为他是天主教徒。

"日子过得怎么样？霍桑医生。"他问道，此时他的脸色红润得像被寒风吹过似的。

"好歹夏天熬过去了。"

"最近没见到你。"

我知道他的意思是最近没在教堂见过我。我们常在清教徒纪念医院的走廊里相遇，但各忙各的，因为人们召唤我们的目的大相径庭。"这段时间很忙。"

"前几天伊丽莎还说我们应该请你吃饭。"

作为小镇牧师的妻子，伊丽莎·穆尼显得有些大胆。她为自己能跟上时尚潮流感到自豪，很可能并不赞赏米尔德丽德·霍尔穿的紧身毛衣和裙子。现在，当她来到丈夫的对面俯身加入我们的谈话时，我忍不住从她低胸礼服的前面往下看去。"务必光临，萨姆医生！你一定要来教区跟我们吃顿饭。"她过分热情地说道，"本周晚些时候的某天晚上怎么样？如果你愿意，可以带上玛丽·贝斯特。"

在邀请我时，镇上的很多人会同时邀请我的护士。我觉得这事很好玩，有一次，我想拿这事跟玛丽开玩笑，却惊讶地发现她脸红了。"我看一下日程安排，明天给你打电话。"我答应了。

我们意识到其他人已经停止交谈，开始倾听周游世界者在说什么。当丽塔·珀金斯四处倒茶、递饼干时，米尔德丽德·霍尔正在回答巴德·克拉克关于战争影响的问题。克拉克和他美丽的金发妻子都是二十五岁左右，比在场的大多数人年轻二十岁。"在船上的时候，我们对欧洲正在发生的事情知之甚少。"米尔德丽德说，"九月一日希特勒入侵波兰时，我们刚刚离开港口，几乎没有听到任何消息。"她喝了一口茶，夸奖了两句女主人。"由于希特勒的威胁，我们在巴勒斯坦发现犹太移民在过去十年中增加了很多。当我们乘坐旅游巴士在这个国家各地旅行时，我们发现很多犹太店主非常担心战争会影响到他们仍在波兰的亲人。"

穆尼牧师笑了，试图把话题转移到令人振奋的话题上。"你们拜谒过圣地的基督教圣殿吗？"

"我们确实去了。"米尔德丽德的丈夫接过了话头。普罗克特·霍尔留着一头灰白短发，戴着一副与他的脸形很配的窄框眼镜，长得很英俊，脸的颜色差不多跟别人为他种的烟草一样。"我们参观了伯利恒、耶路撒冷和拿撒勒，甚至还顺便去了迦南，就是在那里，耶稣在婚宴上第一次显露了神迹。"

"那是个什么样的地方？"丽塔很想知道，作为女主人的她此时已经招待了一圈，"我一直对水变酒的故事很感兴趣。"

"那个小镇位于拿撒勒边缘。它们离得很近。"他把手伸到椅子下面，拿出一个用花纸包着的小包，"事实上，丽塔，米尔德丽德和我从迦南给你带了一份特别的礼物。我们无法给每个人都带礼物，很是抱歉。"

"什么礼物？"丽塔疑惑地问道，随后小心翼翼地拆开包装。里面是一个六英寸高的炻器罐，跟《圣经》中那些为人熟知的装油、葡萄酒和水的容器有几分相似。"哦，真漂亮！"

"这是来自迦南的一个水罐。"米尔德丽德·霍尔解释说，"卖给我们的店员小姑娘坚持说它和神迹中使用的那些水罐一模一样。他们也有大号的，跟神迹中使用的那些水罐一样能装十五到二十五加仑①水，而且她向我们保证这些小号的同样如此。"

"你可以用它装满水，丽塔，然后水就会变成酒。"普罗克特笑着说，随后打开一包烟。

"哦，我不会那样做。"丽塔坚持道，"那是一种亵渎神灵的行为，不是吗？"

大家都笑了，丽塔把迦南水罐放到茶壶所在的托盘上。农场经理贾森·森尼克破坏了那一刻的气氛，尽管此前他一直保持沉默。"你确定这不是在纽约的礼品店买的吗？"

森尼克身材高大，脾气暴躁，他对水罐的真伪没有把握，此次突然的失礼似乎表明了他的怀疑。不过，米尔德丽德·霍尔早就知道会有人质疑，可以说是有备而来。

她打开钱包，拿出他们的报关单。"在这儿！你自己看吧！"她指向一行字，上面写的是：迦南炻器，重28盎司②，价值25美元。

"二十五美元！"丽塔·珀金斯喊道，"你不该花这么多钱！我会永远珍惜它的。"

"试着用它装水吧。"森尼克建议说，"我们请牧师对着它祈祷，看看水会不会变成酒。"

穆尼牧师怒目而视，显示出他对农场经理的话有多么不满，不过，他还是伸手拿过了这个迦南来的"圣物"。这是一只红褐色的炻器罐，

---

① 英美制容量单位，英制1加仑合4.546升，美制1加仑合3.785升。——编者注
② 英美制质量单位，1盎司约合28.35克。——编者注

坚硬而不透明，腹鼓而口阔。我估计它能装下一升多水。此时，穆尼的妻子伊丽莎凑过来和他一起端详。她也会在教堂唱诗班里唱歌，并且一直组织诺斯蒙特的女士们为这样或那样的慈善事业提供帮助。据说，她有时甚至会给她们提供时尚建议，玛丽·贝斯特常会因此无声地会心一笑。

"好吧。"多丽丝·克拉克说着，立即站了起来，"如果没人用它装水，那就让我来！"牧师不无鼓励地笑了笑，把罐子递给了她。

多丽丝散发着年轻人的活力，这似乎让普罗克特·霍尔十分愉悦。我注意到他们在一起时，他经常直勾勾地盯着她的脸，甚至在她不说话的时候也会看她。

她走进厨房，把炻器罐灌满自来水，然后将它拿回来，放在丽塔·珀金斯面前的桌子上。"小姐，你的酒。"

大家都笑了起来，但丽塔决定等一等再品尝。"在迦南要花多长时间水才会变成酒？"她紧张地问道，"我们都不知道，对吧？"

玛丽·贝斯特傻傻地说道："这简直就像一场婚礼，就缺新娘和新郎了。"

话音未落，丽塔·珀金斯晕倒了。

幸好我随身带着嗅盐，靠着它，她很快醒过来了。"我……我一定是得了什么病。"她结结巴巴地说，"请原谅。"

屋子里的人纷纷劝她，让她相信她应该躺下休息。克拉克夫妇站起身，准备离开。"这都是季节变化造成的。"巴德宽慰她道，"多丽丝每年这个时候都会感冒。"

"喝口酒吧，也许对你有帮助。"贾森·森尼克建议道，他把那个炻器罐递给她，虽然这话听起来不无幽默，却有那么几分讽刺意味。

她似乎很配合，喝了一口，然后摇了摇头。"还是水。请先别走，各位。等等，我重新泡一壶茶。"

出于礼貌，我们又待了二十分钟，听米尔德丽德和普罗克特讲他们在希腊群岛和其他几个旅游点的冒险经历。随后，克拉克夫妇坚持要走，其他人很快也就跟着走了。丽塔把他们送到门口，为第二天下午与米尔德丽德和伊丽莎一起参加的唱诗班排练做了安排。普罗克特把丽塔拉到一边，感谢她举办了这次聚会，然后便和米尔德丽德离开了。玛丽和我一直留到最后，这样我就可以确认丽塔感觉怎么样了。

"没事了。"她确定地说道，"只是一时头晕而已。"

"人不会无缘无故晕倒的，"我告诉她，"是不是因为有人说了什么？"

"不，不。我很好。"

"那是吃了什么东西？"我坚持问道。

"没有。"她对我笑了笑，"你确实是个医生，萨姆。"

"好吧。"我叹了口气说，"答应我，如果再有任何疼痛或头晕，打电话给我，我马上过来。"

"我会记住的，但我确信我会没事的。"

当我们准备离开时，我停了下来，拿起那个炻器罐。"我想知道水是不是已经变成了酒。"我喝了一口，还是水。

丽塔带我们走了出去，我听到她在我们身后闩上了前门。很明显，她打算今天剩下的时间都待在家里，也许这是明智的，一场小雪不紧不慢地下了起来，时不时还有几片大雪花夹杂其中。

"你怎么看？"进到我的别克车后，玛丽问道，"她会没事吧？"

"希望如此。她看起来好多了。"

没想到这次下午外出所花的时间比预期的要短，玛丽说家里还有事要做，于是我把她送回了她租住的地方，那是一幢双连房，就在医院附近。看着她走上门廊的台阶，我注意到她那双通常被白大褂和长筒袜遮住的匀称的腿。玛丽和我共事四年了，我从没后悔雇用她。

回到自己的住处时，我没想到有人在等着我，原来是魁梧的贾森·森尼克，他坐在他的卡车前，丝毫不理会缓缓飘落的雪花落在车顶。虽然他不是我的病人，但我首先想到的是他需要某种医疗帮助。

"你好，贾森。我能为你做些什么？"

他虽然是一位干活的好手，但在交谈和社交礼仪方面往往显得很笨拙。"医生，我能进去谈吗？"

"当然。"我把他领进屋里，请他坐下。

"今天下午我说话有点过分了，拿牧师开玩笑，还建议他为那罐水祈祷。"

"我想我们能懂，不会误解，"我宽慰他道，"那不过是个小玩笑而已。"

"你不认为这让丽塔很不高兴吗？她都晕倒了。"

"不，是在我的护士玛丽提到婚礼就缺新娘和新郎后几分钟她才犯病的。"说这些话时，我想起丽塔的脸突然变得苍白，不知道是不是玛丽的话引起了她的反应。

"我来找你的真正原因是穆尼牧师的妻子伊丽莎。我发誓，医生，那女人想勾引我！她穿着低胸裙，一有机会就俯身，露出胸部。"

听他这么说，我不由得笑出声来。"相信我，杰森，你不是唯一一个。这就是她对待男人的方式。我甚至不知道她有没有意识到自己造成的影响。"

"因为我有这种想法，我讨厌和她在一起。"

"那你应该跟你的牧师谈这事，而不是跟我。"

"穆尼牧师就是我的牧师。"

"哦。"

"我该怎么办？跟他说他妻子在勾引我？"

这个我几乎不认识的魁梧男人来找我"告解"，让我一时不知该说什么好。最后我建议道："尽量不要在她身边出现，杰森。我知道她是唱诗班的指挥，你在做礼拜时必然会见到她，但其他时间你应该可以避开她。"我稍微耸了耸肩。"我能告诉你的就这些。"

"就没有我能吃的药吗？"

"你不需要吃药，只需要一些意志力。"

他似乎并不完全满意，但也接受了。"谢谢你，耽误你时间了，医生。"

"我希望我能帮到你，欢迎随时给我打电话。"

他离开后，我又想了想。难以相信他的问题如此严重，以至于不惜冒雪也要做个不速之客。我们永远无法知道别人心里到底在想什么。

大约二十分钟后，电话铃响了，我拿起电话，听到有个人喘息着说出了我的名字。"你是谁？"我问。

"萨姆，我是丽塔·珀金斯。我头晕得厉害。我喝了……"她的声音哽咽着突然中断了。

"我马上过去！"

我开车快速穿过镇子，无视落在道路上的雪花，不到十分钟就赶到了丽塔家。玛丽和我离开不到一个小时，雪地上还没有留下脚印。我按响门铃，但没有人回应。我试着开门，但门显然是锁着的。房子后方有一盏灯亮着，那里是厨房，我沿着房子的一侧走向后门，雪地上仍然没有脚印。那扇门也锁着，但在这里我至少能看清厨房的情况。桌上放着电话和一个空玻璃杯，中间放着霍尔夫妇从迦南带回来的那个炻器罐。

丽塔的身体倒在椅子旁边的地板上。

我立刻打碎后门上的玻璃，伸手拨动门闩进入厨房。虽然知道她已经死了，但我还是摸了摸她的脉搏，然后走到前门，确认门还关着，而且插着门闩。我一边走一边打开灯，确定楼下所有的窗户都是关着的。接着，我看到一辆车停在了我的车后面。普罗克特和米尔德丽德很快走了出来，我为他们打开前门。两人都穿着厚外套抵御风雪，进门后普罗克特没脱外套，但他的妻子脱下外套扔在了椅子上，她仍然穿着早些时候穿的紧身毛衣和裙子。

"萨姆，"普罗克特问，"她也给你打电话了吗？"

我点了点头。"我们来得太迟了，她死了。"

米尔德丽德像是被人打了似的踉跄了一下。"噢，我的上帝！我接的电话，她听起来很难受。我说我们马上就到。"

"她倒在厨房的地板上。"我告诉他们，"请不要碰任何东西，我得打电话给伦斯警长。"

"警长吗？"霍尔皱着眉头问道。

"有一股淡淡的氰化物气味，我想她是中毒而死的。"

"你是说她自杀了？"米尔德里德问。

我摇了摇头。"她服毒，然后打电话给你们和我寻求帮助，这很值得怀疑。我认为她是被谋杀的。"

我们一起走进厨房，我从桌上拿起电话，将伦斯警长家的电话号码告诉了接线员。警长接听后，我转过身，轻声说道："警长，我是萨姆，你能马上来丽塔·珀金斯家吗？"

"怎么了，医生？"

"她死了，可能是被毒死的。"

我挂上电话，把电话放回桌上。米尔德丽德已经走进客厅，但普罗克特还站在尸体旁边。"这太可怕了，萨姆，她跟我妻子情同姐妹。"

我弯下腰嗅了嗅那只空玻璃杯，熟悉的苦杏味已经消失了。接着，我检查了一下迦南的那个罐子，觉得有所发现。

"怎么样？"霍尔看到我皱着眉头，问道。

我从桌边拿起罐子，小心地用手帕拿着把它放到鼻子前，以免破坏指纹。

"有酒香，但也有别的东西，可能是氰化物。"

"你的意思是……"

我小心翼翼地往空杯子里倒了几滴酒进去。"你的炻器罐发挥作用了，它把水变成了酒，只不过是毒酒！"

伦斯警长比他的摄影师和专业指纹员早到几秒钟。作为一个对二十世纪二十年代警长调查技术记忆犹新的人，我常常会惊讶于他对时代变化的适应能力。他虽然比我大一点，但还不到五十岁，在他妻子的帮助下，他甚至瘦了一点。

"感觉是什么，医生？"他边问边绕过桌子，以便更好地观察受害者。

"如果让我猜的话，我会说酒里有氰化物。毒性不强，否则，她也不可能活着打两个电话。"

"你最后一次见到她是什么时候？"

"今天下午。算上丽塔，我们一共有十个人。"我把聚会和从迦南带来的炻器罐礼物的事告诉了他。

"你是说有人花钱买了这种破烂玩意？"他问道，"他们可能为游客做了几百个。"

"当然。但这是迦南独有的东西，当地人自然想方设法用它赚钱。"

"你说她用它装满了水？"

"实际上是巴德的妻子多丽丝·克拉克装的，她拿着它在水龙头下面接的水。"

"会不会是她悄悄倒进了酒或氰化物？"

我摇了摇头。"丽塔马上尝了一口，临走时我也喝了一口。没错，是水。一滴酒也没有，一点毒药也没有。"

伦斯警长站到一边，指纹员正给罐子刷黑粉。"之前谁拿过它？"警长问我。

"丽塔、多丽丝·克拉克和我。我想还有穆尼牧师。发现尸体后，我又拿了一次，但我小心地用了手帕。我想你们也会发现霍尔夫妇的指纹，因为是他们把罐子给丽塔的。"

指纹员大声说道："这上面根本没有指纹，警长，它已经被擦干净了！"指纹员名叫弗兰克，是一个年轻小伙子，我曾给他治过百日咳。

我皱起眉头，对此疑惑不解。"你最好把它和空杯子里的沉淀物一起拿去化验一下，我刚才倒了几滴酒进去。"

我走进客厅，普罗克特和米尔德丽德在那里默默等待着。

"有什么是我能做的吗？"米尔德丽德立刻站起来问道，"我们感觉很是无能为力。"

"你最好通知一下穆尼牧师和今天在场的其他人，别忘了克拉克夫妇和你们的农场经理。伦斯警长会逐个问他们话。"

"当然可以。"她转向丈夫说道，"我们现在回家给他们打电话。"

临走时，普罗克特和我握了握手。"有消息随时通知我们，萨姆。这事真是太可怕了。"

其他警员陆续赶到，一起来的还有县验尸官。警长走进客厅说道："好像没丢什么东西，看起来不像入室盗窃。"

"窃贼不会用毒药，警长，而且那样的话他们肯定会在雪地上留下脚印。参加聚会的客人离开后，没人进出过这栋房子。"

就是在这时，我开始意识到丽塔·珀金斯的死有多么令人费解和复杂。

周一上午十一点，伦斯警长来到我的诊所，带来了实验室的化验结果和验尸官的尸检报告。"这么快！这让我觉得诺斯蒙特终于迈进二十世纪的门槛了！"

"这些只是初步调查，医生，但有件事我认为应该让你知道。"

"你发现了毒药？"

"如你所料，在葡萄酒里。"他说着，一屁股坐在我办公桌对面的椅子上。

"房子里还有别的酒吗？"

"一滴也没有，我们甚至检查了垃圾，看里面有没有空酒瓶子。米尔德丽德·霍尔和伊丽莎·穆尼都坚持说丽塔从不喝酒。"

"那凶手肯定是自己带了酒。"

"要不就是神迹再现了，医生。"

"验尸官有没有推测过服毒后她可能活了多长时间？"

"他认为毒药被稀释了，氰盐比其液态发挥起作用来要慢一些，她中毒后可能活了五到十分钟。最初的症状应该是头晕和抽搐，她肯定有足够的时间打那些电话。不过，他的报告还提到了其他内容，那才是真正耐人寻味的地方。"

"是什么？"

"丽塔·珀金斯差不多怀孕三个月了。"

我坐在那里，愣愣地看着伦斯警长。"一定是哪里出了差错。"

他笑了笑。"医生，为什么呢？就因为她没结婚？"

"丽塔在教堂唱诗班唱歌。"

"是的，嗯，我猜她还有另一面。"

"她昨天邀请了四个男人参加聚会，也许她利用这个机会把消息告诉了孩子的父亲。"

"再给我说一遍，除了普罗克特·霍尔，还有哪些人在那里。"

我掰着手指头数着说："杰森·森尼克，巴德·克拉克，还有穆尼牧师。"

"我想我们可以把牧师排除在外了。"

这一点我当时没有细想。"当然，如果某个人的妻子发现了丈夫和丽塔的婚外情，她就有下手的动机。"

他点了点头。"俗话说毒药是女人的武器，我想我最好开始一个一个地问。"

"在你问话时，警长，想办法弄清楚谁有可能不在雪地上留下脚印进入这栋关着的房子里，然后把水变成毒酒。"

下午，前一天的积雪已被融化，天气也更合乎时令了一些。我开车去了穆尼牧师所在的圣乔治教堂，就在镇广场旁边。对我们这种规模的小镇来说，它就算是那种会给人留下深刻印象的建筑了。我从后门悄悄进入，穆尼正在弹奏风琴。我记得根据安排，此时是唱诗班的排练时间，不知道会不会因为丽塔的去世而推迟。几位女士聚集在圣坛前面低声交谈。我立刻认出了伊丽莎·穆尼，当我走近时，我意识到牧师的妻子已被任命为唱诗班的领班，取代了丽塔。

"米尔德丽德，"伊丽莎对普罗克特的妻子说，"我想让你负责打印周日礼拜的歌单。过去这些事情大多是丽塔自己做，但现在是我们把工作分散开来的时候了。"

"我很高兴能帮上忙。"

她们都看到了我，伊丽莎说："你好，萨姆。我们正在设法坚持下去。"

穆尼牧师停止风琴练习，朝我们这边走来。"有什么消息吗？"

"伦斯警长正从多个角度进行调查。"我觉得还是先别提丽塔怀孕的事为好。

米尔德丽德·霍尔似乎是最担心的那个人。"我想普罗克特和我是主要嫌疑人，因为是我们从迦南给她带去了那个炻器罐。"

"还有其他可能。"我说，试图让她放心。当然，我也考虑过罐子里存在某种缓慢溶解的内部涂层的可能性，在丽塔和我试过之后，毒酒才渐渐融入水中。整件事看起来有点不可思议，但我已经请警长让他的实验室对罐子进行特殊测试。

穆尼说："我希望伦斯警长不会真的怀疑我们中的任何一个人。"他向后梳理着自己的灰白头发，伸出一只手臂护住妻子的腰。这一举动可能是为了让她安心，但也可以理解为他在提醒人们伊丽莎是嫌疑人之一。

"牧师，我能否和你单独谈谈？"我问。

"当然可以。"他放开妻子，指了指教堂的后方，"不管怎样，这些女士仍想继续唱诗班排练。毕竟，周三她们要在丽塔的葬礼上唱歌。"

我跟着他走进后面那间镶着橡木板的小办公室。他的书桌后面挂着一幅传统的耶稣画像，书架上摆满了词典和布道书。我坐了下来，直奔主题。"丽塔·珀金斯是你教堂的教徒之一，牧师。她告诉过你她怀孕了吗？"

他眨了眨眼，但表情没变。如果我的话让他很吃惊，那他掩饰得也太好了。"你知道我回答不了这个问题，萨姆。虽然我们不像天主教对教徒的告解要保密，但我认为有关教区居民个人问题的谈话都是应该保密的。我相信你对你的病人也有同样的义务。"

"你的意思是她确实和你谈过这事了。"

"根本不是，你是妄下结论。"

"她提过孩子父亲的名字吗？"

他端详着我的脸，差不多一分钟后才简单地摇了摇头作为回应。我或许可以这样理解：他拒绝或不愿意回答。

"还有一件事。"我说，"杰森·森尼克会来你的教堂吗？"

"他偶尔会来。我不认为他是一个忠诚的教徒。"

"那巴德和多丽丝夫妇呢？"

"他们是天主教徒，你去找布鲁斯特神父谈谈吧。"

我站了起来。"打扰了，谢谢你。"

我们在门口握手，他说："还有一件事。我在为葬礼找抬棺人，你能成为其中之一吗？"

"当然可以。"

当我走出教堂时，唱诗班正在唱"哦，上帝，我们人的千古保障"。

普罗克特·霍尔家产的烟草大部分都卖给了巴德·克拉克就职的一

家公司，这就是两对夫妇成为朋友的原因。霍尔将烟草种植在大到可以遮住整个烟草地的纱布大棚下，如此一来，种出的烟叶大而薄，适合制成卷雪茄的皮。

新英格兰南部的气候非常适合种植烟草，霍尔就是靠这一点才发家致富的。第二天早上，我在霍尔农场的一块偏僻的地里找到了巴德，上周末，突然降温和下雪伤到了烟叶，他正在检查烟叶受损的情况。

"这块地恐怕已经没救了。"我走到他们身边时，巴德正告诉杰森·森尼克，"今年生长季延长太多了。"

"好吧，几周前我们收割了大部分，根据天气预报，我本认为这一批也不会有问题。"

巴德转过身来，伸手迎接我。"什么风把你吹到烟草地里来了，萨姆？"

"想和你聊聊，巴德。办公室的人告诉我你在这里。"我转过身去跟森尼克打招呼。"这块地真是不会带来啥好运气，杰森。"

这个大个子耸了耸肩。"我想我需要的不仅仅是运气。我应该让穆尼为我祈祷的。希望我不会因此丢了工作。"

"普罗克特对此很生气？"

"可以这么说。旅行回来后，他从没问过我这块地的情况，以为烟叶都已经收割好了。我昨天不得不把这个消息告诉他。"

森尼克和巴德·克拉克又交谈了几句，然后就离开了。我没有走，因为巴德才是我要找的人。"怎么了，萨姆？"我们单独在一起时，他问道，"是关于丽塔的死吗？"

"没错，我在尽力帮助伦斯警长。"

"我什么也不知道，我和多丽丝直到昨天早上才知道她死了。"

"你们怎么知道的？"

"普罗克特打电话告诉我们的。"

"尸检结果显示丽塔怀孕近三个月了，巴德。"

他似乎真的很惊讶。"那不可能！丽塔·珀金斯。见鬼，她是穆尼的唱诗班领班，不是吗？"

"这也不能说她就不能怀孕啊。"

"他们知道孩子的父亲是谁吗？"

"还不知道。"我看着他的眼睛，"不是你，对吗？"

"我？萨姆，那女人比我大十二三岁！我不愿意说死者的坏话，但在长相上她比不上我的多丽丝。你这个问题问错人了。"

"我不得不问你这个问题。还记得丽塔在周日下午的聚会上晕倒吗？在我的护士玛丽说迦南的炻器罐令其想起《圣经》中的婚礼，我们只缺少新娘和新郎时，丽塔晕倒了。我认为孩子的父亲就在现场，丽塔突然想到了他，再加上秘密怀孕的压力，这才导致她晕倒。"

"这意味着那个人是我、普罗克特或杰森，除非你想把穆尼牧师也包括在内。"

"目前我不会排除任何人。"

"也许怀孕对她这样笃信宗教的女性来说难以接受，因此她选择了自杀。"

"我不相信。"我回答，"她在死前还硬撑着给霍尔夫妇和我打电话，寻求帮助，自杀的人怎么会这样做？没有遗书，她在电话里也没有说要自杀。"

他摇了摇头。"对不起，我帮不了你，萨姆。相信我，我从没和丽塔·珀金斯有过任何关系。我们只是被邀请参加周日的聚会，因为我们是霍尔家的朋友。"克拉克和我一起走回我们的车，然后便各自驾车离开了。我能看到杰森·森尼克在谷仓里注视着我，幸运的是，他没有走过来向我寻求更多的建议。

那天下午晚些时候，伦斯警长来到我在清教徒纪念医院翼楼的诊所，为全县做检测的实验室也在那里，他给我带来了迦南水罐的报告。"按照你的要求，我让他们做了各种测试，医生，甚至给它照了

X光。"

从警长的语气中，我能感觉到他们什么也没发现，但我还是拿着报告仔细读了一遍：炻器水罐一只，6英寸高，重14盎司，容量27液盎司，底部刻着"迦南"字样。X射线和化学分析显示没有异常变形或外来杂质。我把报告还给了他："有什么想法？"

"也许我们应该重新考虑自杀的可能。"

"你是第二个提自杀的人，巴德·克拉克今天上午也跟我说过。"

"这么说吧，医生。房子里没有酒。在你们离开之前，没人在罐子里下毒，因为你自己尝过了，那是水。凶手没有带毒酒回来，因为你和玛丽离开时开始下雪，打那以后雪地上就没留下脚印。我们该怎么解释？只能是自杀，对吧？"

"她从哪儿得到的酒呢？"

"也许在什么地方放着一点料酒。我的人可能没发现。"

"为什么要把酒放进那只迦南水罐里呢？桌上有一个很好的杯子，就挨着……"

我停止说话，再次回想起厨房桌子中央那个有毒的罐子旁边的空杯子。"我的天哪，警长，我突然想明白是怎么回事了！一起来吧，我让你看看水是如何变成酒的，又是谁给丽塔·帕金斯下的毒！"

我们开车赶到时，杰森·森尼克正在霍尔家的前院修理他的卡车。他像早些时候那样盯着我，然后继续干他的活。我们按响门铃，米尔德丽德前来开门，并将我们领进了大客厅。"你丈夫也在吗？"我问。

"他在书房里，这是怎么回事？"

"我有个问题要问你，我想他一定想知道答案。"

她脸上的血色消失了。"我去叫他。"

普罗克特·霍尔穿着格子衬衫和牛仔裤，抽着他的长雪茄走了过来。"你好，萨姆，警长。很高兴见到你们，这到底是怎么回事？"

"我只是想问你夫人一个问题，普罗克特。"

"什么问题？"

"米尔德丽德，你在迦南买了多少炻器罐？"

"多少？"她瞥了丈夫一眼。

普罗克特回答了这个问题。"你买了两个，米尔德丽德。你不记得了吗？另一个我们自己留着了。"

"没错。"她说，润了润嘴唇。

"我能看看吗？"我问。

她走了出去，不一会儿就回来了，手里拿着一个棕色的水罐，似乎和他们给丽塔的那个一模一样。"在这里，它们是一样的。"

我把它翻了过来，看到底部刻着"迦南"。"你怎么知道有两个水罐，医生？"警长问。

"因为报关单显示炻器罐重28盎司，而你的化验报告给出的结果是14盎司。据此，显然可以推定存在两个水罐。"

"这能告诉我们什么？"

"丽塔·珀金斯是如何在一栋关着且四周的雪地没留下脚印的房子里被毒死的。"

"听着。"普罗克特·霍尔大声说道，"如果你们要拿什么罪名指控我的妻子，你们最好小心点！"

"尸检结果显示丽塔怀孕三个月了。"我继续说，"普罗克特，八月份怀孕的，我想事情是你造成的。当你乘船旅游归来时，她威胁说要指认你为孩子的父亲。"

他变得很生气。"你没有任何证据支持你说的这些。"

"我想我有。周日，我第一次看到丽塔的尸体，并进入她的厨房时，水罐和空玻璃杯放在桌子的中央。你们两个几乎同时到达，过了一会儿，我开始检查水罐里的东西时，它却出现在桌子的边上。你们中有一个人移动了它，并把原来的水罐换成了你们随身带来的另一个水罐。"

"毒酒呢?"米尔德里德问，"她那时已经死了！你是在指控我们在她死后带去毒酒，并替换了她那个水罐吗?"

"没错。"我告诉她，"但我只指控你们中的一个人。"

"哪一个?"伦斯警长问道，目光在他们之间转换。

"我让他们进丽塔家的时候，为了保暖，他们都穿着外套。米尔德丽德脱下外套，放在了客厅的椅子上，但普罗克特一直穿着。她几乎不可能把替代的水罐藏在紧身毛衣和裙子下面，所以那个人肯定是你，普罗克特。把装酒的水罐藏在外套里，借助橡皮筋将大软木塞或橡胶堵住罐口，这样酒就不会洒出来。我转身给警长打电话时，你替换了水罐，因此上面才没有指纹。当然，你通过丽塔的电话已经知道她吞下了毒药，肯定活不了多久。"

他的笑容僵硬而冷酷。"你是在指控我让丽塔怀孕，然后在她死后把一罐毒酒带进了她家? 我为什么要替换水罐?"

"你必须以某种方式将毒药带进房子里，这样警察就不会意识到毒药的真正来源。迦南的水罐提供了一个绝佳的机会，它让我们困惑于神迹的发生，从而掩盖了真相。"

"什么真相?"他问。

"我想，你在把丽塔带到一边感谢她的聚会时，偷偷塞给了她一包毒药。接着，大家都走了之后，她走进厨房，就着那只玻璃杯里的水把东西泡好喝下，然后在症状出现之前，她把杯子洗干净了。你给了她毒药，所以在开始抽搐时她先给你打了电话。"

"她为什么要吃我给她的毒药?"

我深吸了一口气。"因为你告诉她那会导致流产。"

第二年初，普罗克特·霍尔出庭受审，被判有罪，在他家的一个壁橱里发现了一些氰盐和丽塔的几封信。米尔德丽德作证，说在迦南买两个水罐并且不跟外人说都是普罗克特的主意。不久，米尔德丽德和普罗克特离婚，搬到了其他州。那时，德国人已经打到了丹麦，世界巨变发生得比任何人想象的都要快。

06

闹鬼的
露台

"战争是一件恐怖的事情。"萨姆·霍桑医生边给访客续杯边说，"但在一九三九年的秋天，美国还没有完全感受到它的猛烈。虽然总统在九月五日宣布我们在欧洲战争中保持中立，但过了三天，他就宣布全国进入有限紧急状态。在最初的几个月里，德国的U型潜艇一直活跃在北大西洋上，开往加拿大的英国客轮雅典娜号成为第一艘被德国击沉的船只。"

在诺斯蒙特，生活差不多是一如既往。我的护士玛丽·贝斯特应朋友之邀，计划和他们一起开车穿越新英格兰南部，欣赏秋天的红叶。当年轻的新医生哈里·吉尔伯特主动提出可以帮我照顾几天病人时，这样的旅行变得可行起来。我向来不太喜欢度假，但玛丽说服了我，我们可以开车去科德角逛一圈，再回来也不会错过什么重要的事情。"萨姆，一年后我们可能会卷入战争，"她给出了自己的理由，"趁我们还能去，赶快出发吧。"

于是，我们坐进温斯顿·万斯和埃伦·万斯的新轿车出发了，向东南方向穿过康涅狄格州和罗得岛州，这样我们就可以在新贝德福德停留，去拜访埃伦的一个刚刚在那里开了一家梅尔维尔博物馆的朋友。温斯顿·万斯是哈特福德的一个艺术品经销商，他在诺斯蒙特有一个小农场，在假期和夏天的大部分周末，他和妻子都会来到农场。有次来农场后，他犯了轻度心悸，我便因此成了他的乡村医生，玛丽·贝斯特和埃伦也成了好朋友，后来，我们四个人大概每个月一起吃一次饭。这次是我们第一次和他们一起旅行，在外过夜。他们已经开始为正在上高中的儿子考虑选择哪所大学了。我希望欧洲的战争不会影响他们的计划。

年龄方面，埃伦比她丈夫年轻，也比我年轻。我想她三十五岁左右，仍然保持着少女般的身材和咆哮的二十年代遗留下来的开放和自信。有时我会开玩笑，说她是唯一活着的摩登女郎，有她在身边时，我确实很高兴。每次她来到诊所，我都会坐在办公桌后面咧着嘴笑。玛丽常常在事后说我的风凉话："可惜她结婚了，而且很幸福。"

"她让我感到高兴，"我辩解道，"这没什么不好。"

"我还真得跟她学学。"玛丽说着，回到她的办公桌前。

这趟汽车之旅，温斯顿全程开车，我们穿越了秋天才能看到的美景，满眼都是金黄色的树叶。温斯顿似乎很喜欢户外活动，我们经常会停下来欣赏一些非常绚丽的景色。他告诉我们："我认识一位纽约艺术家，他的画笔能把这些景物变成非常美的画。"

"我知道你说的是谁。"埃伦插嘴说，"阿奇·奎因。"

他点了点头。"但艺术的未来不属于现实主义者。没有什么比摄影更真实的了。十年，二十年后，伟大的绘画将是抽象画，统治天下的将是达利这样的超现实主义者。"

"也许吧。"我不是很确定地答道，跟人探讨现代艺术不是我的强项。那天晚些时候，我们越过州境进入马萨诸塞州，看到了第一个路标，指向福尔里弗，然后是指向新贝德福德的路标，我很高兴。但道路开始颠簸，秋雨过后，路面留下了一洼一洼的水，温斯顿开车压过去的时候水会四散溅开。

"我们先定房间吧。"他建议道，"然后去找博物馆，再去看你的朋友，埃伦。"我们在海边的一家汽车旅馆找到了合适的住处，然后前往博物馆。

大约从一八二〇年到内战开始，新贝德福德一直是重要的捕鲸港。一八四一年一月，赫尔曼·梅尔维尔[1]就是在这里登上了他的第一艘捕鲸船阿库什尼特号。虽说十八个月后，他和一个朋友在南太平洋抛弃了这艘船，但没有关系，《白鲸》的故事已经在他的脑海里生根了。那天下午晚些时候，当我们来到达特茅斯街的梅尔维尔博物馆时，我才知道这一切。那是一幢两层的老房子，上面有一个传统的寡妇眺台[2]。我能想象在十九世纪，曾经有一个孤独的妻子在上面踱步，期待着第一眼就能看到自己丈夫的船向她驶来。我们一进去，我就闻到了老建筑的霉味，这股霉味还没有完全被新油漆盖住。

　　我们受到了埃伦朋友的欢迎，原来他是埃伦的一位老校友，名叫马丁·福克。他身材高大，肌肉发达，乌黑的头发中夹杂着几缕白发。我不知道是他过早白发了，还是我对埃伦·万斯年龄的估计太低了。"天哪，埃伦，"他说着拥抱了她一下，"你看起来还跟我们高中毕业那天一样！"

　　听他这样说，她很高兴，笑了起来。"谢谢你，马丁，你又在说瞎话了。这是我丈夫温斯顿·万斯。"

　　温斯顿与他握了握手，开时打量这个地方。"很高兴见到你，马丁，多年来，我妻子经常给我讲她学生时代的事，现在终于见面了。你在这里开业多久了？"

　　"大约三个月，国庆日那周的周末开的业。"

　　"你也住这里吗？"

　　"不，这里都是博物馆。我在几个街区外有栋小房子。你会在这里找到很多关于捕鲸的资料，但我们尽量不与本市的捕鲸博物馆竞争。我们真正关注的是赫尔曼·梅尔维尔和他的作品。"

---

① 美国著名作家，代表作《白鲸》。——译者注
② 寡妇眺台本是有栏杆的屋顶平台，通常是沿海房屋才有，最初是为了观察海上的船只。在过去，出海航行的死亡率很高，妻子经常在自家房屋的天台上眺望丈夫远行的方向，但往往盼着盼着就成了寡妇。寡妇眺台由此而来。——译者注

马丁·福克和埃伦聊着彼此的生活，我环顾四周，看了看各种展品。这里有几本梅尔维尔几本书的初版，以及他成年后不同阶段的照片，全都留着大胡子。当然，关于鲸鱼以及捕鲸器械的画和照片也有，还有实体捕鲸叉、捕鲸长矛和大鱼叉，以及把死鲸吊上船的滑轮和被称为加州捕鲸火箭的长筒——它可以追溯到十九世纪初，水手可以把它扛在肩上发射。甚至还有九尾鞭，那是船上的笞刑刑具。我试着回想梅尔维尔的哪本小说中有这种鞭子。《比利·巴德》似乎最有可能，它在梅尔维尔死后几年才首次出版，那时我大学毕业不久，但我很确定书中的主人公是被吊死的，而不是受鞭刑而死。

"我想让你们到我们这儿的寡妇眺台上看看。"福克说。

"如果幸运的话，也许我们能看到梅尔维尔的鬼魂。"他咧嘴一笑，带头向楼上走去。

"我没想到你会带我们去捉鬼。"玛丽·贝斯特告诉埃伦。

"我什么都不知道！"埃伦承认，"我觉得他在跟我们开玩笑，他在高中就时总爱开玩笑。"

但我们还是跟着他上了二楼，那里展示着更多梅尔维尔纪念品，包括一幅作者出生地纽约的素描和早期捕鲸船的木版画。此外，甚至还有一块真捕鲸船的帆。"再上一段楼梯就到了。"我们的引导者笑着告诉我们。

我在新英格兰生活了大半生，观察过很多屋顶上的寡妇眺台，尤其是那些位于海岸附近的房屋。然而，这是我第一次从真正面向大海的寡妇眺台上眺望远处地平线的完美景色。当我们欣赏完风景后，福克指了指另一个方向，那是一栋更现代的房子，背靠他的博物馆，离我们有一百多英尺远，房后有一个石板铺的半圆形露天平台，正对着我们。它从屋后延伸出来大约十英尺，边缘有一堵矮矮的石墙。

没有通向院子的台阶，但通过屋角上的一扇门可以去到那里。

"我想买下那块地及其上面的那幢十九世纪的小旅馆。"他解释说，"据说，梅尔维尔一八四一年登上阿库什尼特号前往太平洋捕鲸水域的前一晚就住在那里。但两年前，有个叫安斯科特的家伙出价比我高，争了过去，盖了那栋房子。我没什么可抱怨的，因为这块地他保存得很好。夏天，他会沿着露台的矮墙种满蔷薇。有人说看到过梅尔维尔的鬼魂在露台上出没，而且雷雨天时闪电击中过露台。"

"一个闹鬼的露台！"温斯顿·万斯说，"对你的胃口，萨姆！"

马丁·福克饶有兴趣地转向我问道："你是研究超自然现象的吗？"

"算不上。在诺斯蒙特，我们偶尔会遇到一些看似不可能发生的罪案。我会帮伦斯警长将这些罪案查个水落石出，但很少涉及鬼魂或超自然现象。诺斯蒙特的人比较朴实。也许，你们这儿是因为离海太近了，才会出现一些鬼魂显灵的事。"

我们回到楼下，温斯顿向福克问起梅尔维尔博物馆的收入状况。"你只是象征性地收门票，似乎不足以维持这儿的运营。"

"我父亲去世时给我留了一点钱。"福克解释说，"我在城里还有一个资助者。"

当我们在寡妇眺台上欣赏风景时，楼下就已经有一批访客进来了。福克赶紧去招呼他们，并收取门票费。我看得出来埃伦想留下来叙叙旧，所以我建议玛丽和我一起到附近逛逛，一个小时后再回来。巧合的是，我们因此认识了肯·安斯科特。

博物馆建在一座小山上，小山几乎延伸到了港口。

玛丽·贝斯特盯着山坡看了看，觉得走下山坡必然意味着回来的时候还要走上山坡。"穿这鞋可不行。"她决定道，"我们从另一个方向走吧，萨姆。"

随着初秋的夜色渐浓，风也稍微大了一些，灰色的云在天空中飞舞。我们走到背靠博物馆的那栋新房子附近时，遇到了一个中年男子，他正沿着人行道快速走来。在他从我们身边经过时，昏暗的街灯几乎照不到我的脸，他稍微后退了一步，抬手调整一下他的眼镜。"加拉格尔？是你吗？"

"不是，"我跟他确认道，"我的名字是霍桑。"

他似乎意识到自己认错人了。"霍桑！这在新英格兰是一个好名字。你和纳撒尼尔没有关系吧？"

"恐怕没有。"

"刚才我把你错当成别人了。"他是从新房子那边的人行道上转过来的，我意识到他就是那栋房子的主人。

"安斯科特先生？"我想起了福克提到的那个名字，于是问道。

他停了下来，笑了。"你认识我？"

"不认识，我们是新贝德福德的游客。我是萨姆·霍桑医生，这是我的护士玛丽·贝斯特。"我如此说道，以便让介绍显得正式一点，"我有个朋友为我介绍过你的房子和它那不寻常的露台。"

安斯科特嗯了一声。"没什么不寻常的。"他端详着玛丽和我，继而说道："如果你们愿意，我可以带你们去看看，霍桑医生。"

我们跟着他走上前门的台阶，等着他开门。随着他轻轻地按下开关，楼下渐渐灯火通明。"据我所知，这里曾经是一家乡村小旅馆的所在地，出海捕鲸前，赫尔曼·梅尔维尔在此度过了在岸上的最后一夜。"我说。

"故事而已，谁知道一个世纪前到底发生了什么呢。"

房子内部看起来宽敞舒适，家具是早期美国式的，从餐厅后面的窗户可以看到我们听说的那个石板露台。我注意到那扇窗户对面的墙上挂着几张裱好的照片，我想它们是安斯科特亲戚的肖像和家庭聚会的照片。玛丽走了过去，近距离地看了看它们，我听到她急促地吸了口气。"这是希特勒吗？"她问。

安斯科特走到她身后。"是的，元首本人。我去年在德国时拍的。

110

这张照片上的集会有十万人参加。"

"你对战争有什么看法？"她问。

"我认为我们应该置身事外。到目前为止，希特勒做的事情对欧洲有好处。相信我，持这种观点的人不止我一个。"

"跟我说说你的露台吧。"我说，试图将对话转移到不那么有争议的话题上，"它真的被施了魔法？梅尔维尔的鬼魂真的在那里出没过？"

"我从没见过。我猜这些故事是去年万圣节期间邻居的孩子瞎编的，有时这些孩子会在雨夜出现，我不得不把他们赶走。"

"有人说露台被闪电击中过。"

安斯科特点了点头。"我至少见过两次，不过并没有造成任何损坏。"说话间，他打开了通向露台的门，我们跟着他走了出去。即使在暮色中，我们仍能看清石板以及边缘矮墙的精巧做工。

"这是当地工人做的吗？"我问。

"是个叫罗迪·加拉格尔的家伙做的，我刚才还以为你是他呢。他清醒的时候是个好工人，但有时我得去酒吧找他才能让他干点活。"

我笑了笑。"这是我第一次被误认为是爱酗酒的爱尔兰人。"

"我无意冒犯。"

一阵风吹起，悬垂在树上的一些枯叶落了下来，没有梅尔维尔鬼魂出没的迹象。玛丽微微打了个寒战，我们返回屋里。

温斯顿和埃伦·万斯与马丁·福克聊得很开心，当我们回到梅尔维尔博物馆时，他们已经准备离开了。

"很高兴见到你们。"福克握着我的手说，"我真希望今晚能与你们共进晚餐，但我得去见我的资助人。你们要在这儿待多久，埃伦？"

"就一夜。"她告诉他，"我们要去科德角。"

他摇了摇头。"十月的科德角可是冷得很，你们会真切地感受到海上吹来的风，你们也知道去年那场飓风造成了什么后果。不如明天就住在这里吧，晚上我带你们去吃饭。"

我们交换了一下眼神，因为万斯夫妇开车，我只好把决定权交给他们。"我们在科德角没有预订房间，"埃伦说，"我们为什么不待在这儿呢？明天我们可以开车去马萨诸塞大学逛逛，那是我们儿子有意选择的大学之一。"

于是，事情就这样决定了。埃伦答应第二天下午给福克打电话，我们去了他推荐的一家海鲜餐厅。喝着鸡尾酒，我问道："埃伦，他还是你记忆中的那个样子吗？"

"差不多吧。当然，从我们一起上学到现在已经快二十年了。人总是要长大的。"

玛丽把我们和肯·安斯科特的会面，以及他的房子和墙上希特勒的照片告诉了他们。"你们能想象吗？我觉得我应该举报他或做点什么！"

温斯顿说："我想没有法律禁止在墙上挂希特勒的照片吧。这是一个自由的国家，而且那又不是我们的战争。"

那不是我们的战争，尽管第二天上午的报纸报道了另一艘英国船只在北大西洋被U型潜艇击沉的故事，但战争对我们来说似乎仍很遥远。温斯顿开车带我们去了马萨诸塞大学，我们在校园里逛了几个小时，体验了他们的儿子两年后可能会看到的景象和听到的声音。当然，前提是两年后战争仍然与我们无关。

下午三点左右，我们返回新贝德福德，由于下雨的缘故，从近处直到福克那座博物馆的街道滑溜溜的。博物馆开放到六点，他至少要在那儿待到那个时候。我们决定在几个街区外的一家社区小酒馆喝一杯。我们进去时，一个头发花白的高个子男人正用简单的纸牌魔术取悦酒吧里的顾客。埃伦·万斯端详着他的脸和动作，突然说道："那个人像你，萨姆。"

尽管我们每天都会在镜子里看到自己的脸，但我认为一个人不会轻易地发现长得像自己的人。毕竟，一个人看起来是什么样子与其面部结构以及手势和表情都有很大的关系。镜子里的脸通常是静止的，我们很少像别人看我们那样看自己，但埃伦的话确实让我开始注意此人。我不得不承认，猛一看，我们确实有几分相似。从年轻时起，我就没过玩纸牌了，但我还是走了过去，观察这个手指灵活的人，玛丽和万斯夫妇则找了一个卡座坐下。

等他玩完一个四张A的戏法时，我问他："你不会叫加拉格尔吧？"

凑近看，他可能比我大十岁，这样的话在暮色中安斯科特把我们弄混了也就不足为奇了。"我认识你吗？"他反问道。

"我拜访过肯·安斯科特的家，很欣赏他的石板露台，他说是一个叫罗迪·加拉格尔的当地人建的。"

"是我。我也垒壁炉，只要是砌石头的活我都干。安斯科特的露台很特殊，他给你演示过它的机关吗？"

"没有。"

"来，让我请你喝杯啤酒。"

"不好意思，我是和其他人一起来的。我只是想过来看看你是不是加拉格尔，我真的得回去了。"

他用一只手把牌捻成扇形，微微低了一下头。"那就是我！"

我回到我们的卡座。"他就是给安斯科特建那个闹鬼露台的人。"

玛丽的脸上露出了笑容。"安斯科特错把你当成了那个人！"

"他们看起来确实有点像。"温斯顿表示赞同。

"他知道闹鬼的事吗？"埃伦问道。

"我没问他。"但我记得他说过露台有机关。

埃伦从酒馆给福克打了电话，福克在电话中邀请我们去博物馆喝杯鸡尾酒，然后再去吃晚饭。我们回到汽车旅馆梳洗一番，大约七点到达梅尔维尔博物馆，我注意到外面停着一辆运动型跑车。"看来这地方还在营业。"我解释道。

门是锁着的，我们敲门，于是福克不得不过来为我们开门。"你们来得正是时候，进来见见我的资助人吧。"

他把我们领进主展厅，一位女士站在那里，肩膀挺宽，身穿印有鲜花图案的裙子，手里端着一只半满的鸡尾酒杯。"你们好，"她笑着说，"我是安·珀西。马丁喜欢说我是他的资助人，但让这座博物馆真正取得成功的是他的辛勤努力。"

她接近五十岁了，比我们的年龄都大，一头明亮的金丝般的头发显然被修饰的。她已经有些微微发胖，我经常看到她这个年龄的女病人是这样的体形。"安是大学的美国文学教授。"福克解释说，"她一直对梅尔维尔很感兴趣。不管她怎么说，如果没有她，这个地方就不会存在。"

在福克去倒更多些鸡尾酒时，我们寒暄了几句。"你愿意和我们一起吃晚饭吗，珀西小姐？"温斯顿问。

"马丁已经邀请过了，但恐怕不行，我和他的邻居肯·安斯科特有约。他抢了我们那块地，但我们希望他能借给我们一个地方，让我们到春天时举办一个露天集市。"

我仍然对梅尔维尔的鬼魂和石板露台很感兴趣。"你现在要去那里吗？"

"就现在。"

"如果你不介意我跟着去的话，我有一个简单的问题要问安斯科特。"我转身对其他人说，"我五分钟后回来。"

安·珀西放下杯子，匆忙穿上雨衣。"每年这个时候你都无法预测天气到底会怎么样。"

整个下午我都穿着雨衣，与其说是为了防雨，不如说是为了保暖，但当我们走出门口时，我感觉到几滴雨水落在了脸上。"开始下小雨了。"我回头对其他人说道。

"该死！"福克咕哝道，"去吃饭之前，我得上楼把窗户关上。"

街道一片漆黑，只有零星的街灯闪烁着，而街灯似乎相隔又太远。

"这是你第一次来新贝德福德吗？"安·珀西淋着雨问道。

"我和父母来过这里，这次是那之后很多年来的第一次。"

雨势越来越大，我后悔没有从车上带把伞过来，但肯·安斯科特的家离得不远，因此我们按响门铃时，还不至于被淋得很湿。安斯科特热情地向安·珀西打了招呼，不过他显然对再次见到我感到十分惊讶。

"霍桑？我不知道你还认识珀西教授。"

"我们是新认识的朋友。"我解释道，"我和她过来只是想问你一个关于露台的问题。"

"又来了！还在找鬼魂？"他转向安·珀西，"借地的事怎么讲？"

"我们只需要你后院的一部分，春天时用两周，我们有一些大型的户外展品想展示。当然，毕竟会给你带来不便，我们会付你一些报酬。"

他点了点头。"我先关照好霍桑医生，然后我们再谈。我的露台怎么了？"

"今天下午我碰巧遇到了罗迪·加拉格尔。"

"在酒馆，我敢打赌！"

"嗯，是的。"我承认道，"他提到你的露台有机关。我想知道是否……"

"那是什么？"安·珀西突然问道，同时将手指向餐厅的窗户，窗外就是露台，只见一道阴森森的绿光闪现，瞬间又消失了，远处传来隆隆的雷声。

安斯科特哼了一声。当绿光再次闪现时，他喃喃自语道："孩子们又在耍花招。万圣节快到了。我去搞定他们！"

他拿起手电筒，匆匆走到玻璃门前，推开门，不顾雨水淋落走到外面。突然，雷声响起，一道闪电划过天空。安斯科特短促地尖叫了一声，然后就是一片黑暗。我跟在他身后冲出门外，前后也就相差几秒钟。我从手电筒掉落在露台的地方捡起它打开，扫视着露台和周围的院子。

肯·安斯科特踪影全无。

"他去哪里了？"安·珀西问道。

"我不知道。他刚才还在这里，然后就不见了。"

"他是被闪电击中了吗？"

我没有理睬她的问题，而是沿着露台低矮的石墙走了一圈，用手电筒照了照下面的院子。院子比露台低三英尺，可能比墙头低六英尺。院子的边缘长满了蔷薇丛，因为过冬，现在已经修剪过了。棕色的土壤是潮湿的，没有留下任何痕迹。安斯科特既没有跳下去，也没有被人从栏杆上拉下去。

我转过身，扬起手电筒，照向房子，但二楼的窗户很高，他不可能上得去。没有绳子，也没有旗杆，他也无法借助它们爬上去。除了餐厅的窗户外，没有其他窗户对着露台。

"你最好去找其他人。"我决定道，"我去给警察打电话。"

"你认为有这个必要吗？他可能会回来的。他只失踪了几分钟。"

"他不会回来了。"我说，"因为他没有地方可去。"

安·珀西匆匆穿过街区走到梅尔维尔博物馆，然后与玛丽、万斯夫妇和福克一起返回。他们都打着雨伞，以抵御不断落下的雨。"怎么回事？"马丁·福克问道，"他怎么了？"

"我不知道，警察马上就到，他走到露台上就不见了。"我把事情原原本本地告诉了他们，那道阴森森的绿光在我的脑海中挥之不去。

玛丽和埃伦建议先在房子里找一找，并付诸了行动。在她们回来之前，一辆警车停在了外面，下来两名警察，其中一个认识珀西教授，她把发生的事情告诉了他们。"之前我们被他喊来过。"一位警察说，"他说他和邻居孩子之间发生了不愉快，却从没提供任何证据给我们。"

玛丽和埃伦走下楼，称没有在房子里找到人。随后，一名警察亲自上楼检查，另一名警察是安·珀西的朋友詹克斯，他拿着手电筒走到外面检查露台。我跟着他走了出去，带他看了看露台墙边花坛上没有任何痕迹的泥土。"即使有时间，他也不可能跳下去。"我说，"事实上，只有几秒钟的时间。如你所见，一百英尺范围内没有其他建筑物，甚至连棵树也没有。"

詹克斯嗯了一声。"我曾读过一本推理小说，凶手从一栋房子的上层窗户套住受害者，把他拉了上去。"

"房子的其他地方没有人。楼上现在没有人，也没人可以从我身边溜走，带着尸体那就更不用想了。事情发生后我就一直在这里。"

"那珀西教授呢？"

"她也在这里，除了去把其他人叫来的那段时间。"

詹克斯似乎有些困惑。"为什么让她冒雨去？你为什么不给他们打电话？"

"我想我从没想过这一点。博物馆就在下一个拐角处，她去叫人时，我首先想到的是给警察打电话。"

"你听说过这里有鬼魂出没的事吗？"

"我怀疑赫尔曼·梅尔维尔的鬼魂与安斯科特的失踪有关。"

最后，在和其他人谈过之后，詹克斯在他的笔记本上做了一些记录，说："这里没有发现犯罪的证据，你们也都不是他的家人。如果他在二十四小时内没有出现，让他的家人提交一份失踪人员报告。"

"他没有家人。"马丁·福克告诉他们，"两年前我想买下那家老旅馆的时候，就和他很熟了。他总是独来独往，即使在欧洲旅行时也是如此。"

最后，在锁上房门，警察也走了之后，温斯顿问我们还要不要去吃晚饭。

"我当然想去！"福克说，"我能吃下一匹马。"

我们走回博物馆，准备开万斯夫妇的车出发。玛丽的钱包落在博物馆里了，我和福克进去拿，其他人则在一旁等候。"如果不在楼下，就去楼上的洗手间看看！"她在我身后喊道。

我们正是在洗手间找到钱包的，福克顺手关掉了几盏灯，还关上了几扇窗户，以防雨水淋进来。我把钱包还给玛丽，跟大家一样，此时她也感觉饿了。福克带我们去了一家牛排和海鲜店，离我们昨天晚上吃饭的地方不远。我正对着吧台坐下，立刻想起了昨天晚上遇到罗迪·加拉格尔的情景。

露台很特殊，他给你演示过它的机关吗？

是的，罗迪。他确实给我演示了那个机关。

我们本应上午动身，返回诺斯蒙特的家。然而，我和玛丽借了万斯夫妇的车，留在了新贝德福德找罗迪·加拉格尔，那个长得有点像我的人。

我们很快确定他不在家，他的妻子似乎对他的行踪一无所知。她是个瘦弱害羞的女人，开门时有些犹豫。"他没有做错什么事吧？你们不是警察吧？"

"我们不是警察。"我向她保证道，"我是医生，只是来这座城市转转。我想跟他聊聊他为安斯科特先生建的露台。"

"那是一年多以前的事了。"

"我知道。"

她叹了口气，拨开眼睛上的一缕头发。"有时他喝了酒，会住在他的一个酒保朋友那里。我可以给你地址。"

"那可太好了。"

玛丽和我都知道万斯夫妇想尽快回去，但我还是觉得不能让安斯科特消失得不明不白，尤其是在警察对这个案子漠不关心的情况下。拿到那个酒保的地址后，我谢过加拉格尔太太，然后便动身前往城市的另一端。当我们终于找到罗迪的时候，他正在他朋友的公寓里吃早餐。

　　"我认识你。"看到我后，他说，"但在哪里呢？"

　　"昨天在酒吧里，当时你在玩纸牌魔术。"

　　他笑了，想起了这一点。"我是在玩牌！你向我打听了我为肯·安斯科特建的露台。"

　　我点了点头。"安斯科特失踪了，我们正在找他。"

　　"这事我可帮不了你，最近我没见过他。"他将目光转向玛丽·贝斯特。"这是你太太？"

　　我感觉自己脸红了。"她是我的护士。我是医生，来这个城市旅游的。"

　　"我们担心安斯科特可能会受到什么伤害。"玛丽告诉他，"他有仇家吗？"

　　"我跟他不是很熟。"

　　"可是那个露台是你建的。"我说，"你还提到它有个机关。"

　　"嗯，是一个建筑机关。"

　　"我们想弄明白它是什么。"

　　"当然，我演示给你们看看。我对它可是自豪得很呢。"

　　"我们走吧。我们开车带你过去，再送你回来。"

　　我们到达安斯科特家时大约十一点。我昨晚没锁前门，现在门还是没锁。显然，安斯科特没有回家。我带头穿过餐厅，来到露台上。雨后初晴，太阳刚刚露脸，潮湿的石板上升起了缕缕薄雾。

　　"这仍然是我干过的最好的活之一。"加拉格尔对自己的技艺赞叹不已。

　　"给我们演示一下。"

"没问题。"

他走过露台中央，在低矮的半圆形墙离房子最远的地方抬起右脚蹬墙顶。它开始移动，在玛丽和我的注视下，石头发出轻微的摩擦声，并向下翻转，直到顶部停在蔷薇丛里。"看到了吗？它形成了几级台阶，这样的话你们就可以直接走到院子里，而不必回到屋里再从另一扇门出来。这是安斯科特的主意，但我用机械原理实现了它。当你们离开台阶时，平衡装置会使它上升，并自行关闭，你们也可以从花园那边把它拉下去。"

演示虽然有趣，却让我很失望。这个所谓机关，丝毫无助于解释昨晚安斯科特为什么失踪。现在我甚至看到，因为台阶的降低，花园里柔软的泥土上留下了一个此前没有的凹痕。因为我是紧跟着安斯科特出去的，前后相差也就几秒钟，在这之前，他根本没有时间使用这个台阶。

"仅此而已？"我问，"没有内置的藏身之处或类似的设计？"

"为什么要有藏身之处呢？我给他建了一个露台，有通往花园和院子的隐蔽台阶，这还不够好吗？"

"设计很巧妙。"玛丽称赞了他，"我们现在开车送你回去吧。"

我们没有把他送到家里，而是去了他朋友的酒吧，然后我们回到汽车旅馆，埃伦和温斯顿还在等我们。"我不想承认我还是很困惑，"我告诉玛丽，"安斯科特在我眼前完成了一个特技，我不知道他是怎么做到的。"

"你认为他还活着？"

"我一开始就觉得他一定活着，要想象他死了根本不可能。"

温斯顿和埃伦对我很是同情，但帮不上什么忙。我坐在他们的房间里，他们准备退房，却无法将此事抛诸脑后。"那个叫珀西的女人呢？"埃伦问，"她和你一起去的他家，她会不会动过什么手脚？"

"我不知道她如何做到这一切，也不知道她为什么要这么做。显然，她和安斯科特的关系是相当友好的。你们跟福克在一起，他有没有说过安斯科特和邻居有什么纠纷？"

温斯顿·万斯摇了摇头。"我不记得他说过什么。你和珀西教授走后，他就上楼去关窗户了，后来给我们倒了些饮料。"

最后，玛丽催我动身。"你不能在这儿坐一天吧，萨姆，该走了。安斯科特很可能活得好好的，而这一切也可能只是加拉格尔那个家伙教他的什么魔术。"

我们结账离开汽车旅馆，坐进温斯顿和埃伦的车里准备回去。当我们经过梅尔维尔博物馆时，我抬头看了一眼博物馆楼顶的寡妇眺台，我突然想明白了肯·安斯科特身上发生了什么事。

"请停车。"我说，"我们还没有向你们的朋友马丁告别呢。"

他看见我们来了，不知为什么，他似乎知道我们来的目的。"我们暂不开门，不然我就请你们进来了。"他在门口对我说，"我正忙着重新布置一些展品。"

"我们只是想再次跟你道别，马丁。"埃伦告诉他。

他尽量放松下来，不想表现得失礼。"当然。进来吧，不过只能待一会儿，今天我很忙。"

我不想浪费时间，便直奔主题。"临走之前，我想再看看你的寡妇眺台。"

"那不可能，现在上面正在进行一些工作。"

"恐怕我必须得去，否则我会叫警察来。"

马丁·福克微微一笑。"明白了。那好，跟我来吧。"

我转向其他人说："待在下面吧。"

"你上去不能不带我。"玛丽坚持道，跟在我后面。

"那就跟在后面。"

到了二楼，福克停下来，拿起一根大约六英尺长的管子，上面有一个带倒钩的尖头，下面挂着一圈结实的绳子。

第一次来参观时我们就看到过它。我立刻扑向他，与他争夺那个装置，并把他推得失去了平衡。最后，我抢到了。

"怎么回事，萨姆？"玛丽从我身后喊道。

"就像我担心的那样，是我们第一次来这里时看到的展品加州捕鲸火箭。马丁，你是现在交出安斯科特的尸体，还是让我们自己来搜查？"

这时埃伦和温斯顿都上楼了，马丁恳求道："你们得了解我为什么要这样做。"

他已经没有抵抗意志了，只好领我们到阁楼的楼梯口，指给我们看安斯科特的尸体。安斯科特被帆布裹着，胸口有一道裂开的伤口。埃伦·万斯怔怔地盯着福克，不相信他会干这种事，无法将注意力集中在眼前的尸体上。

"我记得他说过，开始下雨时，他要把楼上的窗户关上。"我告诉他们，"而且你们证实他上楼就是为了做这事。然而，昨晚晚些时候我们回来时，他却正在关窗户。当我想到这件事时，我很奇怪他上次说要关窗时是去做了什么。我们看到了加州捕鲸火箭，当然还有用来把死鲸吊上船的滑轮。这枚捕鲸火箭实际上是以火箭为动力的鱼叉，这栋房子到安斯科特的露台之间有一百英尺，它可以轻松地打过去。"

万斯盯着他妻子的老朋友。"你是说，福克用鱼叉叉死了他，并把他拖到了屋顶的寡妇眺台上？"

"没错。回想当时的情况，在安斯科特消失时，我看到了一道闪电，但我意识到我是在雷声之后的瞬间看到的闪电，这有违自然规律。那根本不是雷声和闪电，而是火箭发射的声音，以及它从寡妇眺台射向露台的轨迹。阴森森的绿光不过是手电筒透过绿色玻璃纸照射出来的，目的是吸引安斯科特的注意，把他引到露台上。安斯科特说的前几次雷击其实是福克在测试火箭鱼叉，看它能否飞那么远。福克把绳子的一端系在用来打捞死鲸的滑轮上，确保一旦鱼叉击中安斯科特，就把他猛地拉到空中。在这种情况下，血迹自然就被雨水冲走了。几秒钟后，当我来到外面时，尸体已经到了寡妇眺台，天黑，再加上下雨，这些都是很难被看见的。当然，福克需要一个雨夜，这样火箭的飞行轨迹就会被人误认为是闪电。"

埃伦摇着头，仍然无法理解。"马丁，这是为什么呀？我以为你和他处得很好。你不会是因为他的出价比你高，买下了那家老旅馆而耿耿于怀吧。"

"与旅馆无关，埃伦。你还不明白吗？那人是个纳粹！从他的态度还有他墙上的照片都能看得出来！他崇拜阿道夫·希特勒，现在我们差不多要和德国开战了。我必须做些什么。如果战争爆发，谁知道这家伙会造成什么危害呢？我测试了几次火箭鱼叉，似乎效果不错。然后你们来了，埃伦，你甚至提到如果战争不爆发，你们的孩子就会去上大学。想到孩子们，我知道我必须将我的计划付诸实施。我真希望下面的是希特勒本人，可惜他是肯·安斯科特，但这只是个开始。"

万斯非常平静地说："我们得告诉警察，马丁。"

"我本打算把他的尸体埋在地下室，不让任何人发现。"

大约一年以后，有一次，我想起了马丁·福克，便问埃伦他是否已经受审。她告诉我法庭判他精神错乱，送他进了精神病院。那时，不列颠之战正在进行中，第一个和平时期征兵法案已获通过，似乎整个世界都在变得精神失常。

我想起从寡妇眺台上看风景的事，不知道马丁·福克是否产生了错觉，站在寡妇眺台上，往下望去，远远看到了安斯科特家露台上的希特勒，并想象自己像上帝一样，投掷出去的不是鱼叉而是闪电。

07

未被
发现的门

"那是一九四〇年的夏天，"萨姆·霍桑医生告诉他的访客，"欧洲的战火越烧越旺。五月底和六月初，德军入侵了低地国家和法国，三十多万英、法军队从敦刻尔克撤离。纳粹德国空军持续袭击英吉利海峡的护航船队，到了仲夏，英格兰东南部的几个城市、港口和机场都遭到轰炸。不过，战争离诺斯蒙特还很遥远，我们镇上生活着一小群圣公会①修女，她们请求允许接收一些英国儿童，这才让镇长和镇议会想起还有战争这回事。"

几颗流弹来袭，击中了伦敦南部，政府开始疏散妇女和儿童。由于圣乔治修女会选择我作为她们的医生，我得以直接与她们接触，获得有关她们情况的第一手信息。我第一次去时，西米恩修女向我解释过她们选我的原因。"霍桑这个名字很文艺，我们知道你一定是个好人。"

"《红字》的作者就是这个名字。"我微笑着提醒她。

两年前，这个小修女会来到了诺斯蒙特，买下了镇干道上的老贝茨庄园。一开始，她们只有八个人。后来，修道院院长卢克修女病了，西米恩修女便以修道院院长的身份来到此地。那是我第一次走进圣乔治修女会的生活。卢克修女已经八十五岁，不无遗憾的是，到了这个年龄，

---

① 基督教新教主要宗派之一，十六世纪欧洲宗教改革运动时期产生于英国。——编者注

像我这样的小医生或其他任何人都无能为力了。她在一九三九年的圣诞节前去世，葬在了修道院的院子里。

一九三八年夏天，修女们到达后不久，她们就在院子周围筑起了一堵高高的砖墙，只留下修道院的前门供访客出入。该工程耗资不菲，三个泥瓦匠和一个学徒用了几个月的时间才建完。此墙高十二英尺，顶部架有铁丝网。第一次看到它时，我不知道建它的目的是把想要闯入的人挡在外面，还是把修女封在里面。"在英国，我们是一个隐修会。"西米恩修女解释道，"到了这里，要求已然放宽，但我们仍要遵守远在家乡的女修道院院长的规定。"

西米恩修女很有领导者的气质，五十岁左右。不过，这些修女都戴着硬挺的白色头巾，因此很难准确地判断她们的年龄。与大多数天主教修女的黑白长袍不同，她们穿的是白色长袍，优雅的英国口音让她们说起话来令人听着很舒服。除了西米恩修女，其他七个人中只有两个人显得年轻一些。在为忠诚修女治疗喉咙感染时，我得知她已经七十二岁了，而希望修女可能六十五岁左右。

第一次去圣乔治修女会的修道院时，我就被介绍给了全体会众。"姐妹们，这是萨姆·霍桑医生。"西米恩修女在她们用餐的公共休息室宣布道。老贝茨还在世时，这里就是一间简陋的餐厅，跟修道院的其他地方一样，光线昏暗。

"我很高兴来到这里。"我笑着告诉她们，"欢迎来到诺斯蒙特。"

当时卢克修女在楼上卧床不起，等待她人生中最后一场病痛的结束。"她们都有自己正式的教名，但到了这里之后，便都以七美德为名了。这是年龄最大的忠诚修女，这边是希望修女、慈爱修女和坚毅修女，那边是节制修女、谨慎修女和正义修女。"西米恩修女笑着补充说，"正义修女个子最高，上面的架子她都能够到。"显然，她们熟悉这个玩笑话的含义，其他几个人听后咯咯笑了起来。

"这样就很容易记了。"我说。

身材娇小的节制修女也许是她们中最迷人的，她对我灿烂一笑，说道："我为你祈祷，希望你能让我们都保持健康。"

卢克修女的去世是不可避免的，除此之外，我这个医生当得还不错。八月的一天早晨，西米恩修女给我打电话，我以为她是为了治疗某人的疾病才打电话过来。"慈善修女的过敏怎么样了？"我问道，"我们现在已经进入花粉热的季节了。"

"这事似乎没有太困扰到她。"西米恩修女向我保证，"实际上，医生，我打电话来完全是为了另一件事。我一直在催促斯托克斯镇长允许我们从伦敦带十几个孩子来修道院生活。不知道什么原因，他似乎不太情愿。我想知道你能否和他谈谈。"

"好吧，我试试，但你得告诉我一些情况。"

"伦敦城里开始疏散妇女和儿童，尤其是儿童，感觉轰炸会越来越猛烈。我们的修道院足够大，可以轻松容纳十二到十五个女孩，但我们需要镇政府的某种区划许可证。斯托克斯镇长担心我们会试图把她们变成修女。"

"我会跟他谈的。"我答应道。

"非常感谢你，医生。"

镇议会在夏天只开一次会，而且就在两天之后。我知道我最好在那之前跟镇长谈谈西米恩修女的请求。在诺斯蒙特这样的地方当镇长，充其量不过是一份兼职工作，道格·斯托克斯以卖福特汽车为生。在给当天最后一个病人看完病后，我告诉护士玛丽·贝斯特我要提前离开，然后便开车去了当地的福特汽车经销店。

八月盛夏，汽车生意反而冷清。诺斯蒙特的镇长坐在他的办公室里，脚搁在桌子上，嘴里叼着一根上等哈瓦那雪茄，悠闲无比。"什么风把你吹到我这乡下小店来了，医生？想把那辆别克车换成崭新的一九四〇年款福特车？"

他是个大个子，接近四十岁，高中时玩过橄榄球，让人难以忘记。在夏天的几个月里，他通常会戴一顶在劳动节前就开始变黄的硬草帽，届时他会扔掉，等第二年春天再换一顶新的。

我坐到狭小办公室里唯一的另一把椅子上。"西米恩修女从修道院打电话给我，道格，她担心你会阻止她把一些英国孩子带到这里来。"

他把脚从桌子上放下，也不再抽他的那根雪茄。"医生，这事很棘手。那块地已被划为农业用地，两年前，修女们来的时候，我们已经破例了，但现在她们想把那里变成一所寄宿学校。"

"他们没有这样的打算！伦敦和英格兰南部的其他城市遭到了轰炸，修女们想趁还来得及时，再至少救助几个疏散出来的孩子。"

斯托克斯镇长看上去并不高兴。"我不知道，医生。我和几个议员谈过，他们都反对。如果修女不教育她们，她们就得去我们的学校。她们跟我们这儿的人不一样，说话不同，行为举止也不同。"

"她们可能更聪明，更文明。"我笑着回答，"如果她们在诺斯蒙特生活得够长，长大成人，也许甚至会成为你的客户。"

他思考着我说的话。"听着，你周四来参会吧，把这件事讲给其他人听。"

我欣然同意了。"我会讲的，也许我会带西米恩修女一起来。"

镇议会的夏季会议向来参会人数不多，这次也不例外。伦斯警长也来了，坐在后排。我了解他，若无紧急事务，他经常会顺路来参会。在我和本镇两位女议员之一的梅维丝·贝克打招呼时，斯托克斯镇长宣布会议开始，并迅速读了一遍例行的议程项目。随后，他把圣乔治修道院要安置十五位女孩的请求提了出来，这些女孩有些不到十岁，有些也就是十几岁，都是从伦敦和其他英国城市疏散出来的。有人提出了区划问题，问修道院是否会成为一所学校。我举起手，宣布修道院院长西米恩修女出席了会议，愿意讨论这个问题。尽管在会议进行时，她一直穿着白色长袍坐在我身边，斯托克斯镇长似乎还是很惊讶。"啊，西米恩修女！很高兴你能来！我对你们的修女会知之甚少。你们是天主教修女吗？"

"英国圣公会的，"她答道，仍旧坐着，"自从卢克修女去世后，修道院只剩下八个人。我们都是英国人，这就是我们对那些孩子感到特别亲切的原因。我们不会强迫她们中的任何人皈依我们的信仰，不过，她们很可能已经是英国国教的信徒了。当然，我们会教她们一些基础课程，而且是非正式的授课。"

"至于空间，西米恩修女……"

"足够了。若仍有疑问，我邀请你和其他议员去我们那里考察。"

组成镇议会议员团的有六个男人和两个女人，此时他们开始交头接耳，低声交谈。我看得出来，议员团中唯一的教师梅维丝·贝克特别支持修女们，最后大家同意斯托克斯镇长第二天先考察修道院，然后向镇议会汇报，以便最后做出决定。因为我对双方都很了解，贝克太太建议我第二天也去，陪同斯托克斯和西米恩修女参观。

在当时看来，那就是一个请求，不会招来任何麻烦。

周五上午，天气暖和，阳光明媚，是新英格兰地区理想的夏末之日。因为有个出诊用时超过了预期，赶到镇干道上的修道院时，我迟到了。十点刚过，道格·斯托克斯就已经到了。我把车开上环形煤渣车道，看到他的车停在前门附近，车尾散落着一棵高大枫树上坠落的翅果，那是枫树随风飞旋的种子。我把车停在他的车后面，希望修女出来迎接我。她又高又瘦，是年纪较大的一位修女，在修道院的楼梯上摔了一跤后，她走起路来一瘸一拐。"你来得正是时候，霍桑医生。"她用悦耳的声音说，"西米恩修女和其他人刚开始带斯托克斯镇长四处参观。他们在院子里，但院子门是锁着的，我们必须从房子里面进去。"

我跟着她穿过昏暗的走廊，走下光线幽暗的狭窄台阶，来到后门。外面阳光普照，后院有高墙围绕，我看到修女们正簇拥着斯托克斯镇长，越过她们的头顶，可以看到他那顶熟悉的草帽。他一定也看到了我，因为我看到他的蓝色上衣一闪而过，他把手举过头顶，示意我到墙边和他们一起走。

我有意放慢脚步，以便跛行的希望修女能跟上我。经过坑洼不平的地方，我会抓着她的手领她走过去。"春天的时候，你们应该平整一下这个地方。"我好心地建议道，"这里太难走了。"

"哦，我们已经习惯了。"

当我们走近其他修女时，我意识到道格·斯托克斯似乎已经不在她们中间了。"镇长在哪里？"我问西米恩修女。

"他走了。"她简单地回答，其他人点头表示同意。

"走了？几秒钟前我还看到他和你们在一起！他能去哪里呢？院子都被围起来了！"

身材娇小的节制修女似乎在替她们回答。"进入天堂的迷途的尽头，一块石头，一片树叶，一扇未被发现的门。"

斯托克斯镇长出事了，但我对是什么事、如何发生的或为什么会发生茫然无知。

一个小时后，伦斯警长和他的手下搜查了修道院的庭院，并带来了初步的搜查结果。"我们找到了道格的平顶宽边草帽，医生，想看看吗？"

草帽确实在那儿，却是在高墙的另一边，它倒卧在高高的草丛里。毫无疑问，那是镇长的帽子，防汗带上印着金色的D. S.，那是他的名字"道格·斯托克斯"的首字母。

"看来他是翻墙，"警长评论道，"或是穿墙过去的。"

没有其他异常，其余的草地似乎也没有受到干扰。"我不认为他是穿墙过去的，"我告诉他，"翻墙过去也不可能。即使有好心的修女托着他，他也很难在上面抓到攀爬的支点。上面有铁丝网，草帽周围的草似乎也没受到身体落地的影响。请记住，我看到了他向我招手。我径直朝他走过去，他一直没有离开那群修女。"

"我们相信你的话，"伦斯警长坚持道，"但他确实离开了，医生。"

"你们可以相信我，相信我说的每一个字。"

警长叹了口气。"修女们在哪儿？"

"在她们的小礼拜堂祈祷。"

"我们去瞧瞧。"

跟我们想的一样，七美德修女坐在小礼拜堂的两排长椅上。这座小礼拜堂是修女们搬来后在主屋旁加盖的，前面有一个供来访牧师使用的圣坛，但此刻它正为西米恩修女所用，因为她正领着她们祈祷。警长一直等到她暂停，才来到教堂的前面。"女士们，我们这里出了一件不寻常的事情。医生说他看到斯托克斯镇长和你们走在修道院的院子里，然后他就消失了。我的手下在墙的另一边发现了他的草帽，但他既不可能翻墙，也不可能穿墙过去。他的车还停在外面，人却不知所终。我得给这一切一个解释。"

西米恩修女低着头，仿佛还在祈祷。坐在前排长椅上的慈爱修女给予回应，她满是皱纹的脸在白色的面罩中显得很痛苦，有那么一会儿，我甚至怀疑这种紧绷的习惯是否在某种程度上导致了她的过敏症。"和我们在一起的不是镇长，"她说，"而是他的灵魂，霍桑医生看到的不过是一个业已离我们而去的人的影子。"

轮到我说话了。"你是想告诉我们镇长死了吗？我从不相信鬼，也不认为鬼会把车开到这里来。"

西米恩修女抬起头。"到时候，斯托克斯镇长会亲自告诉我们发生了什么。"

伦斯警长把一只手放在我肩上。"走吧，医生。我们在这儿什么也了解不到。我们再去检查一下那堵墙。"

显然，他是对的，我跟着他走出了小礼拜堂。除非她们准备好了，否则即使她们知道些什么也不会告诉我们。来到外面，我们走到一位警员面前，他汇报说一无所获。然后，我们走到那堵十二英尺高的墙与房子前角相连的地方，就在镇长的车停放的车道附近。就在那儿，墙上有一扇狭窄的铁门，不用经过修道院就可以进入庭院。警长到达时，门是锁着的，但西米恩修女很快就从其腰带上的钥匙圈中拿出了钥匙。

接着，伦斯警长和我开始摸着刷过石灰粉的长砖墙一步一步地往前走，只要遇到不整齐的地方就停下来检查一番。"她们肯定知道在镇长身上发生了什么事。"警长边走边说道。

"她们当然知道，"我同意道，"但这只会让问题变得更费解。镇长遭遇了什么事？她们为什么隐瞒真相？"

他咕哝了一声，我们默默地将剩下的墙全检查了一遍。最后，我们确认没有隐藏门和秘密出口，只能放弃。随后，我们又绕到房子的前面，我走过去朝镇长的双门小跑车里看了看。

钥匙还插在点火开关里，没人会在拜访修道院的时候锁车。我试了一下引擎，它发动了起来。然后我取下钥匙，绕到了车的后面。

"你要做什么，医生？"

"看看隆隆座。"我用钥匙将隆隆座车厢盖打开，一小堆枫树的飞旋种子滑落到地上。里面并没有我想的或者说害怕看到的东西，车厢是空的。我重新关上车厢，把钥匙插回了点火开关。

"我们回镇上吧。"警长决定，"我派几个手下去附近的地里搜查一下，说不定道格·斯托克斯正坐在办公室里嘲笑我们呢。"

然而，斯托克斯既不在经销店，也不在镇政府办公室，一整天都没人见过他。就在我们找他的时候，女议员梅维丝·贝克从我们身边走过。"他今天不是去考察那个修道院了吗？"她问。

"他去了那儿，"我确认道，"但后来他离开了。"

"我们要找到他，事关重大，"伦斯警长告诉她，"如果你看到他，让他立马给医生或我打电话。"

她用老师的那种严厉目光看了警长一眼。"我有权知道发生了什么事。"

我接过话头。梅维丝和警长的关系一直不太好。"道格在修道院莫名其妙地失踪了。我在院子靠墙的地方看到了他，然后他就消失了。那里没有门，他不可能穿过那堵墙。"

梅维丝·贝克哼了一声。"是否这又是一桩你们的密室谜案……"

"没有锁，没有房间。只有一堵墙，墙上有一扇未被发现的门。"我想起节制修女引用过的那段话。

"人们其实是可以做到穿墙而过的。"她说，"上高中的时候，父母带我去波士顿看霍迪尼大师的表演，他当时就穿过了一堵墙。"

"在舞台上，他们可以用活板门做到这一点。"警长告诉我们。贝克太太没有理会他。

我仍然不愿意相信失踪的镇长出了什么大事，圣乔治修女会似乎也不可能密谋以任何方式伤害他。然而，想到节制修女说过的那些神秘的话，我就不那么肯定了。

我们离开镇政厅时，伦斯警长说："他会出现的。"但他的声音听起来缺乏底气。

"你的人搜查了现场，警长，我认为我们必须搜查修道院本身。"

"你是说进入她们的房间？"

我点了点头。"我开车回去和西米恩修女谈谈。给我半个小时，然后跟着我去。我想即使没有搜查令，她也会让我们搜查的。"

在修道院的前院，我遇见了坚毅修女，她是比较年轻的修女，正用橡胶软管给草浇水。看到我后，她说道："今年夏天，上帝吝啬得不肯下雨，霍桑医生。"她的话带着苏格兰口音，很好听。

"今年夏天很干燥。"我同意，"西米恩修女在吗？"

"她可能还在小礼拜堂。"

我不禁注意到道格·斯托克斯的车还停在前门旁边弯曲的车道上。"应该让人打电话给镇长的弟弟问问车的事。"

"也许他回来后会想知道车去了哪里。"

"除非他去了一个从没有旅人回来过的未知的国度。"

坚毅修女微微一笑。"啊，哈姆雷特！跟受过教育的人说话真好。你真的认为你们的镇长死了吗？"

"我希望找到答案，眼下我必须和西米恩修女谈谈。"我离开她，走进了修道院。

谨慎修女正趴在地上擦洗通往二楼的楼梯。她对我淡淡地一笑，也许是对楼里出现一个无人陪同的男人感到很惊讶。"我在找西米恩修女，有人告诉我她可能在小礼拜堂里。"

矮胖的谨慎修女把刷子放进桶里，下楼来到我身旁。"我给你带路。"

"我不想打扰你做事。我知道它在哪儿。"

"休息一会儿对我有好处，来吧。"

我们走近时，西米恩修女正要离开小礼拜堂，也许她听到了我们的声音。"你今天第二次来了，霍桑医生。"

"还是没有镇长的踪迹。"我解释道，"伦斯警长要来搜查修道院，我只是想在他来之前通知你。"

"我们没什么好隐瞒的。"

警长带着五位警员抵达，一起来的还有梅维丝·贝克，这让警长很不高兴。这些警员每人负责搜查修道院的一个区域，并由修女当向导。我回到了道格·斯托克斯最后一次出现的围墙院子，被派来陪我的是身材娇小的节制修女。

走近那堵刷白的墙时，我说："修女，我一直想问你此前你说的那句话的意思，关于那扇未被发现的门。"

她有点脸红了。"这是托马斯·沃尔夫的话，我是在他的小说《天使，望故乡》的开头读到的。也许那扇未被发现的门通向来世。因为我们正在墙上找一扇并不存在的门，我就想到了它，觉得再贴切不过了。"

"事情发生时，你和镇长在这里吧。"

"我们都在，希望修女除外，她和你在一起。"

"是的，但你一定看到了什么。"

"他本来在这儿，然后就不见了。"她简单说道。

伦斯警长走出修道院，西米恩修女陪在他身边。"我这里什么也没有发现，医生，没有道格·斯托克斯的任何踪迹。"

西米恩修女这时说话了。她说："我对整件事件非常关心。如你所知，在支持我们接受被疏散的英国女孩之前，斯托克斯镇长今天上午来考察了我们的设施。我相信他对所看到的一切感到满意，我不希望我们的事情因为他的消失而搁置。"

"事发时你和他在一起。"伦斯警长提醒她。

"霍桑医生也是，他离我们不到五十英尺。"

"修女，你一定知道他身上发生了什么事，没有别的可能了。"

她和善地笑了笑，什么也没有说。

警员们和贝克太太一个接一个地返回，聚拢到我们身边，都说没有发现什么线索。无论是生是死，斯托克斯镇长都不在修道院里，也不在院子里。"如果你赶回镇上找他，"梅维丝·贝克指出，"他就有足够的时间离开了。"

伦斯警长回答说："他的车从没开走过。"显然，警长是对的，车仍然停在那里，顶上枫树种子仍在飘落，堆积在车身上，只有我此前打开过的隆隆座车厢盖上不见枫树种子。

"梅维丝，"我说，"你之前提到过，你年轻时看过胡迪尼穿过一堵墙，知道他是怎么做到的吗？"

"一点也不知道。"她承认，"我对魔术技巧一窍不通。我只记得他周围有几个穿白色罩衫、戴帽子和眼镜的助手，他们在他周围拉起一道围幕，当它被拿走时，他就消失了。随后，助手们在墙的另一边也拉起围幕，他又现身了。我这辈子都不会忘记那个场景。"

斯托克斯在那群修女中向我招过手，也许他是在暗示我到墙的另一边去找他。我走到他车驾驶座的一侧，像之前一样从点火开关上取下钥匙，这时我感觉他又在向我招手。"你已经看过里面了。"伦斯警长提醒我，我走到车尾，把钥匙插进隆隆座车厢的锁里。

西米恩修女在修道院的门口看到了我，跑出来阻止我。"不！"她警告说，"不要打开它！"

但我已经打开了，里面是道格·斯托克斯镇长蜷缩的尸体，额头上有一道致命的伤口，很吓人。

"这下清楚了。"伦斯警长问西米恩修女，"你们谁杀了他？"

她目不转睛地盯着我，好像根本没听到他的问题似的。"你看过一次了，"她说，"为什么又要看？"

"几个小时前我是看过。现在枫树还在旋转着掉落种子，但隆隆座车厢盖的上面却很干净，不像以前那样散落着种子。我知道它又被人打开过，而且时间很近。"

伦斯警长走到她身边，似乎准备在她试图逃跑时抓住她。"他是怎么穿过那堵墙的？你们中是谁杀了他？"

"我们还是进屋吧。"我提议道，"在那里谈更方便。"

我们在客厅坐下，就在我们交谈时，圣乔治修女会的其他修女陆续走了进来。梅维丝·贝克坐在伦斯警长旁边，我开始说道："是贝克太太对胡迪尼舞台穿墙魔术的描述，让我想通了道格·斯托克斯是如何消失的。在舞台上，穿白袍的助手是魔术成功的关键。很多人在他周围转来转去，在这种情况下，多一个人少一个人很难被人注意到。胡迪尼只要走到墙边的围幕后面，从围幕的一个暗袋里拿出白色罩衫、帽子和眼镜，穿戴上，再混入其他穿着相同的助手中就行了。"

听我这样说，梅维丝·贝克惊讶得合不拢嘴。"你是说道格自己化装成了一位修女？"

我把目光转向正义修女。"你想给我们讲讲这事吗，修女？"

在我的注视下，这位高大的修女后退了一步。"你什么意思？"

"斯托克斯镇长不可能有动机自己化装成修女，但你却有很好的理由化装成斯托克斯镇长。在被你们簇拥着时，我只瞥见了他的草帽、蓝色夹克和举起的手臂。作为这里最高的修女，正义修女，一定是你戴着那顶帽子、穿着那件夹克。转眼间，你就可以脱掉草帽和夹克，变回真实的自己，而夹克很容易藏在修女们的长袍下面。"

"才五十英尺，你就没有注意到她在快速换衣服？"警长问道。

"我当时正在帮助跛行的希望修女走过不平的路面，在这样帮助别人的时候，很自然地会低头看几次地面。事情的变化就是那时发生的。"

"但为什么要这样做呢？"

"我想计划是让正义修女戴上镇长的草帽，穿上他的夹克，从大门离开院子，直接走向汽车。她们希望我晚到，以便看到他开车离开。我是来晚了，但对她们来说还不够晚。"

伦斯警长皱起了眉头。"你是说镇长那时已经死了？"

"这正是我要告诉你的。道格的尸体被藏在了某个地方，可能是小礼拜堂的圣坛后面，然后在我们离开，警员开始搜查其他地方时，他被搬到了隆隆座车厢里。修女们看到我们早些时候检查过隆隆座了。"

"那是她们中的谁杀了他，医生？"

我叹了口气，摇了摇头。"没人杀道格·斯托克斯，警长。我想她们在带他考察修道院时，最糟糕的事情碰巧发生在了她们身上。他不小心从修道院昏暗的楼梯上摔了下来，自己杀了自己，修女们只是想掩盖这一事实。"

这时，西米恩修女走上前来。"你似乎什么都知道，霍桑医生。你的魔术比胡迪尼的水平还要高。"

"来过的人都知道，这里光线昏暗，尤其是楼梯间。希望修女就是因为从楼梯上摔下来，导致跛行。对斯托克斯镇长说，他从未来过这里，这里就成了一个危险的地方。我猜他是在下到二楼的楼梯上摔倒的，并在第一个楼道上摔破了头。谨慎修女今天下午就在那里擦洗，毫无疑问，她是想擦掉最后的血迹。"

"为什么不是她们把他推下去的呢？"警长想知道。

"那她们又是为什么要这么做呢？他来这里为的是对修道院的条件进行评估，以决定是否同意她们的修道院接收英国疏散过来的女孩，这是修女们非常关心的事情。不管他说什么，她们都不会希望他受到伤害。如果他从楼梯上摔下来了，那就是意外。如果她们中有人要杀他，肯定不需要如此费尽心思地做戏。"

"确实是意外。"西米恩修女证实道，"下楼梯时，他在前面走，转身跟我和坚毅修女说话时，踩错了台阶，又没能及时抓住栏杆。听到他的头被撞的声音时，我浑身发凉。"

我几乎能感觉到它的发生，我知道她们内心一定经历过挣扎。"然后你看到了你们的梦像他的头一样破碎了，毕竟镇长在考察你们的修道院时意外身亡，就不会有人再同意你们把孩子带到这里来了。"

"一想到在被轰炸的城市瓦砾中的她们，"她说，"我们知道我们必须想尽办法掩盖他是怎么死的，以及死在哪里。我想我们这种做法有点疯狂，但你一直没有来，我们不得不冒这个险。我们想把车开走，等你走了再开回来拉走尸体。我们本想把车驶离公路，让人觉得他像是死于车祸。"她抬起头看着我，"但我们根本做不到。"

"确实做不到。"

"现在会怎样呢？"年长的忠诚修女想知道这个问题的答案。

"我想这得由警长说了算。"我告诉她。

接下来的事情我没有参与，修女们没有受到指控。在梅维丝·贝克的安排下，她们卖掉了这家修道院，搬到纽约州的萨拉托加斯普林斯附近，在那里安了一个新家。后来，我听说她们在战争年代照顾了很多英国女孩，我想她们在祈祷时肯定从未忘记斯托克斯镇长。

过了几天，道格·斯托克斯的葬礼结束后，伦斯警长对我说："医生，这个事件中还有一个地方没有解释清楚。那堵墙有十二英尺高，道格的草帽是怎么到了另一边的？"

"人们叫它平顶宽边草帽可不是白叫的，警长。当我盯着希望修女的脚时，她们一抛，它就旋转着飞过了墙头。"

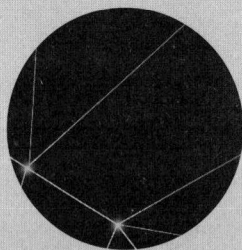

08

廊桥
枪击案

"周日早晨，大雪纷飞，伦斯警长来访，这已经不能说是不同寻常了，"萨姆·霍桑医生喝着白兰地对访客说道，"简直是太奇怪了。一九四〇年一月的那天上午十点，看到他出现在我的门口，我还以为欧洲战争在一夜之间有了惊人的发展，又或是诺斯蒙特发生了残忍的凶杀案。"

"医生，我能进来吗？"伦斯警长问道，"我有很重要的事想跟你谈。"

"当然可以。"我打开门，不知道他会带来什么可怕的消息，"我希望不是坏消息。"

他的表情放松下来，露出了笑容。"不，不，没有那种事，我不是来吓唬你的。"伦斯警长个子不矮，最近又胖了一些。由于年龄和体重的关系，这些天来他的行动略显迟缓，但他仍然是我在镇上最年长和最亲密的朋友。我们坐到厨房的桌子旁，我给他倒了一杯咖啡。

"有什么事需要我帮忙的？"

"我没影响你去教堂吧？"

我耸了耸肩。"希恩镇的布鲁斯特博士现在代为主持礼拜，如果错过他的布道，也没有什么太大的损失。"

"我们昨晚就诺斯蒙特的百年庆典开了个会。就在今年，你知道的，咱们这个镇建于一八四〇年。"

"时光飞逝啊。"我笑着对他说，"我想我永远活不到庆祝百岁生日的时候。"

"医生。"他变得严肃起来，"我们希望你以一种特殊的方式参加庆祝活动。薇拉和我想好了。"薇拉是他结婚十年的妻子，一个让他很开心的好女人，第一任妻子去世后，他一直到五十多岁才再婚。

"我不太擅长演讲，警长，你是知道的。"

"谁说要演讲了？我们要把诺斯蒙特历史上最令人难忘的四件事戏剧化，每个季节一件。薇拉本想每个月一件，但没人能想出十二件值得纪念的事。"他轻笑了一声，"我想诺斯蒙特不是纽约，甚至连波士顿都赶不上。"

我还是不明白他的意思。"这些和我有什么关系？"

"嗯，医生，按照这些事情发生的顺序将其戏剧化会更有意义，但你知道，我们必须把它们与季节联系起来。对于冬天，我们想纪念你在诺斯蒙特破解的第一个谜案。"

"什么？"我不确定是否听错了他的话。

"你知道，就是马和马车穿过廊桥时消失了的那件事。"

"疯了吧，警长。这里的冬天一定发生过比它更重要的事情。"

"那是件大事，医生，这一带的人就是从此开始注意你的。"

"那是十八年前的事了！"我说。

"没错！其他三件事比这要早得多。"

我给自己又倒了一杯清晨咖啡。"在我决定之前，跟我说说你们想怎么搞。"

"我们想找到一辆马车，跟汉克·布林洛失踪那天驾驶的那辆一样。薇拉本想让汉克的亲戚来驾驶马车，但他们都搬走了。在这种情况下，苏默塞特镇长说他来驾驶马车。"

"为了什么呢，警长？你认为他会像汉克那样失踪吗？"

"这次不会有人失踪了，因为桥的两边都有人，但这事我们得在这个月或下个月趁地上有雪时候做，医生，你明白其中的缘由，对吧？"

"是的。"十八年前，汉克·布林洛的失踪和被害跟凶手在雪地设计诡计有关。显然，如果地面上没有雪，这一事件就纪念不成。"但我不喜欢这个主意。我不是什么英雄，要让我为偶然发现的东西接受荣誉……有时我甚至会觉得来到这里的头几个月是祸多于福，有些人从一开始就认为我是侦探，而不是医生。"

"如果薇拉和你谈谈，那会有助于你下决心吗？"伦斯警长问道。

我向他叹息了一声，这种叹息通常只在周日才有，因为在这个我本该休息的日子，总会有病人打电话问我一些无聊的问题。"我真的不想掺和，警长。"

他喝完咖啡，站了起来。"我让薇拉跟你谈谈。"

我原以为薇拉·伦斯会在一两天内给我打电话，或去诊所一趟，但两个小时后的中午时分，她就来到了我家门口，拂去外套上湿漉漉的雪花。"你好，萨姆。"她跟我打招呼，"我不想在周日打扰你，但我们的准备时间不多了。"

"快进屋，薇拉，别再淋雪了。"警长的妻子五十来岁，但精神十足，身强体健，从我来到诺斯蒙特，她就一直是我们邮局的局长。伦斯警长在战后爆发的流感中失去第一任太太，直到一九二九年十二月才再婚。"自从圣诞节前你们的结婚十周年纪念聚会后，我就没见过你了。"

她拉着我的手，开心地笑了。"你知道，我丈夫在邀请你这件事上犹豫不决。他担心如果有你在场，可能会发生谋杀案。"

我笑了。"所幸那是一个喜庆场合，看不出会有什么犯罪行为发生。"

我帮她脱下外套，她把它搭在椅子上。"我知道我丈夫和你谈过百年庆典的事，我能理解你为什么不愿意参加。但我保证不会让你觉得尴尬，我也保证苏默塞特镇长不会给你颁发城市钥匙或诸如此类的东西。我们只是希望你能在场，看着镇长像一九二九年的汉克·布林洛那样驾驶马车穿过廊桥。"

"并且失踪。"

她笑话起我的不情不愿来。"这种事一辈子也就发生一次。来吧！如果你不愿意，就当是为了我吧。"

"到底要我做什么？"

"你只要跟警长和我一起站在桥的另一头，然后跟镇长握手就行了！有关的人都会去，我们会有一个下午的时间让孩子们滑冰和玩雪橇。"

"听起来也没有什么坏处。"我承认。

"那么你愿意去了？"

这不是我平生第一次或最后一次掉进女人温柔的陷阱。

"当然，为了你，薇拉，我愿意去。"

诺斯蒙特百年庆典的第一场活动定于一月的最后一个周日举行。阳光透过卧室窗帘悄悄照进了屋里，我被唤醒了，瞥了一眼窗边的室外温度计。当时的气温略高于冰点，为一摄氏度多，虽然还没有暖和到足以让一月份的降雪显著减少，却非常适合户外活动。

一吃完早餐，我就给护士玛丽·贝斯特打电话。"你好，玛丽。准备好参加盛大的百年庆典了吗？"

"当然，我想是的。"

"警长和薇拉希望我在两点前到那儿，我一点半左右去接你？"

"我会准备好的。"

几年前，我过了四十岁生日，自那以后，朋友和病人都把我当成终身不娶的单身汉。这个标签有好处，也有坏处。好处是我可以陪玛丽·贝斯特参加社交活动，而不会被人认为我在认真地恋爱；坏处是她从来没有把这看成是认真的恋爱。

那天我开的是别克，但它永远不会抹去我对皮尔斯利箭的记忆，那是我的第一辆车，但在早些年，玛丽还不是我的护士。她对那车没有印象，只觉得别克车太棒了。"今天阳光明媚，应该有很多观众会来。"我拉开车门请她上车时，她说，"我带了三明治，以防我们饿了。"

　　"好主意。"玛丽·贝斯特是个好护士，也是个好女人。她跟我共事快五年了，我从没后悔雇用了她。她比我小十岁，是个城市女孩，最终因为一个纯属偶然的机会留在了诺斯蒙特。她有一头深金色的头发，我雇用她的时候，她留的是时髦的齐耳短发，但我很高兴看到那种流行一时的时尚结束了。对我来说，她现在更有吸引力了。

　　"你一定感到很荣幸。"当我们驱车前往那座廊桥时，她说，"你是诺斯蒙特历史上最令人难忘的四件事之一的亲历者。"

　　"我觉得自己处于一个精心设计的玩笑中。我猜他们是想重现一件近代的事情，而我是他们能找到的人中最合适的。我知道是苏默塞特镇长做的最后决定，他花了好几个月的时间研读本镇史志学者保存的旧报纸和杂志。"

　　"大家想到的人都是你，萨姆。警长，镇长，甚至是乔·斯威尼。"

　　"斯威尼！剃刀斯威尼！"他是我一九二二年来诺斯蒙特开业后找的第一个理发师。他已经很多年不理发了，但人们仍然叫他"剃刀"，原因在于他会很精明地做一些非正当的生意。

　　自从十八年前的不幸事件以来，北路的路面已经铺上了沥青，但那座廊桥还在那里。经济大萧条期间，通过平民保育团①，政府派人对它进行了修理和加固。现在有人说要把它变成本镇的地标，不是因为那桩很久以前的神秘失踪案，而是因为廊桥越来越罕见了。我希望他们在政府决定拆掉它之前做点什么。

---

① 美国政府在一九三三年至一九四二年间实施的一项自愿工作救济计划。——译者注

拐过下一个弯道后，廊桥出现在眼前，我说："看起来已经来了很多人了。"几辆汽车停在路边，为苏默塞特镇长将要驾驶的马车让出了一条畅通的路。马车的主人是道格·坦纳，当地的一个养马人，在谷仓里收藏了几辆旧马车。我把车开过桥，停在马车后面。

威尔·苏默塞特站在马车旁，穿着礼服，戴着礼帽，这样的装扮让人联想起世纪之交而不是二十世纪二十年代。可以肯定的是，它与年轻的汉克·布林洛失踪那天穿的农装完全不同。不过，镇长并不打算失踪，只是为了纪念这一事件。他曾是制造马鞍等马具的工匠，在二十世纪二十年代初，随着汽车的日益普及，他见证了自己的生意渐渐消失。幸运的是，他与剃刀斯威尼合作开发房地产，赚得盆满钵满，随后进入了政界。

"啊，"苏默塞特说着走过来和我握手，"我最喜欢的侦探来了。"他个子很高，脸色红润，面庞瘦削，其党内的人有时会称他有一张林肯式的脸。

"我宁愿被称为你最喜欢的医生。"我微笑着回答，"你认识我的护士玛丽·贝斯特，对吧？"

"我有幸早已认识玛丽。"他说，微微躬身，尽管举止诚恳，但似乎很紧张。

在图书馆工作的安娜·内格尔跑了过来。"乐队来了，我们差不多准备好开始了，镇长先生。"她年轻且有进取心，略胖，但很有活力，已经是本镇非正式的史志学者了。大家都喜欢安娜，诺斯蒙特的妇人们一直在为她找合适的对象。

"我想我最好坐到马车里去。"镇长说着，亲热地拍了拍马的脖子，"我们在另一边见，萨姆。"

他左手握住缰绳，用马鞭轻轻抽了一下马。在桥的另一边，乐队正在调音。

"这一切都是因为十八年前有个人在这里失踪了。"我对玛丽抱怨道。

"但你已经知道那个人身上发生了什么，萨姆。你就顺其自然，好好表现吧。"

"嘿，你的口气开始像个妻子了。"

"哼！"这是她对此唯一的回答。

此时，理发师出身的房地产大亨乔·斯威尼从人群中出现，拉着我的手。"走吧，萨姆，我得护送你到桥的另一边去。"

"我知道。"

我们穿过廊桥往对面走，玛丽跟在后面，我在想我到底有多少次开车经过此桥了，肯定接近一百次了，但自从多年前那起失踪案发生以来，步行从它上面走过去还是第一次。"不得不承认，此次重建此桥，平民保育团做得很好。"我说着，开始侃侃而谈起来。

"它还能再用五十年。"剃刀斯威尼表示赞同。

薇拉和警长穿过廊桥来迎接我们，突然我听到希恩镇高中乐队演奏了一首欢快的冬季歌曲。大家都围在我身边，我听到薇拉说："萨姆，我想让你见见布鲁斯特博士，他现在代理主持本镇的教堂礼拜。"

厚厚的眼镜和秃顶，这就是布鲁斯特留给我的印象。"我听大家都在夸你。"我对他说，不过这话有点假，"遗憾的是，你不能在这里待更长时间。"

"其实，我可能会长时间待下去。你们的牧师可能要动手术，我大半生都住在这一带，由我来替代他再自然不过了。"

我还没来得及继续说下去，就有人来打招呼了，伦斯警长陪着镇长夫人走了过来。"医生，你认识格蕾琴·苏默塞特吧？"

"当然认识，格蕾琴！有一次你得了流感来找过我。"

"我记得。"她笑着说，"你给我开的是某种药粉，味道难闻，但确实奏效。"她脸色红润，跟我年龄相仿，比镇长年轻十岁。我曾听说他们的女儿上大学去了。

乐队停止了演奏，镇长的马车停在廊桥的另一边，这样他就可以对着麦克风讲话了。我们这边大约有二百人，此时都安静下来。

"诺斯蒙特的镇民们，"通过音响系统，他噼里啪啦地说了一通，"感谢你们的到来！如你们所知，为了庆祝本镇建立一百年，我们选出了四个重要事件代表四个季节，今天在此聚会为的是纪念第一个事件。今年晚些时候，你们将会了解诺斯蒙特在早期、南北战争期间和世纪之交时的宝贵经历。今天纪念的这个事件离我们比较近，十八年前的一天，汉克·布林洛驾驶他的马车从这座桥上失踪了。这是萨姆·霍桑医生破解的本地诸多谜案中的一个，他已经成为我们极为重要的镇民之一。"

人群中响起一阵掌声，我感到玛丽捏了捏我的胳膊。不知为何，整件事让我很尴尬，但现在已经避无可避了。我看到希恩镇来的乐队跟在马车后面走了过来，苏默塞特镇长将率领一支小型游行队伍穿过廊桥。

乐队奏起了我们州的州歌《扬基歌》，乐器在午后阳光的照射下闪闪发亮。镇长高举马鞭，左手紧握缰绳，策马前进。走到桥中间时，后面乐队的音乐声响亮起来，就在这时，意外发生了。镇长的身体在座位上抽搐了一下，然后倒向了左边，大礼帽掉了下来，在桥面上来回滚了几英寸。

我是第一个冲到桥上的人，其他观众似乎都僵在了原地。乐队还在演奏，但乐器一个接一个地跑了调，逐渐停了下来。等我跑到马车旁时，苏默塞特镇长躺在左侧，他的右太阳穴上有一个小伤口正在向外渗血。伤口周围有火药灼烧的痕迹，他已经咽气了。

他似乎是在近距离被枪杀的，当时他独自一人在廊桥中央，有两百多人看着。

接下来的几分钟场面一片混乱，不过伦斯警长在我身边命令所有人后退。身穿制服的乐队成员聚集在周围，来自教堂的布鲁斯特博士试图挤过人群。格蕾琴·苏默塞特已经面无血色，我立刻走到她跟前，毕竟活人总是比死人重要。

"出……出什么事了？"她问道，一脸不可思议的样子。

"你丈夫被枪杀了。"

"他是……"

"很遗憾，恐怕他已经死了。"

她开始倒下，我设法扶住了她，对向我们围拢过来的人群喊道："散开，我们需要通风！"

"她没事吧？"玛丽·贝斯特突然出现在我身边，问道。

"我想是的，你能把她从这里带走吗？"

"我想办法。"

乐队里一个吹大号的红发男孩挡在了我面前，我对他说："听着，把你们乐队的其他人都召集起来，回到最初的地方，好吗？"他退后着走了，我又开始盯着死者。"警长，我们能不能找个东西盖住尸体，并让看热闹的人离开？"

"我车里有条毯子，我已经用无线电呼叫了警员和救护车。"

"好"。

"医生，这到底是怎么发生的？"

"我也想知道。"

救护车到了，人群为它让出了一条路。

剃刀斯威尼扮演了交通指挥者的角色，将救护车引导到桥上。

伦斯警长说："在他们转移尸体之前，我们需要拍一些照片。"

"当然。"我转过身，检查了桥上的木墙，尤其是正对苏默塞特镇长驾驶马车被枪击时位置的木墙。木墙严丝合缝，没有弹孔留下的痕迹。

"别忘了火药灼伤。"警长提醒我，"枪必定是近距离射击的。"

"我知道，但这里一个人也没有，一定有别的解释。"

在尸体被转移之前，几名警员赶到现场拍照。伦斯警长吩咐了一番，然后走回我的身边。"在我看来，唯一的解释是，某个杀手在同一座廊桥上又给你上演了一起不可能犯罪案件。"

冬日下午，天空仍旧晴朗，前来观看的大多数镇民还聚在桥边，三五成群地谈论着他们看到或没看到的事情。玛丽·贝斯特和薇拉守在格蕾琴·苏默塞特身边，设法安慰她。我和伦斯警长一起，边说话边仔细检查积雪覆盖的地面，寻找可能的线索。"首先我们得考虑自杀。"我说。

"不过，他没有枪。"他指出。

"你也许还记得，在之前的廊桥疑案中，我曾有机会提到夏洛克·福尔摩斯那篇关于雷神桥的小说。在那个故事中，绑在枪上的一个重物将枪拉过护栏，枪响后掉进了水中。"

伦斯警长恼怒地叹了口气。"医生，我们没有时间做任何无用的猜测。镇长被杀了，我得查个水落石出，不然，他们会要我的脑袋的。苏默塞特驾驶马车过桥时我们都看着，他手上没拿枪。即使他拿了，也不可能被重物拉入水中，因为桥的两侧和顶部是封闭的，甚至连个弹孔都找不到。"

"确实。"我同意，"我只是想排除自杀的可能性。由此看来，这座廊桥成了一个密室，而镇长的死就是一起密室谋杀案。"

"你是怎么想的？这是桥，又不是房间。"

"可是只有两条路可以进出这个'房间'，或者说'桥'。乐队在他后面，我们在他前面，大约有二百人看着。根据以往的经验，你应该知道，警长，对于任何密室，一般来说只有三种可能的作案手法。也就是说，枪杀他的时间，要么在进桥之前，要么在桥上，要么在过桥以后。"

"他没离开桥，"警长提醒我，"没活着离开。"

"那我们就可以排除这种可能性，他会不会是在进桥时已经中枪，但还在继续驾驶马车？"

"我看不可能。那一枪会立刻杀死他，而他驾驶马车过桥时还活着。他在催马前进，一手抓着缰绳，一手拿着马鞭。"

"我同意，警长。那我们该怎么办？他必定是在廊桥里被枪杀的，但在这似乎又不可能发生。"

玛丽·贝斯特走了过来，打断了我们的对话。"格蕾琴·苏默塞特快要崩溃了，萨姆。我想带她回家，让她躺到床上休息。你可以给她开点什么药吗？"

"我的包在车里。我过会儿再找你，警长。"

我跟着玛丽走到车前，打开车门，"啪"的一声打开黑色出诊包，这种包医生都会随身携带。"拿着这药，先给她两片，可以帮她入睡。若她还需要，这是处方。"

"谢谢，我回头给你打电话。"她朝薇拉·伦斯的车走去，我看到苏默塞特夫人坐上了副驾驶座。我观察了一会儿，随着尸体被转移，人群也渐渐散去。图书管理员安娜·内格尔正在和剃刀斯威尼交谈，我朝他们走去。"警长发现什么了吗？"安娜看到我，立马问道。

"目前还很少。"

一向脸色静好的她现在却显得十分憔悴。"你知道，我在帮镇长研究百年内可供纪念的事件。很多个夜晚，他都待在图书馆翻阅旧报纸，真不敢相信他就这么走了。"

"我们也不敢相信，安娜。"我告诉她。

剃刀伤心地摇着头。"老威尔曾经是我的生意伙伴，他不应该落得这么可怕的结局。我开理发店的时候，他每天早晨在去马具店的路上都会来刮胡子。那个时候，马具行业已是穷途末路，最后我说服他投资房地产。"

"这是什么时候的事？"我问。

"我想是一九二二年，大概是你来这里开业的时候，萨姆。"

"我想以后再谈这事。"我对他说。就在那时，我看到了伦斯警长，我想继续我们被打断的谈话。

中学生乐队准备登上公共汽车，返回希恩镇，警长赶紧找了几个孩子问话。他们都没有注意到任何异常，只有一个孩子认为他可能在镇长的头部附近看到了一道闪光。"你们听到类似枪声的动静了吗？"伦斯警长问道。不过，他们都没听到。

"你知道他们的名字吗？"当公共汽车驶离时，我问道。

"我的手下记下来了。该死，医生，为什么他们什么也没看到或听到？"

"他们正在演奏《扬基歌》，声音很大。我们在桥的另一边，离音乐更远，也什么都没听到。"

"那他们为什么什么也没看到呢？"

"有个人认为他看到了一道闪光。乐器会反射阳光，所以我们不能确定他看到的到底是什么。"

"我们肯定没有看到一个枪手或女人走到或骑马赶到威尔·苏默塞特身边朝他的脑袋开枪！"

道格·坦纳在一旁抓着他的马车，等待警长同意让他把它们带回家。道格比我年轻一点，大部分时间都穿着短裤。他有两匹拿过奖的马，在普罗维登斯和波士顿的马展上骑过它们。我们朝他走去。

"你用完马车了吗？"他问警长。

"让我先检查一下。"我对坦纳说。马温顺地站在那里，我拍了拍它，然后开始检查马车。车篷是放下的，也就是说，车篷的任何部分都没有靠近镇长的头。这个凶手做到了将其目标一枪毙命。我用手摸了摸车架和内饰，除了几滴血外什么也没发现。"一无所获。"我告诉伦斯警长。

他向坦纳示意。"把它带走吧。如果我们还需要的话，会联系你的。"

我注意到桥的一面木墙上挂着礼服和马鞭。"这是什么？"我问。

"救护人员在抢救他的时候脱下了他的外套。我已经检查过口袋了，空无一物。"

尽管警长这样说，我还是翻了一遍，希望他不会生气。十八年过去了，我想他知道我所有的小怪癖。随后我拾起马鞭，它的手柄是用皮条编织起来的，工艺精致，我不确定是不是苏默塞特自己做的。"少了什么东西。"我扫视着桥面说道。

"什么？"

"他的大礼帽，他的帽子呢？"

当警长和一个警员在桥周围寻找丢失的帽子时，我回到了安娜·内格尔身边。剃刀斯威尼走了，她现在正和布鲁斯特博士说话。"我可以安排一场宗教仪式。"布鲁斯特博士说。

"嗯，这事你得和苏默塞特夫人谈谈。我认为镇长不常去教堂。"

安娜显然比我更了解镇长。她转向我，面带微笑，却难掩内心的悲伤，问我她是否可以帮上什么忙。"我想知道镇长在图书馆查阅的那些旧报纸的情况，你还记得它们都是什么内容吗？"

她想了想。"我知道他对一九二二年的事情感兴趣。明天你来图书馆一趟吧，我看看能不能找到些什么。"

伦斯警长寻找镇长的礼帽未果，空手而归。"我不知道它去哪里了。"他说，"你认为它很重要吗？"

"可能非常重要。镇长的右太阳穴中弹，想必刚好在帽檐以下。"

"我去问一下，看是否有人看到了什么情况。"

我独自开车回家，不知道玛丽·贝斯特与苏默塞特夫人情况如何。我进屋不到二十分钟，电话铃声就响了，玛丽打电话过来告诉我她那边的情况。"她现在正在舒适地休息。我告诉她明天有足够的时间考虑葬礼的安排。她有个哥哥在普罗维登斯，我给他打了电话。他和妻子今晚会开车过来。她的女儿明天应该会从大学回来。"

"很好。我明天一早先去图书馆。我想和安娜·内格尔谈谈苏默塞特镇长正在研究的历史材料。我想那时应该没有病人，如果有紧急情况，你可以去那里找我。之后我可能会去看望苏默塞特夫人。"

温暖的一月在周一上午到来，气温升至五摄氏度左右，雪开始融化，变成了春天可见的一个一个水洼。我驱车来到诺斯蒙特免费图书馆所在的小方楼，它建馆才几年，却藏有近万册图书，还有完整的当地出版物档案，十分值得当地人引以为豪。镇长在这里研究小镇的历史再合适不过了，更不用说还有安娜担任史志学者的角色。

她把我领到一张大桌子前，立即拿出几大本我们镇周报的合订本。我脱下外套，看到她这么热情，不得不稍微给她泼点凉水，跟她解释说我真正想要的是一九二二年的材料，因为此前的廊桥谜案就发生在那一年。"他一定是先从这本开始研究的，是吗？"

"嗯，是的。"她承认道，"我觉得他有点跑偏了，因为那一年发生了一笔大宗土地交易，镇长和乔·斯威尼联手买下了帕塞尔和奥茨的农场。我想他可能对某一天发生的事感到困惑，所以想看看那天的报纸。当然，我们只有周报，他找不到他想要的东西。"

"他感兴趣的是哪一天？"我问。

"一九二二年八月四日，据我所知，那天什么事也没发生。"

"每天都有事情发生，安娜。那天是周几？"

"周五"。

"那时我才来这里大约六个月，我正忙着筹备诊所，跟我说说这笔土地交易的事吧。"

安娜·内格尔笑了。"那时我才上高中，但我已经对这个小镇的历史感兴趣了。似乎帕塞尔和奥茨的农场相邻，两人在初夏的一个月内相继去世。苏默塞特镇长当时是个制造马鞍的工匠，经常在乔·斯威尼的理发店里理发。"

"剃刀斯威尼。"

"是的，他们现在还这么叫他。总之，有一天，他们谈起了那两块

154

总共有六百多英亩的地，并觉得有足够的钱可以联手买下它们，再进行某种房地产的开发。因为苏默塞特镇长认识那片土地的继承人，就由他出面洽谈那笔交易。后来詹宁斯烟草公司就建在这两块地上，而且生意兴隆，我建议他把这笔土地交易作为诺斯蒙特百年庆典的纪念事件之一。"

"镇长不想给自己脸上贴金？"

"他是这么说的。"她同意道，并为我打开了另一个合订本，"这就是他选择同一年发生的廊桥神秘失踪案的原因。看，这是诺斯蒙特八月四日那一周的报纸。那笔土地交易没有见报，但双方似乎达成了非正式协议。镇长告诉我，乔·斯威尼在那周结束营业时给奥茨在波士顿的侄子打了电话，在电话里谈妥了那笔交易，这很关键，因为奥茨的侄子在那个周末被车撞死了。"

"哦？"

安娜摇了摇头。"没什么神秘的。一个小老太太开着她的新车从展厅出来，在一个街区撞死了他。在那个年代，人们不用考试就能拿到驾照。"

我想把这事弄清楚。"你是说，那笔交易是凭一个死人的话完成的，没签任何合同？"

"嗯，当然有一份与其他继承人签订的合同，他们没有怀疑斯威尼对电话交易的描述，因为他对整个谈话做了详细的记录。"

我只想为过去的美好时光叹息。"我想那时候的人相互信任的程度比现在要高得多。有关苏默塞特镇长对那个日期感兴趣的谜团有了答案。你说那通电话是斯威尼在那周结束营业时打的，那天应该是周五。"

但安娜·内格尔摇了摇头。"不是的。苏默塞特镇长和我讨论过那个电话的事了。不，他看的是别的东西。"

"是什么？在这份报纸上？"

"也可能在我们翻阅的某本书里,我不确定。"

"如果你想起了什么,马上给我打电话。"我穿上外套,走到外面的阳光下。

我到苏默塞特家时已经过了十点,但一楼窗户上的窗帘全都拉着,仿佛那幢大房子也在哀悼。看到车道上停着一辆挂着罗得岛车牌的黑色福特,我就知道普罗维登斯的亲戚已经赶到了。格蕾琴·苏默塞特亲自开门,把我迎进屋。"谢谢你能来,医生,玛丽·贝斯特说你可能会顺路过来看看。"

"发生了这样的事,我很抱歉,格蕾琴,伦斯警长和我正从各个角度着手调查。"

"我很感激,"她轻声说,领我进了她的客厅,并把我介绍给她的哥哥和嫂子,很快他们便找了个理由走开了,以便我们可以单独谈话。

"你丈夫有没有得罪过什么恨不得要了他的命的人?"我问道。

"从政的人总有敌人,但他没有特别得罪过谁。"

"他最近有没有受到威胁,或者类似的事情?"

"没有。"

"他在家里有办公室或书房吗?"

她点了点头。"自从我们二十年前搬进来后,他就有一个书房,那时他还在做马具。"

"不知能否让我看一看,他有可能为百年庆典活动做些笔记什么的。"

"当然可以。"她在前领路,穿过一个狭长的走廊,来到后面的一个小房间,"我喜欢这栋房子,我们的女儿在这里长大。"

书房里有些凌乱,但就在书桌上,我发现了我要找的东西。那是一个便笺本,有一张便笺的上端写着一九二二年八月四日,往下是贝尔这个名字被圈了起来,再往下则是乔·斯威尼的名字。我用手指轻轻敲了一下便笺本。

"这是你丈夫和斯威尼买下那个农场的日期吗？"

"你是说他们现在种烟草的那个地方？是的，大概就是那个时候。"

"威尔和斯威尼后来因为那笔交易闹矛盾了，是不是？"

"那是生意，我不掺和。有关文件我丈夫倒是留存了一份，如果你想看的话，我去找一找。"她把它翻找了出来，我浏览了一遍，特别注意看了斯威尼与奥茨的侄子电话交谈的记录。

"斯威尼觉得自己被骗了吗？"我问。

"他没什么可抱怨的，他赚了一大笔钱，他和威尔两个人都赚了。"

"我可以把上面这张便笺撕下来吗？也许会有帮助，尽管我现在还不知道它有什么用。"

她挥了挥手。"拿去吧。"

我拿起一根细皮条。"这是某种皮带吗？"

"是编马鞭用的。威尔仍然在他的地下室作坊里为人们制作缰绳和鞭子，只是马鞍生意几乎不做了。"

"我能问一下你们现在和乔·斯威尼的关系怎么样吗？"

"哦，我们见到他的时候还是很热情友好的，不过并不常见。"

我转身要走，然后想起了另一件事。"你丈夫的礼帽似乎在他被枪击后不见了，你知道它的下落吗？"

她一脸茫然。"完全不知道。我告诉过他，戴那帽子很傻，但他坚持把那顶帽子和礼服从阁楼上取了下来。他认为如果穿以前的衣服驾驶马车过桥，会为庆祝活动增加气氛。"

我赶到的时候，伦斯警长正在他的办公室。这种案子很棘手，我们都闷闷不乐。"我真替薇拉难过。"他摇着头说，"她为百年纪念活动花了那么多时间，最终换来的却是又一起廊桥谋杀案。"

"第一起已是十八年前的事了，一开始只是失踪案。"我提醒他说，"除了桥还是那座桥，这两起案子没有什么相似之处。尸检报告拿到了吗？"

伦斯警长点了点头。"子弹是点三二口径的，近距离射击，一枪毙命。那顶大礼帽会不会被人做了手脚，安装了可以发射子弹的机关？"

"我也在这么想，我们必须找到它。"

"如果凶手趁乱捡走，它就再也不会出现了。"

我拿出从镇长便笺本上撕下的那张纸，打开它，问道："这个日期对你有什么意义吗，警长？贝尔和乔·斯威尼？"

"我想不起来，你是在哪里找到的？"

"在苏默塞特镇长家的书房里。"

"剃刀斯威尼总是参与黑幕交易。他这个绰号就是这么来的，他总以自己是个精明的经营者而自豪。"

"他本该在一九二二年八月与奥茨、帕塞尔达成土地交易。你知道这事吗？"

"医生，我是跟犯罪打交道的，不是搞房地产交易的。不过我会告诉你该去问谁，牧师布鲁斯特博士，他是帕塞尔夫妇的牧师，为他们的交易提供过建议。奥茨的侄子死于交通事故后，他说他们应该遵守口头承诺，卖掉农场。"

"好吧。"我同意道，"接下来我去找布鲁斯特博士。"

我在面向镇广场的小教堂里找到了他。我走进去的时候，他正站在中间的过道上，抬头看着教堂的风琴。"你好，医生，我想知道在哪里可以筹到足够的钱买架新的管风琴。"

"是啊，时代在进步。"

"总是赶上战争，时代才进步。除了那些被炸得家破人亡的人，它对所有人都有好处。"他苦笑了一下，"今天我可以为你做什么？"

"我还在调查苏默塞特镇长的谋杀案。"我给他看了那张便笺，"这个日期对你有什么意义吗？"

"一九二二年八月四日？它应该对我有意义吗？"

"我想那是一笔土地交易的日期，镇长和乔·斯威尼通过这笔交易获得了农场，随后将之变成了詹宁斯烟草公司。"

"我记得，"他点了点头说，"一开始我觉得他们疯了，在大老远的北边，而且在大片的白色纱布下面种烟叶。这笔交易让苏默塞特和斯威尼都发了财。帕塞尔一家来过我的教堂，我帮这家人做了交易土地的决定。"

"那天打给奥茨侄子的电话是怎么回事？"

布鲁斯特博士点了点头。"他住在波士顿，他替两家人谈判，但那个周末他被车撞死了。斯威尼说，他们在周五晚上和他在电话里谈了一个多小时，最终敲定了这笔交易。当然，没有签订合同，两家人问我他们该怎么办。在我看来，这个价格似乎还算合理，我就告诉他们接受交易。我不知道斯威尼和苏默塞特会把地转卖给烟草公司，从而获得了巨额利润。"

"但这并不违法吧？"

"不违法。斯威尼留下了他们通话时做的全部记录。我想他们从六点刚过一直聊到快七点十五分才结束。"

"你的记性真好。"

布鲁斯特笑了，显然为此感到骄傲。"我擅长记名字和日期。"

他皱着眉头看着还在他手里拿着的那张便笺。"比如，'贝尔'这个词。我敢说我知道它代表什么。亚历山大·格雷厄姆·贝尔于当年八月二日在加拿大去世，四日下葬。"

"真是好记性！"

"事实上，我可以告诉你别的事情。"他盯着那张便笺，"但是很奇怪，它毫无意义。"

"它是什么？"

我们的谈话被从教区长住宅过来的管家打断了。

伦斯警长打电话给我，说有很重要的事找我。我跟着她走到电话旁，拿起电话。"什么事，警长？"

"医生，我正要去希恩镇，他们在学校找到了丢失的大礼帽。"

"我去那儿跟你碰头。"

虽然希恩镇是我们的邻镇，但那里有医生，我很少有机会往那里跑。不过，这所中学在全县招生，伦斯警长的管辖范围自然也就延伸到了那里。当乐队里的一个男孩戴着大礼帽出现在学校时，校长立刻给警长打去了电话。

"我对发生的事感到很难过，"在去见那个男孩之前，校长在办公室告诉我们，"苏默塞特镇长上周五打电话给我，邀请我们的乐队在百年庆典上演出。他说起这事很激动，我也是。谁能想到事情会是这样的结局呢？"

那个男孩名叫迈克尔，我一眼就认出了他，就是那个红头发的大号手，昨天，就在枪击发生后，我跟他说过话。"它从他的头上掉下来，朝着我滚了过来。"因为在校长办公室，他显得很害怕。"我把它折了起来，塞进我乐队制服的外套里。没人注意，他们都在看尸体。"

"你不知道那就是偷东西吗？"伦斯警长问道。

"镇长死了，他不再需要它了。我只是想今天把它带到班上，给同学们看看。"

我拿过大礼帽，翻过来看，但里面什么也没有。在最靠近伤口的帽檐部分，有一点火药烧灼的痕迹。没错，这是镇长的帽子，但它什么也没告诉我们。

"纯粹是个死胡同。"我们离开学校时，伦斯警长抱怨道。因为从犯罪现场偷拿证据而受到训斥，这个男孩很是害怕。"我们并不比此前更接近案件的真相。"

"我不这么想，警长。你给我打电话的时候，我正和布鲁斯特博士聊着一件耐人寻味的事情，亚历山大·格雷厄姆·贝尔之死。"

"他也是在一座廊桥上被枪杀的吗？"

"不，他在新斯科舍省死于糖尿病，享年七十五岁。"

"那跟这事有什么关系？"

"我们都应该记得这件事，尽管已经接近十八年了。跟我回诺斯蒙特，我带你去见头号嫌疑人。"

返回的路上，我走在前面，路上的雪开始融化，路面很快就成了一片泥浆。我们到达目的地时，看到的是剃刀斯威尼的大砖房。从早期诺斯蒙特的一位理发师，到能过上今天的生活，他也是长路漫漫，历经风雨了。

"你们破案了吗？"他边开门边问道。

"差不多了，乔，我们能进去跟你谈谈吗？"

"可以啊。"他领着我们走进客厅，"现在喝杯下午酒是不是太早了，警长？医生？"

我们谢绝了，等着他给自己倒了一杯。"我想我们发现了凶手的动机。"我先开口道，"这在谋杀案调查中非常重要。"

斯威尼笑着说道："无非就是性或钱，对吧？"

"从某种意义上说，这次是钱。"我表示赞同，"它可以追溯到一九二二年，与第一起廊桥谜案同一年。苏默塞特镇长正在为百年庆典寻找可供纪念的事件，不知为何，他偶然发现了这件事。当然，那时我们都在这里，但似乎只有布鲁斯特博士记得那么久的事。一九二二年八月四日，这是你和奥茨的侄子在电话里谈妥土地交易的日子。"

剃刀斯威尼闭了一会儿眼睛，仿佛预见了接下来要发生什么事情。"我认为你们完全搞错了。"他说。

"这次不会错。你的记录显示，年轻的奥茨在他的波士顿办公室和你通话，从六点刚过一直说到七点十五。这次的通话记录很完整，可惜这一切并没有发生。"

"什么？"伦斯警长惊讶地张大了嘴。

"那天，亚历山大·格雷厄姆·贝尔在新斯科舍省举行葬礼。为了向电话的发明者表示敬意，那天美国所有的电话都暂停一分钟，时间正好是东部时间下午六点二十五分。"

"对啊。"警长说，"你这么一说，我确实想起来有这么回事。"

"你若真的和奥茨的侄子通过电话，就应该在记录中显示有一分钟中断，乔。你之所以没有提及此事，是因为你不是在周五，而是过了几天，在你听说奥茨死于车祸之后写下的记录。而它是伪造的，你们其实没有通话。凭借他们对你的信任，你促成了一项从未商议好的交易。当你做这些记录时，你忘了电话中断一分钟这事。百年历史研究让它浮出水面，你意识到安娜·内格尔或其他人会发现这次通话并非传闻的那样。奥茨死前从未答应过任何事，你等于是用欺诈手段达成了土地交易。这事被你的合伙人苏默塞特发现，我认为你宁可杀了他，也不愿意让真相泄露。"

乔·斯威尼无奈地笑了笑。"这个说法有一点是错的。我没有记录那次通话，我根本没打过电话，周五晚上给波士顿的奥茨打电话的是威尔·苏默塞特，或者说，他说他打过。在我们得知奥茨死讯后的第二周，威尔才写下了那些记录。如果你不相信我说的，就去检查笔迹好了。"

我选择相信他。突然间，一切都明朗了，从乔·斯威尼的绰号到希恩镇的中学乐队，全都能解释得通。

"走吧，警长。"我对他说，"我们得去你办公室一趟，拿点东西，然后去找格蕾琴·苏默塞特。"

这一次，当我和伦斯警长赶到格蕾琴家时，大房子里只剩下她一个人了，她一只手正拿着一个大纸袋子。"他们帮我买了些日用品，然后去火车站接我女儿了。"在我问她哥哥和嫂子哪里去了时，她答道。

"也许我们单独谈谈也不错。"我说，"你知道的，我必须带着警长一起来。"

"明白。"当我们的目光相遇时，她知道我已经了解了全部真相。

我在她对面坐下，开始说话。"大约十八年前，你的丈夫和乔·斯威尼在给一个叫奥茨的人打电话上撒了谎，那个人不幸被汽车撞死了。他们得以低价买下高价值的土地，这并不涉及犯罪。对像斯威尼这样的人来说，真相其实是无所谓的，毕竟他在商业交易上是出了名的精明，也因此赢得了'剃刀'的绰号。但对你丈夫来说，事情就不同了，他现在可是诺斯蒙特的镇长。

"那通电话的记录是他伪造的。他撒谎了，比斯威尼撒的谎要严重，即使没有犯罪，也足以让他身败名裂了。也许他想到了你和他的女儿，想到了这栋房子，还有他当选镇长的事。这一切都建立在那个谎言之上，我认为他无法在它的阴影下度过余生。"

她的表情没有改变。"你是说……"

"我想你知道我在说什么，格蕾琴。你丈夫是自杀的，但所用的方式让它看起来像是谋杀。"我打开从警长办公室带来的纸袋，取出威尔·苏默塞特死时用的那根盘在一起的马鞭。"无疑这是他自己做的，你告诉过我们，他还在做缰绳和马鞭之类的东西。"

"是的。"她的声音轻得像是耳语一样。

我举起马鞭，小心翼翼地掀开覆盖在细长金属管上的那块皮革。"做这个只是为了一枪毙命。点三二口径的弹壳在管底，那里还有一个原始的射击装置。我记得他是右手拿着鞭子，举鞭催马前进。他将枪举向太阳穴，捏住射击装置，将致命的子弹射进了自己的脑袋。"

伦斯警长说："我还是不明白为什么我们没有听到声音，也没有看到火药的闪光。"

"到处都是闪光，因为闪亮的铜管乐器会反射冬天的阳光。至于枪声，向我们走来的乐队的号声和鼓声盖过了它。没有乐队的演奏，整件事就不可能掩人耳目。周五给学校打电话，在最后一刻要求乐队参与的是苏默塞特镇长。我想他决定在那天自杀，是想用这种方式避免自己和家人的名誉受到损害。"

"我想这是唯一的解释了，"伦斯警长表示赞同，"有这条马鞭佐证更能说明问题了。"他掀开皮套，然后看着它落回裸露的金属管上。"但如果剃刀斯威尼或其他人被认为是罪犯呢？这是他想要的结果吗？"

令人惊讶的是，格蕾琴·萨默塞特回答了他的问题。"不会发生那样的事。"她说着，手伸进口袋，拿出一个叠好的信封递给我。信封上写着：

只在有人被捕并被指控谋杀我时才可以打开。

"已经打开过了。"我注意到信封开启过，于是翻开了阅读里面的内容。

"是的，我得看看上面写的是什么。他把它放在我的针线筐里了。威尔是个好人。他在信里把整件事的来龙去脉讲得很清楚，从一九二二年他那个从没打过的电话，到他计划用装在马鞭柄上的枪管自杀。他不想让家人因此痛苦，也不想让一个无辜的人受到诬告。这信你们可以用，想怎么用，你们决定吧。"

官方没有公布苏默塞特镇长的死讯，但我想，通过口耳相传，真相还是会在本镇不胫而走。不管怎样，这是与我们的廊桥有关的最后一个谜案。"二战"后，公路开始大规模地改造，通过廊桥的公路被拓宽为四车道，廊桥也被一座新的钢筋混凝土桥取代，再也不见它原来的模样了。

09

稻草人
大会

　　"一九四〇年夏天，欧洲的战争愈演愈烈。敦刻尔克撤退已经结束，六月十四日，巴黎落入德军之手。英国皇家空军开始轰炸德国城市，英国人则紧张地盯着自己的天空。在美国，越来越多的人开始谈论我们将被迫卷入战争。"萨姆·霍桑医生感觉自己有点像历史教授，他起身给访客又倒了一杯白兰地，然后回到座位，继续讲他的故事。"不过在诺斯蒙特，那年夏天，因为镇政府计划重新规划镇广场，人们反而对新广场的庆祝活动更感兴趣。"

　　镇广场更名为"国会公园"，之所以取这个名字是为了纪念大陆会议①，因为我们这里有一位公民在一七七四年参加了大陆会议的第一届会议，跟其他人一起向英国政府请愿，要求纠正冤情，这是我们这个地方在国家处于殖民地时期的一件鼎鼎有名的人事。面对即将到来的战争，镇领导决定重新设计和命名镇广场，以此展现爱国姿态。新广场更像是一个公园，中心有一个小喷泉，喷泉周围是长椅。昔日老广场上的舞台现已消失，整个公园占地两英亩，周围环绕着十三根灯柱，以纪念美国最初的十三个州。

　　正是这些灯柱让卡特勒镇长产生了举办稻草人大会的想法。他待人

---

① 英属北美十三个殖民地的代表会议和美国独立战争期间的领导机构。——译者注

友好而慷慨，在镇上开了一家五金店，也是我们镇第一位比我年轻的镇长。当时我刚满四十四岁，而他在去年一月苏默塞特镇长过早去世后，被镇议会选为镇长，不久就庆祝了他的四十一岁生日。而且，在十一月的选举之前，我被选为镇议员，填补卡特勒在议会的席位，因此，在六月他提出他的计划的那个晚上，我也在场。

"稻草人是夏季丰收的象征，我建议搞一场比赛，选出十三个扎得最好的稻草人挂在国会公园的十三根灯柱上。如果大家愿意，我们可以在七月的某个时候把它们挂起来，一直保留到万圣节。"

"我们可以直接把它称为'稻草人大会'。"韦恩·布拉迪克的建议得到了几个参会人员的支持。我认为这是一个无害但愚蠢的想法，并在最后表决时投了弃权票。

第二天早上，在我的诊所里，护士玛丽·贝斯特问我议会会议开得怎么样。我上任时间不长，但她仍然希望我每次都能在会后带回去惊天动地的消息。"他们要建一座棒球场，"我告诉她，"然后争取加入美国职业棒球大联盟。"

"萨姆！"

我再次说道："他们想在国会公园周围挂稻草人，说是要举办'稻草人大会'。"

"能不能认真点！"

"信不信由你，我是认真的。这就是他们昨晚通过的决议，明天就会见报。"

"这是谁的主意？"

"道格·卡特勒，他在认真地履行镇长的职责。"

"你管这叫认真？"

我耸了耸肩。"也许扎稻草人能让人不再老是盯着战争的新闻。"

等到选出十三个稻草人，并把它们挂到国会公园的灯柱上时，已是七月下旬了。那月早些时候，七月十日，七十架德国飞机轰炸了南威尔士码头，不列颠之战正式拉开序幕。也许这些稻草人正成为我们镇的一个象征，试图吓走不断积聚的战争阴云。

正午时分，卡特勒镇长来到公园，满脸笑容地为公园的开园仪式剪彩，并宣布在夏天接下来的时间里公园将举行一系列音乐会和比赛。大多数人都知道，这些计划旨在取代前镇长的诺斯蒙特百年纪念活动——重现诺斯蒙特过去的重大事件，但第一次重现就因突发事件而以悲剧告终。

奶牛场主厄尔利·温特斯是第一批参赛者之一，他扎了一个塞得鼓鼓囊囊的稻草人，为他赢得了在街边展示的一席之地。这个稻草人超过六英尺高，从一开始就很受欢迎，穿着背带裤和格子衬衫，戴着红色头巾，脑袋是塞满稻草的饲料袋，上面画着一张笑脸，头顶扣着一顶软得不成形的草帽，而不是像我戴的那种硬草帽。两束稻草充当了这个稻草人的手，一根穿过衬衫袖子的扫帚使它的双臂伸了出来。

"我想认识他。"在国会公园观赏厄尔利的稻草人时，玛丽对我说，"他肯定比我的某些男性朋友更有吸引力。"

"我想你没有把我包括在内吧。"

她有点脸红。"你不是我的男性朋友，萨姆，你是我的雇主。"

韦恩·布拉迪克的女儿杰西卡个性十足，她扎了一个有乳房、裙子和长头发的女稻草人。

"杰西卡总是与众不同。"我评论道。这个二十岁的女孩偶尔会找我看病，但自从她上大学后，我就很少见到她了。"她一定是回家来过暑假的。"

最后一个稻草人跟一九三九年的大热电影《绿野仙踪》中的那个稻草人几乎一模一样，当我们走到它跟前时，只见伦斯警长正用双手拽着它。"你是想偷走它吗，警长？"玛丽感到好奇。

"什么？"他吓了一跳，"哦，你好，玛丽。你好，医生。"

"你这是在干什么？"我问。

"卡特勒镇长怕有熊孩子偷走甚至放火烧掉这些稻草人，于是让我在接下来的几个月里每晚派警员守在这里。该死的，我们有比看守一堆稻草更重要的事要做！我一直在拉这些铁丝，在我看来，它们系得都很牢固，没人能偷走它们，而且消防局有个志愿者在街对面彻夜值班。镇长还要求获胜者保留复制品，以便在必要时拿来换上。"

几乎从我来到诺斯蒙特的第一天起，我就认识了伦斯警长。他有点缺乏想象力，而且故步自封，但这并不意味着他总是错的。"在我看来，它们足够牢固。跟你说的一样，你们有更重要的事情要做。"

我们继续往前走，发现杰西卡·布拉迪克正在检查她的女稻草人是否有损坏。"你好，萨姆医生！"她喊道，"看过我的稻草人了吗？"

我们走到她身旁。"很巧妙，杰西卡。"玛丽告诉她。

"今年的大学生活怎么样？"

"很好啊。"她告诉我们。杰西卡很像她的父亲，不过，我不认为她会选择来诺斯蒙特镇议会任职。她该去波士顿或纽约，无论是长相还是个性，她都适合大城市的生活。

"交男朋友了吗？"我问她，完全是一副跟年轻人聊天的口气。

"哦，还没认真谈过，大学里的男孩子似乎都不是很成熟。"

"我以前听说过这种说法。"分别时，我对她说。

那天晚上，新公园举办了一场开园音乐会，接着放了一点独立纪念日没有放完的烟花。玛丽去参加读书会了，我只好一个人去听音乐会。平时总是在诊所见老朋友和前来看病的病人，现在，离开诊所，换个环境再见到他们，我感觉很愉快。

因为有烟花，卡特勒镇长让塞思·斯特恩和他的救护车随时待命，以防发生意外。塞思的救护车是本镇唯一的一辆救护车，由他自己精心装备和升级。运送病人进出清教徒纪念医院会收费，他以此获得收入，有传言说他经常趁机调戏护士。本镇有一个叫麦圭尔的孩子，大家都叫他桑尼，他经常跟在塞思的救护车上，帮着抬担架。

麦圭尔是个瘦高个儿，亚麻色的头发总是挡在眼前，他现在就和塞思在一起，懒洋洋地靠在救护车上，吸着烟，夹烟的手指早就被尼古丁熏黄了。"你好，塞思。"我边说边向他们走去，"你好，桑尼。"

桑尼咕哝着打了个招呼，眼睛望着走来走去的人群，而塞思·斯特恩还是一如既往地表现出很友好的样子。"只要放烟花，道格·卡特勒就会想让我出来。要我说，这纯粹是在浪费钱。如果出事，我们可能更需要的是消防车，而不是我的救护车。"

在此类活动中，镇上总会安排几位消防志愿者。"厄尔利·温特斯是志愿者，"我指出，"还有韦恩·布拉迪克和他的妻子、女儿。"桑尼·麦圭尔听了这话，顿时兴奋起来，顺着我们的目光看过去。接着，他扔掉烟头，径直向杰西卡·布拉迪克走去。我这才想起他们是高中同学，一起毕的业。

"你认为厄尔利的稻草人是最好的吗？"我问斯特恩。

"谁知道呢？又没设奖金。厄尔利做了一个经典的稻草人，那个叫布拉迪克的女孩则做了一个女稻草人。"他一边说，一边窃笑。

"桑尼可能喜欢女稻草人。"

塞思哼了一声。"桑尼能高中毕业已算幸运，他如果认为自己能和年轻的杰西卡·布拉迪克处到一块，那就大错特错了，她正忙着把那些大学生逼疯呢。"

"你怎么知道这么多？"

"孩子们说的。我往冷饮小卖部里一坐，就能听到好多事。"

塞思·斯特恩留在了他的车旁边，我则穿过公园去找厄尔利·温特斯聊天。厄尔利身材矮小，肌肉发达，长着一张饱经风霜的农民的脸。几年前，他的妻子死于一场拖拉机事故，但他坚持在失去爱人帮助的情况下经营农场，需要人手时就从附近的农场雇。"这个稻草人扎得真不错，厄尔利。"

"我扎了好几个小时才把它弄利索，反正伊万杰琳去世后，晚上我也没什么好做的。"

一束烟花飞上公园上空，然后绽放，预示着当晚的庆祝活动接近尾声。接着，又有两束烟花升空，短暂地照亮了天空。我瞥见公园对面的玛丽，她正和杰西卡·布拉迪克说话。

看来读书会早就结束了。我溜达到附近的一个灯柱旁，惊讶地发现第七号稻草人的标牌上写着康斯坦丝·卡特勒的名字。她是卡特勒镇长的妻子，我不知道她也参加了稻草人大赛。她扎的稻草人构思新颖，材料用的都是常见的家庭用具，擀面杖充当手，一个滤网扣在头上充当脸，细绳拖把头充当头发，两把扫帚充当双腿。

"欣赏我的手艺吗？"康斯坦斯问道，她从黑暗中走了出来，吓了我一跳。她是个令人敬畏的女人，比镇长的个子还要高一点，但身材苗条，脸上没有皱纹，看着有点像东方人。

"设计很巧妙。"我如实回答。

"道格不想让我参赛，因为我是镇长夫人，但我为什么不能参加？我又不是想要现金奖励或其他奖品，只是想让我的稻草人在这里展示几个月。"她边说边把稻草人的拖把头发弄蓬松，"你觉得它能保持完好到万圣节吗？"

"我有点怀疑，还有很多天呢。"

玛丽·贝斯特走了过来。看到她和康斯坦丝·卡特勒似乎很熟，我有点惊讶。她们闲聊了一会儿，然后我们就分开了。"她是红十字会的志愿者，"玛丽解释道，"我偶尔会在那儿见到她。"作为县政府所在地，诺斯蒙特有一个小型的红十字会分会。

"他们需要志愿者做什么？"我问。

"目前不需要多少人，但一直在谈论未来。如果我们真的卷入战争，全国各地的红十字会分会可以提供卷绷带之类的帮助。"

我们朝我的车走去。"我刚刚看到你和杰西卡·布拉迪克待在一起。她说了什么？"

"哦，女孩子间的悄悄话。你知道的，实际上，我是想救她，让她摆脱桑尼·麦奎尔。"

"我看到了他朝她走去，他们是一起高中毕业的。"

"是的，但她现在上大学，想要有所成就，而桑尼只会跟着塞思·斯特恩的救护车四处游荡。他告诉她，他很担心被征召入伍。据说，到夏末，国会将通过一项义务兵役法案，到九月，桑尼就满二十一岁了。"

"要是这样的话，他们可能也会要我去。"我告诉她。

我们来到别克车旁，听我这么一说，她摇了摇头。"他们现在讨论的只是招募二十一到三十五岁的男性。当然，身强体壮的医生总是稀缺的。"

我知道她只是在跟我开玩笑，但我以前从未有过这种想法。

两天后，我刚给一位女病人诊治完，玛丽就告诉我厄尔利·温特斯在候诊室等待，很是焦虑。那天上午，我的诊疗预约不多，而且快到午饭时间了，所以我告诉玛丽让他进来。厄尔利从没找我看过病，我想知道他是不是得了什么病。

很快他走进了我的办公室。他穿着背带裤和格子衬衫，看起来有点像他那个稻草人的缩小版。"医生，你得帮帮我，我觉得有人想杀我。"

"请坐，厄尔利，给我说说到底怎么回事。"

他坐在我桌子对面的椅子上。"今天早上起来，我发现昨晚有人进了我家。他们把这个落在我厨房的地板上了。"那是一个稻草娃娃，类似印第安儿童的玩具，一枚大头针扎进了它的心脏。"这是某种伏都教[①]的诅咒吗？"

尽管我无法立即对这个娃娃做出任何解释，但听他说出这个想法，

[①] 原为西非土著宗教，由被掳贩卖为奴的黑人从加纳带往美洲海地等加勒比地区。——编者注

我笑了。"你家里有什么东西被偷了吗？"我问。

"这我倒没注意。厨房门上的窗户被打破了，不管是谁，只要把手伸进去，从里面转动门把手就能进去了。我下楼吃早饭的时候，门还半开着。"

"你什么动静也没听到？"

温特斯摇了摇头。"我睡得很沉，我妻子以前总是说即使地震也惊醒不了我。"

我叹了口气，摇了摇头。"厄尔利，我是个医生，这事你得找伦斯警长报案。"

"他不在办公室，我想你也许能帮上忙，你已经破解了这一带的很多谜案。"

"我想我帮不了你，这可能只是一个恶作剧，有人对你的稻草人受到关注感到不满。我认为这个稻草娃娃不是针对人，而是针对你的稻草人。"

"这我还真没想过。"他承认道，稍稍平静了一些，把稻草娃娃装回了背带裤口袋。

我从椅子上站起来，这是礼貌的信号，表示谈话结束了。"现在正是午餐时间，如果见到伦斯警长，我会告诉他你在找他。"

玛丽·贝斯特和我一起去吃午饭，我们都没有其他约会时，她经常跟我共进午餐。我们去了国会公园街对面新开的一家甜品店，街上三三两两的人不断溜达到路灯柱上挂着的各式各样的稻草人跟前。塞思·斯特恩的救护车经过此地，停了下来，桑尼·麦奎尔跑进甜品店买了两个巧克力冰激凌甜筒。

我们慢悠悠地吃着午饭，走的时候，我看到桑尼又一次靠近杰西卡·布拉迪克。他们就在街对面的公园入口处，玛丽也看到了他们。"我想我最好再去救她一次。"她离开我身边，匆匆穿过街道。

我带着几分看热闹的心情，想看看事情到底会如何发展，但桑尼似乎对什么事感到十分惊慌。他不停地指着厄尔利的稻草人，直到杰西卡和玛丽走过去看。就在这时，塞思·斯特恩开着他的救护车停了下来。"出什么事了吗？"我听到他这样问道，但我听不清他们是如何回答的。

塞思盯着稻草人，想把手伸进稻草人穿的背带裤下面。"把担架拿来，桑尼。"他喊道，声音中夹带着一丝惊恐，试图用一把剪线钳把稻草人从柱子上解下来。

我穿过马路，走到他们身边。"怎么回事？"我叫了起来。

塞思和桑尼·麦奎尔把稻草人解了下来，用担架抬着它上了救护车。这一幕就像是某种奇异版本的《绿野仙踪》中的一个场景。塞思在救护车上把头探出门告诉我："桑尼发现稻草人在流血，我想里面是一个人。"

我推开车门，进到车里。塞思解开了稻草人背带裤的扣子，把上面的衣服拉了下来，露出了更多的血迹。"让开。"我说，毫不客气地把他们推到一边。玛丽和杰西卡跟在我身后挤上了车，其他人也围了上来。"让人群退后。"

稻草人里面是一个小个子男人的尸体，看样子是心脏中弹了。受救护车空间的限制，我只能扯下画着稻草人脸的饲料袋，看到的是死去的厄尔利的脸。

一小时前，他还在我的诊所里活蹦乱跳的。几分钟后，伦斯警长赶到。原来甜品店的收银员看到一群人在那里手忙脚乱的，感觉出事了，便打电话通知了警长。"医生，这是怎么回事？"他问。

"厄尔利·温特斯被杀了。"我告诉他，"他的尸体在稻草人里。"

"真该死！你是说有人趁晚上把尸体藏到了里面？"

我摇了摇头。"温特斯一小时前还去了我的诊所。他想报警，说是有人闯进他的房子，却找不到你。再说了，尸体还是温的，没死多久。"

"那他是怎么钻进稻草人里的呢？"

"我不知道。"我承认道，"我们还是要把他送到医院去抢救，但我肯定他已经死了。跟着去吧，我们到那里问问桑尼·麦奎尔，是他发现稻草人渗出血来的。"

在清教徒纪念医院，厄尔利·温特斯一被送到，医生就宣布了他的死亡，并很快证实他是心脏中弹而死。玛丽和杰西卡跟着来了，伦斯警长把我们带到一间小会议室里，开始询问桑尼。"给我们讲讲发生了什么事。"他对着这位年轻人要求道。

桑尼·麦奎尔紧张地咬着下嘴唇，继而开始说道："我当时和塞思在救护车上，我们在甜品店前停下车，我跑进去买了两个冰激凌甜筒。天暖和的时候，它们的味道更好。"

"稻草人是怎么回事？"伦斯警长催促道。

"嗯，我们吃完甜筒，塞思想开车回车库，但我看到了街对面的杰西卡。我跳下救护车，想跑过去跟她打个招呼。"听到他的话，杰西卡的脸红了，"就在这时，我注意到温特斯的稻草人在流血。"

"你真的看到了血在流？"我问。

"没错。"他回答说，"顺着背带裤的前面往下流的。"

"我也看到了。"玛丽证实道，"当我穿过街道，走到他们身边时，他们都在盯着稻草人看。"

"是的。"杰西卡轻声说，"我从没见过死人。当萨姆医生扯下饲料袋时，我认出了温特斯先生，我感觉自己快要昏过去了。"

"好吧。"警长说，"我们暂且不要讲后来发生的事。你们看到流血后发生了什么？"

"塞思把救护车开了过来，想看看发生了什么事。"桑尼继续说。

这时，塞思·斯特恩接过话头。"桑尼将稻草人背带裤上的血指给了我看，然后我就伸手摸了摸稻草人里面。我摸到人的皮肤以及伤口，于是马上让他从救护车里拿出担架。我剪断铁丝，桑尼帮我把尸体放到担架上。我不想进一步检查尸体，因为玛丽和杰西卡在场，而且其他人也围上来了，就把它抬上了救护车，这时萨姆医生已经过来了。”

我点了点头。“我揭开衬衫，看到了伤口。我很确定他已经死了，然后我就扯下画着脸的饲料袋，发现是厄尔利。”

“就是一小时前在你诊所里的那个厄尔利·温特斯。”

“是同一个人。”我叹了口气说，“但我知道这是不可能的。”

伦斯警长只是摇头。“即使按照你的标准，这也是不可能的，医生。温特斯的尸体不太可能在晚上被放进稻草人里不被人发现，白天则更不可能。公园周围总有人，那里可是镇中心！”

桑尼·麦奎尔看着我说：“也许去找你的是他的鬼魂。”

“那不是鬼，他带去了一个稻草娃娃，娃娃的心脏位置插了一根大头针。有人夜里闯进他家，把它扔在了地板上。”

警长的问话被卡特勒镇长的到来打断了。

“这里发生了什么事？”他问道，“有人告诉我，厄尔利·温特斯被枪杀了，他的尸体被放进了稻草人里。”

“确实如此。”我证实道，“但我们不知道这一切是如何做到的。”

“我可不会让这样的事毁了我们的新国会公园。”卡特勒气急败坏地说道，“警长，我要你在傍晚前逮捕凶手，我们不能让人提心吊胆地走在诺斯蒙特的街道上！”

“发生了命案，”我提醒他，“我相信伦斯警长正在尽最大努力追查此事。”

“他最好这样做，否则这个镇子就要找一个新的警长了！我可不像我的前任那样随和。”

卡特勒怒气冲冲地走出房间，让我们一时间不知该说什么好。我们从没见过他这样发脾气。伦斯警长开口打破了沉默：“我想今天就问到这里吧，后续我可能会有更多的问题问你们。"

在诊治病人的间隙，玛丽和我花了大半个下午讨论厄尔利·温特斯的死。"我们需要找到动机。"我告诉她，"如果能弄清楚谁想让厄尔利死，也许我们就能确定那人是怎么杀他的。"

她想了想。"我想他近年来既没有亲密的朋友，也没有跟谁结仇。自从妻子出事以后，他就基本不跟别人来往了。"

"那次事故是怎么回事？难道不是她开拖拉机上山时翻车了吗？"

玛丽·贝斯特点了点头。"她的腿被压在下面，断了，但她的死因却是颈部骨折。"

"我记得当时人们议论纷纷。"

"伊万杰琳的一位女性好友称伊万杰琳有时会被丈夫殴打，她认为伊万杰琳死得可疑，想让伦斯警长立案调查，但什么也没查到。"

"玛丽，你对这些事情记得真清楚，那位女性朋友是谁？"

"康斯坦斯·卡特勒，镇长夫人。"

我决定去拜访卡特勒夫人，不过，我并不是很了解她。我们曾经就她的稻草人简短地说过几句话，那可能是我和她最长的一次交流。

我提前离开诊所，开车去了镇长在枫树街上的大房子。这是本镇比较宽敞漂亮的房子之一，一条宽大的门廊环绕在房子周围。这里种着各种各样的花，缤纷鲜艳，为灰色的房子增添了生机起到了很好的装饰作用。

当我开车驶近时，卡特勒夫人正用金属喷壶给花浇水，午后的阳光使她不得不眯着眼睛辨认她的访客。认出是我后，她的皱眉变成了微笑。"霍桑医生，见到你真高兴！我听说了国会公园发生的惨事，真可怕。"

"我正是因为这事想找你谈谈的。"我坦承道，站在台阶下面，脱下草帽，等待她进一步的邀请，"我正想方设法找出杀人动机，看能否帮上点忙。不知道你认不认识厌恶厄尔利·温特斯，以至于要杀了他的人？"

她摇了摇头。"真的不知道。"

"几年前的夏天，他的妻子死于一场可怕的事故。"

"伊万杰琳，是的。"

"你认识她？"

"我们很熟。"

"她的死和厄尔利的死会不会有什么联系？"

"哦，我说不准。"

"今天上午，在厄尔利被杀之前，我见过他。昨晚有人闯进他家，在地板上留下了一个小的稻草娃娃。稻草娃娃的心脏处插着一根大头针，看起来就像一个伏都娃娃。"

"谁会做这种事？"她问道，脸上流露出震惊的表情。

"很可能是凶手，因为温特斯是心脏中枪。"

"我能看看那个稻草娃娃吗？"

它不在我身上，而且我也不确定它现在在哪里。"我会设法拿给你看的。在此期间，你有什么可以告诉我的吗？有没有可能是厄尔利几年前杀了伊万杰琳？"

"我不知道。"她简单答道，"这事也许我们永远不会知道了。"

我谢过她，回到车上，意识到她并没有邀请我上她的门廊。

匆匆吃完晚餐后，我再次出门，这次是回到清教徒纪念医院。此时，医院的翼楼已经黑了灯，我没有去我的诊所，而是径直走向了住院登记处。我要找到斯特恩把厄尔利的尸体送到医院时厄尔利穿的衣服。

"这里有两套衣服，"住院登记处的护士告诉我，"我们正在等待家人来认领。"

"两套？"

"一套来自稻草人，一套来自稻草人里面的尸体。"

"我想看看尸体的衣服。"

她拿出一个纸盒，放在柜台上。我记得厄尔利把稻草娃娃放进了他的背带裤口袋里，因此我首先找的就是那里，但它不在。背带裤和格子衬衫上的弹孔周围都有血迹，却不见稻草娃娃。"我能看看另一个盒子吗？"我问。

稻草人的背带裤口袋里同样什么也没有，而且背带裤的布料很平整，没有血迹。我一边用手指摸着，一边思考为什么会这样。可能稻草娃娃在另一个地方，即塞思·斯特恩的救护车里。

此前我没想过去那里找找看。

我谢过护士，回到我的车上。塞思把他的救护车停在了他家后面的车库里，这样的话，一旦需要，他就可以在夜间出勤。

到他家所在的街道时，天已经黑了，尽管他家客厅的灯还亮着，我并没有先进他家。塞思还是单身，但大家都知道他很风流。我可不想在有让人尴尬的事情时打扰他。我绕过他家后院用来烧垃圾的桶，朝车库走去。

侧门微掩着，我走了进去，借着外面的路灯来到救护车的后门。我四处寻找，主要是用手摸索，但什么也没找到。空担架已经归位，其他东西似乎都没有动过。突然，我听到身后的门旋转着发出吱吱声。

我急于找个藏身之处，便爬上担架下面的一个狭长储物架。斯特恩设计它是为了放急救设备，或者在需要时多放一个担架。我躺在那里，救护车的门半开着，我听到脚步声从地板上由远及近。救护车的门在没有完全锁住的情况下关上了。

几乎就在这时，我又听到侧门发出了吱吱声，一个我能认出的声音说："你好，桑尼。我就知道在这里能找到你。"

桑尼的声音有些疑惑。"什么？布拉迪克先生！你来这里做什么？"

"我是来和你谈谈的，"议员回答说，"与我的女儿有关。"

我躺着一动不敢动，几乎不敢呼吸。

"关于她的什么事？"桑尼厌烦地抱怨道，"我可没有对她做什么。"

"我要确保你没有。杰西卡现在已经读大三了，我不希望有任何事情影响到它。不管你们之间在高中时发生过什么，都已经结束了，明白吗？"

"我们之间什么也没有。"

"我一直在观察你，你总是跟在她后面转悠。记住，孩子，如果你敢动我女儿一根毫毛，我就用我的猎枪追着你打，打你一个大窟窿！"

可能是另一种抱怨的声音从桑尼嘴里发出来。韦恩·布拉迪克没有再说话，我也不确定他是否还在那里。然后，我突然听到一声枪响。

我踢开救护车的门，跳了出去，这个愚蠢的举动可能会让我失去生命。然而，眼前只有桑尼·麦奎尔躺在车库的地板上，倒在不断扩大的血泊中。我跑过去摸他的脉搏，但已经太晚了。子弹射中了他的心脏，就像杀死厄尔利·温特斯的那颗一样。

我叫醒了塞思，还好那天他独自在家，然后给伦斯警长打了电话。对诺斯蒙特来说，一天发生两起谋杀案，事情有点难以处理了。看到卡特勒镇长在警长的后面开车过来，我并不感到很惊讶。

"这事发生时你在这里吗？"镇长问我，伦斯警长则忙着在车库地板上检查尸体。

"我在这里。我听到桑尼和一个人说话，然后就听到了一声枪响。"

"你听出是谁了吗？"

"对不起，镇长，我更希望问话的人是伦斯警长。"

他瞪了我一眼，走开了。伦斯警长的一个手下已经赶到，在移走尸体之前对现场拍了照。在桑尼的口袋里，他发现了像枪一样的东西，但那只是一把水枪。警长对它研究了一番，耸了耸肩，走过来问我跟镇长有什么不愉快。

"没什么大事。我只是觉得应该由你来问话。"

"医生，你知道是谁向他开的枪吗？"

"枪响前，韦恩·布拉迪克在这里，命令并威胁桑尼离他的女儿远一点。"

"那你在哪里呢？"

"躲在救护车里，我是来找那个稻草娃娃的。"

"你应该问我才是。"他说，"它在我的办公室里。我把它捡了回去，准备拿它当证据。"

我没法阻止卡特勒镇长前来过问。"这起谋杀案与厄尔利·温特斯的谋杀案有关吗？"他紧跟着问道。

"我们要比对子弹才能确定。"伦斯警长告诉他，"我们可能要把它们送到华盛顿的联邦调查局实验室，附近的实验室没有这样的设备。"

塞思·斯特恩无奈地摇了摇头。"我确定我今晚把侧门锁上了。"

"我到的时候它没锁，我进来几分钟后，桑尼也进来了。"我说，"他有钥匙吗？"

"嗯，有的。为了防止我不在家的时候需要用救护车，我给他配了一把。我想他可能是来找什么东西的。"

我转身看着伦斯警长，他说："我们最好去找韦恩·布拉迪克谈谈。"

听到这话，镇长立刻问道："布拉迪克？他跟这事有什么关系？"

"听见枪声前，萨姆医生听到他在威胁桑尼。"

"难以置信，他为什么要威胁桑尼这样的孩子？"

"警告他远离杰西卡。"我说。我跟着伦斯警长走出车库，留下镇长站在那里。

韦恩·布拉迪克见我们来了，走到门口迎接。等我们走近时，他打开了门廊的灯。"我刚从收音机里听到又发生了一起命案，有人枪杀了那个叫麦奎尔的男孩。"

"没错。"警长证实道，"我们来就是想和你谈谈这事。"

布拉迪克紧张地环顾四周。"我们在这里谈吧，免得打扰我的妻子和女儿。"

我不想给他机会编瞎话，便开门见山，跟他摊了牌。"韦恩，我今晚在塞思的车库里听到你在威胁他，随后他就被枪杀了。"

"你？我没看到你。"

"我在救护车里。你说完没过一会儿，我就听到了一声枪响。"

"那么，在枪响之前，你一定听到我开车走了。"

我没有听到，我也无法确定桑尼被杀时他还在那里。"你带枪了吗？"警长问他。

"当然没带！我只是口头威胁而已，你应该知道我不是一个有暴力倾向的人。"

"家人受到威胁会让很多非暴力的人变得暴力。"我指出。

这时，杰西卡走下楼，我们的说话声还是惊动了她。"怎么了，爸爸？发生了什么事？"

"桑尼·麦奎尔被人杀了。"他告诉她，"回楼上去。我一会儿就上去。"

"桑尼？死了？"听到这个消息，与其说她感到震惊，不如说她感到意外。她看了一圈我们所有人的脸，期待获知更多的信息。然后，她转身跑上了楼梯。

"她会没事的。"她父亲说。

"谁会希望厄尔利·温特斯和桑尼两个人都死呢？"我问。

"我不知道。"

我朝厨房瞥了一眼，突然愣住了，杰西卡那个有乳房和长发的女稻草人靠在冰箱上。

"这是……"

布拉迪克勉强轻声笑了笑。"我告诉过她，它无法一直在那儿挂到秋天。"

然后，我想起来了，卡特勒镇长曾要求参赛者在家里保留一个复制品，以防有人故意破坏。"确实如此。"我低声说道，随后抓住了伦斯警长的胳膊。"来吧，警长，我们还要搜查一个地方。"

我们花了二十分钟搜索厄尔利·温特斯的房子，重点是地下室和车库，然后检查了谷仓及其附属建筑。借着灯光，我们看到的只是一个空荡荡的马厩。他的牲畜已被邻居们收养了。

"不在这里。"最后，我确认道。

伦斯警长挠了挠头。"也许他没有多扎一个，医生。"

"他肯定扎了。"

"我不明白这有什么重要的。"

"你还记得那个稻草娃娃吗？"

"当然记得，但我……"

"走吧，警长。"

我们返回塞思·斯特恩的家时，最后一辆警车早已离开了。屋子里还亮着灯，后院一片漆黑，我没看到有人，直到烧垃圾的桶那里突然闪现火柴的光亮。然后，我下车朝它跑去。"不要这样做，塞思！"

"医生！他有枪！"就在伦斯警长喊我时，桶里冒出了火焰。

塞思·斯特恩开了枪。警长对着枪的闪光处，回了一枪。塞思开始喘粗气，跌倒在地上。我和警长同时走到他身边，把他的枪踢开。子弹击中了他的身体一侧，他正试图止血。"杀了我吧！"他喊道。

"没有这么好的事。"我告诉他，"你会活着的，你要因两起谋杀案被起诉。警长，趁我们还能留下一些证据，赶紧把火灭了。"

"他想烧什么？"

"厄尔利·温特斯在国会公园的稻草人。"

我们用警长的车把塞思送到了医院，一路上警笛声不断。当他被推进手术室时，我们在候诊室谈起了这两起谋杀案。

"你还得搞清楚他的动机。"我说，"考虑到塞思好色，你也许能找到他和伊万杰琳·温特斯相好的证据。不管真假，我认为塞思怀疑是厄尔利杀害了自己的妻子，或者至少促成了她的死亡。当厄尔利的稻草人被选中在国会公园展出时，塞思想到了一种至少在他看来是完美犯罪的复仇方式。"

"完美的不可能犯罪？"

"这并非不可能。"我告诉他，"塞思不可能知道的是，在厨房的地板上发现那个稻草娃娃后，厄尔利会来找我。若不是在尸体被发现前一小时见过厄尔利，我可能就会觉得他是在晚上被杀的，至少在完成尸检，确定死亡时间之前会这样认为。"

"为什么稻草娃娃会出现在他家厨房的地板上？"

"我也是这么问自己的，警长。如果把娃娃放在外面的台阶上，也能达到同样的目的，为什么还要冒险闯进屋里呢？不过，我几乎立马想到了答案。留下娃娃是为了混淆视听，用来掩盖有人闯进房子是另有企图。然而，似乎什么东西都没有被拿走。直到今晚在杰西卡家看到她的稻草人复制品我才意识到，闯入厄尔利家的人留下了稻草娃娃，却偷走了稻草人复制品。"

"是塞思干的吗？"

"很可能是他的同伙桑尼。如果塞思闯进屋里，他可能会上楼，当场杀了厄尔利。桑尼按照吩咐把稻草人复制品带了回来，然后塞思又找理由把厄尔利骗到自己家。塞思朝厄尔利的心脏开了一枪，又让桑尼帮忙把尸体包进了稻草人复制品里。要知道，厄尔利是个小个子，这事不是很难做到。接着，他们把稻草人复制品放到救护车里的担架上，开车去了公园，浑然不知我在午饭前不久刚刚见过死者。"

"他们是怎样在没人注意的情况下把包着尸体的稻草人复制品弄到路灯柱上的？"

"他们可没那样做，警长，厄尔利的尸体从未出现在路灯柱上的稻草人里。"

"那血……"

"从稻草人旁边走过时，桑尼用水枪喷了血，也可能是类似血的液体。然后，他叫人注意这些血迹，塞思迅速将救护车掉头，按照计划及时开过去，证实稻草人里有一具尸体，并立即掏出剪线钳剪断铁丝，解下稻草人。这应该能带给我们一些启示，有多少救护车司机会在口袋里装一把剪线钳呢？"

"于是，他和桑尼把稻草人放到担架上，抬上了救护车。然后呢？"

"救护车的门挡住了我们的视线，他们迅速将空稻草人放到下面的架子上，掩藏起来。然后，塞思开始在那个包着厄尔利尸体的稻草人复制品上忙活。我甚至帮他掀开了尸体的衣服，并宣布厄尔利死亡，根本没有意识到稻草人已经被他们替换了。"

"你怎么能这么肯定事情就是这样的呢？"

"早些时候，我来医院寻找那个丢失的稻草娃娃时，分别检查了厄尔利和稻草人的背带裤的口袋。他们忘了把血喷到稻草人复制品的背带裤上，而且血也不是从内向外渗出的。厄尔利的衬衫和背带裤上有血，稻草人复制品的背带裤上却没有，这与从灯柱上取下的情况不符。想到这里，我就知道它被人调了包。"

"他为什么要杀桑尼呢？"

"这个孩子必定是他的同伙。尽管厄尔利·温特斯身材矮小，但肌肉发达，重一百多磅[①]。桑尼知道他们抬上救护车的稻草人里没有尸体，也看到了塞思把稻草人放到了藏有尸体的稻草人复制品下面的架子上。塞思可能一直在找机会除掉这个危险的同伙。在听到韦恩·布拉迪

---

① 英美制质量单位，1磅约合0.45千克。——编者注

克今晚在车库威胁桑尼后，他认为这是下手的最好时机。听到车库里有动静时，他可能就带上了枪。韦恩一走，他便开枪打死了桑尼，并在后续作证时说他看到韦恩开车离开了现场。"

警长点了点头。"那把枪应该足以让我们立案了。"

一位外科医生从手术室里走了出来，他很年轻，我几乎不认识他。"我有个好消息，"他笑着说，"我们成功取出了子弹，斯特恩先生应该能完全康复。"

伦斯警长抱怨道："现在县里不得不为庭审花上一笔钱了。"

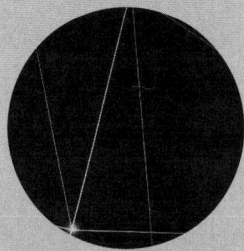

10

安娜贝尔的方舟

"我还没怎么给你讲过诺斯蒙特其他医生的情况。"萨姆·霍桑医生边说边取下酒瓶，为自己和访客各倒了一小杯酒。"我是一九二二年来的，当时镇上只有我一个医生。到了 九二九年，随着清教徒纪念医院的开业，以及几位优秀专业医生的加入，情况改善很多。在这些新医生中，就有我的朋友林肯·琼斯，他是镇上第一位黑人医生。到一九四〇年九月，林肯已经结婚了，并在诺斯蒙特养育了两个孩子，儿子纳特正处于想要一只宠物狗的年龄，他的妹妹无法提供这种陪伴。"

那是劳动节后的一个周六，在预约的病人还没有到的时候，我和护士玛丽·贝斯特讨论起当周的重大新闻。罗斯福总统把五十艘超龄服役的驱逐舰卖给了英国，换得英国在西半球八个战略海空军基地九十九年的租约。"我们离战争越来越近了。"玛丽很肯定地说，"我担心一年后我们就会卷入战争。"

"这完全取决于希特勒。"我回答说，"我不认为他会蠢到胆敢入侵英国的地步。"

就在这时，林肯·琼斯从门口探进头来。"这算什么？二位在谈论战争吗？生意想必很冷清吧。"

"噢，那你又为什么在医院的翼楼瞎溜达？"玛丽反唇相讥道，但脸上仍如往常一样笑着，事实上她很喜欢林肯，"你就没有病人要看吗？"

"都治好了，他们正在回家的路上。我现在最担心的是特纳，纳特的狗。它腹泻很严重，我无法让那孩子相信我只会给两条腿的病人治病。"

"萨姆会帮你的。"

"多谢，玛丽。"我低声说道。然后，我严肃起来，问道："听说有个兽医在去希恩镇的路上开了一家诊所？"

林肯点了点头。"我正想去那里，只是要先接上特纳。想一起去吗？"

"那兽医是个女的，对吧？"

"听说是，叫安娜贝尔什么什么，诊所名叫'安娜贝尔的方舟'。"

"迷人极了。"玛丽一言以蔽之，"你们赶紧去吧，祝你们玩得开心。"

"两点之前我没有预约了吧？"我假装认真的样子问她。

"一个也没有。如果女兽医拖住了二位的腿，记得告诉我。"

林肯·琼斯高大英俊，四十多岁，可能比我大一两岁。"萨姆，你不会想让特纳把你的别克弄脏吧。"既然他这么说，我便坐进了他的车里。我们一直开到镇干道上，几年前，他和妻子夏琳在那附近买了一套房子。夏琳也是黑人，十分漂亮，在镇上的社交场合，他们是出双入对的模范夫妻。就在这时，夏琳抱着用毛毯裹着的生病的混血小狗特纳，从屋里出来了。我意识到林肯之所以邀请我一起去，其实是为了缓解一个黑人拜访白人女兽医的紧张情绪。

"你好吗，萨姆？"在夏琳喊着跟我打招呼时，林肯急忙上前接过她手中的狗。

"眼下这种日子，已经不错了。"我回答说，"不过，我想可怜的特纳会好转的。"

"如果不是因为忙着照顾牛和马而没有时间的话，"她说，"新来的女兽医也许能治好它。"

我们继续开车去往安娜贝尔的方舟，一路上，我负责抱住用毛毯裹着的特纳。兽医诊所大致位于去希恩镇的半路上，位置再好不过了，可以吸引两个城镇的顾客。那是一栋用白色煤渣砖建成的小平房，门边有一个牛奶箱，给人以家的感觉；门口立着一块小招牌，上面用优美的金色字母写着：安娜贝尔的方舟——所有动物的庇护所。我们到达时，停车场里只有两辆车，一辆是线条流畅的林肯泽弗双门小敞篷车，一辆是黑色的普利茅斯四门轿车。我想，把诊所命名为"安娜贝尔的方舟"的人一定开的是林肯泽弗。

我们按响门铃，走了进去，迎接我们的是各种吠叫和咆哮。

有六只狗和猫被关在不同的笼子里，它们似乎并不乐意被这样对待。一位穿白大褂的年轻女子出来迎接我们。"你一定是琼斯医生。"她对林肯说，"你妻子打电话来咨询过特纳的事，我是安娜贝尔·克里斯蒂。别介意我的病号，它们一会儿就会平静下来。"

近距离看，她更像个电影明星，而不是兽医。确切地说，这并非因为她漂亮，而是因为她的金发、淡褐色的眼睛、灿烂的笑容和棱角分明的脸，这些形成了一种近乎磁性般的吸引力。我的视线无法从她身上移开，这让我很尴尬。"你可以叫我林肯。"林肯对她说，"这是我的朋友萨姆·霍桑医生。"

她转而看向我，满脸笑容。"我听说过你，霍桑医生，你是本地的夏洛克·福尔摩斯。"

"我更愿意把自己当成华生医生，虽然他很少看病。"

"不过，你的姓名首字母跟福尔摩斯的一样。"她坚持道。

"以前有人向我指出过这一点，你的姓名首字母也和某个英国推理小说家一样。"

"安娜贝尔·李·克里斯蒂，不是阿加莎。"她把注意力转向特纳，用手温柔地为那只混血小狗做检查。"怎么了，小家伙？感觉不舒服？"小狗呜咽着回应。

"前几天它一直拉肚子。"林肯告诉她，"周一我们几个人吃烤肉，过劳动节，它在田里跑来跑去，我想它可能吃了对身体不好的东西。"

她点了点头。"粗心客人乱投喂的食物，或是田里已经变质的杂草。我见过比这更严重的症状。"她完成了检查，"我给它打一针。然后，你记得将这种粉末混进它的食物，持续四十八小时，到那时，它应该就恢复正常了。"

"谢谢你，克里斯蒂医生，我该付你多少钱？"

她耸了耸肩。"十美元吧"

"这事我记住了。"我告诉她，"下次要是有人找我治狗病，我就来找你。"

她笑着看着我。"欢迎，霍桑医生。"

一个年轻人抱着一只瘦弱的暹罗猫从后屋出来。"它现在神气多了。"他宣布，"我想可以把它转移到外面的笼子里了。"

"好啊。雷·珀金斯，我的助手，这是琼斯医生和他的狗特纳，这是霍桑医生。"

"很高兴见到你们。"他说着，把猫放进一个空笼子里。离他最近的狗立刻开始咆哮，珀金斯只好把暹罗猫关进另一个对着前门的笼子里。这小伙子又高又瘦，干起活来有一种年轻人的笨拙感。我猜他二十岁出头，可能比安娜贝尔·克里斯蒂小十岁。

"这只暹罗猫得了肠梗阻。"她解释说，"和特纳的'麻烦'正相反。如果它到周一还没好转，我们可能就要动手术了。"

林肯付给她十美元，我用他的毛毯裹着特纳抱了起来。"很高兴见到你，克里斯蒂医生。"我说，"外面那辆林肯泽弗是你的吧，真不错。"

我们正要离开，安娜贝尔·克里斯蒂笑了。"事情并不总是像它看起来的那样，我的车是普利茅斯。"

若不是接下来的周一发生的事情，我和诺斯蒙特第一位兽医的会面可能也就不过如此了。周日我起得很早，把牛奶和报纸拿进屋，读到了伦敦清晨遭受大规模空袭的最新消息。在纳粹德国空军进行数周的轰炸后，英国政府确信德国即将跨越英吉利海峡发起袭击，于是发布了入侵警告。九月七日的空袭加剧了这种恐惧，大约三百架德国轰炸机和六百架战斗机极其精准地袭击了伦敦的码头。码头顿成火海，德国飞机当晚返回，在大火的指引下，再次发起攻击。

"如果他们真的入侵英国，我们就会参战。"第二天上午，我们在诊所讨论起此事，玛丽·贝斯特严肃地说，"我觉得我应该做点什么。"

"你已经在做了，就在这里。"我提醒她。

"我的意思是做更多的事情，为战争贡献力量。"她转过身，过了一会儿，补充说："我正好读到军队需要护士。"

"玛丽……"

她挥手制止我。"我只是在考虑，还没有决定。"

玛丽给我当护士已经五年了，在此期间，我们的关系发展得已经远不止于此。我们常常一起参加舞会和派对，我们甚至和另一对夫妇一起去度假过。我觉得我和她的关系比跟我认识的任何一个女人都要亲密。但是，还没等我们进一步讨论此事，电话铃响了，她隔着桌子伸手去接。"霍桑医生的诊所。"听对方说完后，她说，"请稍等。"

"是谁？"我问。

"克里斯蒂医生。"她答道，把电话递给我，表情丝毫没有改变。

电话里传来安娜贝尔·克里斯蒂熟悉的声音。"很抱歉因为这样的事打扰你，霍桑医生，我想知道你今天或明天能否来我这儿一趟。我遇到了一个小麻烦，也许需要用到你的侦探技巧。"

"如果有人闯入，应该通知伦斯警长。"

"没有破门而入的迹象，但你前几天看到的那只暹罗猫似乎被人勒死在了笼子里。"

我犹豫了一会儿，然后说："今天下午我要去罗林斯太太家出诊，绕道去你的方舟一趟应该问题不大。"

"那太感谢了。"

当我把这件事告诉玛丽时，她皱起了眉头。"一只死猫？给你打电话就为了一只死猫？"

"似乎有些不可思议，我认为她是想听听我的意见。"

玛丽开始记账，不再言语。

跟很多诺斯蒙特的老居民一样，罗林斯太太是一个寡居的农妇。她的丈夫在六十多岁时去世了，留给她的农田因此很快就撂荒了。她唯一的儿子戈登住在镇上，以送牛奶为生，虽然一有时间就会去帮她打理农场，但他的心思并没有放在务农上。虽然我为罗丝·罗林斯治过各种小病，但大多数时候她是喊我去当她的听众，以便跟我喋喋不休地诉苦。

"你为什么不把这里的地卖了，搬到镇上去住呢，罗丝？"一天，我去她家出诊，问了她这样的问题，"那样岂不能离你妹妹更近一点？"这不是我第一次给她建议了。多拉·弗拉热尔也是个寡妇，孤身一人住在镇上，除了罗丝，她没有其他兄弟姐妹，已故的丈夫也没有亲戚。

但罗丝只是摇头。"兰迪为它忙活了一辈子，而且我知道，总有一天戈登会回心转意想要种地。他的童年是在那些树林里度过的，他会找一根长杆，在末端绑一个绳套，捉草蛇。"

"小时候捉蛇和长大后种一百英亩的玉米可不是一回事，罗丝。"

"总有一天他会回来的。"她苦笑着说，"我要把农场留住。"

戳破一个老妇的梦想不是我该干的事。我给了她一些药，然后就继续赶路了。

安娜贝尔的方舟离罗林斯太太家的农场其实不近，要不是特意拜访，当天下午我是不会赶过去的，我想克里斯蒂医生不会知道我绕了这么大的圈子。我把车停在了她的小停车场里，夏末的阳光晒在身上，暖洋洋的。这次有四辆车停在那里。进入屋内，雷·珀金斯正忙着安排动物出院。我只好在旁边等待，看他这会儿把一只兴奋的小狗交给一个男人，过会儿又把一只胖胖的虎斑猫交给一个女人。我在镇上见过这个女人，不过只是泛泛之交。

"克里斯蒂医生在吗？"最终，只剩下我和珀金斯时，我问道。

"她在猴子笼那边。"他回答。

"哦，她要在那里很长时间吗？"

"我去看看。"他走进治疗室，随手把门关上。

过了一会儿，克里斯蒂医生出现了，边走边擦手。"抱歉，让你久等了，医生。有个人的宠物被黄蜂蜇伤了，我正给它治疗，但是不好治。"

"我想确实不好治。"我朝她笑了笑，"你知道的，同行之间没有必要称呼'医生'，咱们就直呼其名，安娜贝尔和萨姆，如何？"

"我没意见，萨姆。"

"这里发生了什么事？"

她指了指对着门的那个空笼子。两天前，我来的时候，曾经看到珀金斯把猫关了进去。"今天早上，一走进来，我就发现它死在了里面。"她语气平静地告诉我，"这只暹罗猫叫赛博斯，弗拉热尔太太的。"

"弗拉热尔？不会是多拉·弗拉热尔吧？"

安娜贝尔点点头。"你跟她很熟吗？"

"我们住在同一个街区，偶尔会在镇上见面。她姐姐是我的病人，事实上，我刚从她姐姐那里出诊过来。"

"一发现赛博斯的尸体，我就给多拉打去了电话。她很难过。"

"我想她肯定很伤心。从她房子和院子的大小来看，她很珍惜自己的财产。但为什么你认为我能帮上忙？"

"这个地方关得很严实，没有破门而入的迹象。笼子也是关着的。"她拉动弹簧插销的旋钮把笼门打开，然后关上，直到门闩"啪"的一声卡住。

我走过去检查前门。那是一扇结实的木门，上面没有开窗，锁是最新型的耶鲁弹簧锁。我管她要钥匙，她从钱包里掏出钥匙圈，将崭新发亮的那把挑了出来。钥匙轻易插进锁孔，锁舌开合也很顺畅。"除了你和雷，其他人有钥匙吗？"

她摇了摇头。"唯一的钥匙在我手里。雷才在这里干了三周，我还没有给他配呢。"

"晚上只有动物在这里吗？"我问。

"通常情况下是这样，除非我们的病号病症特殊。"她指了指后屋关着的门。

"雷说你在照看一只猴子。"

"我真希望这么简单就好了。跟我来。我想让你看看赛博斯的尸体。"

"多拉·弗拉热尔还没把尸体取走？"

"她不想把它取走。她说她想记住赛博斯活着时的样子，所以尸体只好由我来处理了，我告诉她我会把它埋在诊所后面。"

她带着我走进后屋，安娜贝尔的助手忙得手忙脚乱。这哪里是猴子，分明是一只约五英尺高的长臂猩猩，雷·珀金斯正试图把它关进笼子，但它剧烈地反抗着，四处乱窜。

"这是什么？"我惊恐地问道。

她无奈地摇了摇头，但更多是因为雷处理这种事的经验不足，而不是因为这只大猩猩的危险举动。"我来吧。"她对他说，然后拿起扫帚迅速走进去，把那大家伙推回笼子里。等到它退到足够往里，她"砰"

的一声关上门，将金属搭扣扣到扣鼻上，然后把挂锁挂到扣鼻上，但没有将挂锁锁住。直到这时，她才回答我那个问题。"这是只红毛猩，叫佩德罗。"

"谁会拿它当宠物呢？"

"希恩镇的一个退休水手韦斯帕从苏门答腊带回来的。这个可怜的家伙被黄蜂蛰了，我正尽我所能地治疗它。"

"你不把挂锁锁住？"

"它出不去。如果我锁了门，然后起火了，它该怎么办？现在这样人们只要砸开前门和窗户进来就可以了。其实，我很高兴能治疗比猫和狗更大的动物。这里的人还不太信任我，他们还没有把公牛、母牛和马什么的交给我治。"

我转身离开大猩猩，走向检查台。那只死猫躺在上面，我小心翼翼地掀开盖在它身上的白布。安娜贝尔走到我身边，拨开它脖子上的毛，它喉咙周围一条红色的细痕出现在我眼前。"它是被绳子或电线勒死的。"

我拿起死猫的一只爪子。"这里也有干了的血。它的一只爪子被扯掉了一块。凶手身上可能有划痕。"

"为什么会有人对一只无助的猫做这种事？"她不解地问道。

"我想不明白的是，他们是如何做到的。前门没有被破坏的痕迹。"我扫视了一下检查室，看到了一个冰箱和一张小窄床，小床上面是一扇小窗户，透过它可以看到后院。我走向后门，后门里面还有一扇内门，金属网做的，很沉。"这是前门之外唯一的入口吗？"

"是的，搬运东西走这里。你能看到门是从里面锁住的，我安装这个金属网门，夏天可以通风，也不会有动物逃出去的危险。它也上了锁，不过，若是天气继续热下去，我会打开后门。"

"窗户呢？"

"只有两扇，每个房间一扇，而且都从里面关得紧紧的。"

我们走出后屋，回到前屋，留下那只看起来挺健康的红毛猩猩在笼子里拍打栅栏。雷·珀金斯正在收拾，准备给病号喂食。他从冰箱里拿出一瓶容量一夸脱①的牛奶，倒进四个小盘子里，然后拿出一袋猫粮，这是给还没有"出院"的猫的。我朝安娜贝尔笑了笑。"你会不会是在梦中做的这一切？"

"怎么会？钥匙从来没有离开过钥匙圈，想要把它摘下来可不容易。"她将钥匙圈递给我看。

"有没有可能有人偷着配了一把？"

她摇了摇头。雷干完他的活，走了过来。"还在想猫是怎么被杀的？"

"你有什么想法？"我问他。

"我可搞不明白。晚上没人进来，这是肯定的。"

"你们是一起离开吗？"

"通常是这样。"安娜贝尔替他答道，"除非我不得不守着动物们，才会待到很晚。"

"你经常这样吗？"

"开业六周来只有一次。检查室里的小床就是为此准备的，万一我要在这儿过夜，就睡在上面。"

"但你昨晚不在？"

"我顺路回来了一趟，给动物喂了食，也给它们用了些药。赛博斯那时状况还不错，我想它一定是今早被杀的。我八点到的，发现它的尸体还是温的。"

我转而问她的助手。"你呢，雷？你也在场？"

他点了点头。"我开车比她早一两分钟到，跟往常一样，我在车里等她。"

---

① 容量单位，1美制夸脱约合0.95升。——编者注

196

"你有没有看到什么不寻常的东西？"

"没有。"奶瓶里剩下的牛奶不多了，他自己喝掉，在靠墙的水槽里洗净瓶子，然后打开牛奶箱的门，把它跟其他空瓶放到一起。然后，他问安娜贝尔："你要我把猫埋了吗？"

我看得出来，这对她来说是一个令人不适的决定。"哦，我想是的。"她转而看着我，"这是我的病号第一次死亡。不是我造成的，但我想我有责任。"

"让我调查一下看看。"我对她说，"猫被勒死有点超出我熟悉的领域，但它看起来确实属于某种密室凶案。"

我想给多拉·弗拉热尔打电话，但我首先要去一趟警长办公室，问问附近有没有发生其他不可思议的非法闯入案件。老朋友伦斯警长一如既往地热情接待了我，但在这次案件上，他没有给我提供什么帮助。"这段时间很平静，医生，就是丢了几只鸡。你知道什么我没有听说过的事情吗？"

我把安娜贝尔的方舟那里有只猫被杀的事大致讲了一遍，伦斯警长不禁一阵冷笑。"没想到你对一只猫的死这么感兴趣。很显然，新来的女兽医既年轻，又漂亮。"

"她让我调查一下，我就开始调查了，警长。有人勒死了那只猫，我想知道原因，以及凶手是怎么做到的。"

"从你告诉我的情况看，我比较怀疑她的助手，他似乎是最有可能的嫌疑人。"

"他是怎么进到屋里下手的？"

"也许他们进来的时候猫还没死，只是睡着了，而当克里斯蒂医生检查其他病号时，他便悄悄打开笼子，勒死了猫。"

"笼子正对着门，离门不到六英尺远，那是她走进来第一眼就能看到的东西。"

"好吧，医生，十八年来，我从你身上学到了一点：事情并不总是像它看起来的那样。"

"周六我见到安娜贝尔·克里斯蒂时，她也对我说了同样的话。"

随后，我开车去了多拉·弗拉热尔家。那是一栋漂亮的维多利亚式住宅，是诺斯蒙特最古老的房子之一，侧院有一个很大的石砌花园，几乎整个夏天都开着各种各样的小花，花园和草坪都经过了精心的修整和打理。弗拉热尔太太六十岁出头，稍微有一些胖，头发花白，为人十分和蔼。她戴着厚厚的眼镜，过了一会儿才认出我来。我告诉他我正在调查赛博斯的死因时，她很惊讶，然后把我带进了客厅。

"霍桑医生，我知道你在侦破不寻常谋杀案方面是出了名的，但我那只可怜的猫怎么能跟那些案子相提并论呢？"

"它的确死得有些蹊跷，弗拉热尔太太。为何会有人想杀它，你知道这里面有什么原因吗？"

"我想不通！它从不招惹其他生物。"她又改口道，"当然，偶尔会骚扰鸟，这个除外。"

"你认识一个叫雷·珀金斯的年轻人吗？"她皱起眉头想了想，"我想不认识。"

"他是克里斯蒂医生在方舟的助手。"

"哦！我带赛博斯去的时候见过他，但我不记得他的名字了，他看上去是个不错的小伙子。"

"你没有受到任何威胁吗？或者遇到了什么不同寻常的事吗？"

"没有。"她似乎想补充什么，但犹豫着没有讲。追问之下，她才告诉我："上周，我最好的宝石戒指丢了一颗珍贵的钻石，看起来好像是因为固定它的两个嵌爪不知怎么弯曲了。我一直在房子里找，但至今还没找到。"

"会不会招贼了？"

对此想法她不以为然。"要是小偷，肯定会把整个戒指偷走，是吧？"

我环视了一下一尘不染的客厅。"弗拉热尔太太，你雇了清洁工或者园丁吗？"

"我的外甥负责照料草坪和花园。清洁工每两周来一次，但她上周没来。没有盗窃发生，但我很希望能找到钻石，这是我已故丈夫送给我的周年纪念礼物。"

"买保险了吗？"

"当然买了，如果找不到，我就得通知保险公司。"

"赛博斯是什么时候病的？"

"周五，在我带它去方舟的前一天。"

"克里斯蒂医生以前给它治过病吗？"

"我想赛博斯是方舟的第一个病号。方舟开业后，我的暹罗猫就有点瘟热。"

"你帮了大忙了，弗拉热尔太太。"我对她说，"我会尽我所能找出杀死赛博斯的人。"

"那将是对我莫大的安慰，医生。"

接下来，我抄小路去了希恩镇，开了大约十五英里，我爬到了圣山山顶，看到山下一英里处有个村庄若隐若现地坐落在一个遍布沟壑的山谷中。我预计在这么小的地方找一个叫韦斯帕的退休水手应该不难，事实也确实如此。加油站的服务员为我指路，还好心地提醒我要小心猿猴，按照他说的方向，我在几个街区外找到了一栋小房子。

院子里站着一个六十多岁的男人，戴着一顶海军军官的尖顶帽。看他那饱经风霜的脸，我确信他就是我要找的人。"韦斯帕先生吗？"我问道，打开大门，进到院子里，走到他身边。

"我认识你吗？"

"我是医生，我是为你的红毛猩猩来的。"

"它死了吗？佩德罗死了吗？"他似乎快要哭出来了。

"不，没这回事。我今天碰巧去了安娜贝利的方舟，看到了它。她还在给它治疗，在我看来，它的情况很好。"

老水手立刻松了一口气，欣慰之情显露无遗。"感谢上帝！二十年来，不管是在陆地，还是在海上，它一直陪着我。我可不想失去它，然后自己还活着。"

他说话带有一点意大利口音，他的名字在意大利语里是"黄蜂"的意思。"一个曾经的水手为什么要来这么远的内陆定居呢？"我很奇怪。

"因为佩德罗！我本想在海边找个小地方，比如科德角，但那里的人不允许我把佩德罗当宠物养，说它属于动物园！我必须找一个视养猩猩为正常的村庄，才来到了这里。"

"你会把它关在笼子里吗？"

"晚上？当然，否则它会在树枝上荡来荡去。"

"我能看看它被关在哪里吗？"

韦斯帕疑心加重。"你问这个干什么？想让我再次搬家？"

"并无此意，我向你保证。我正为兽医调查一起事故。"

"佩德罗？"

"不是佩德罗，是一只猫。"

他领我进了小木屋。房间里陈设简陋，一面墙上挂着一张大渔网，一张桌子上放着船用六分仪。墙上挂着一幅温斯洛·霍默的画，画的是夕阳下的帆船。"我晚上把佩德罗关在这里。"他说着，带头走进后面的一间卧室。

这个笼子比安娜贝尔的方舟的那个要小，也没有那么结实，但显然很管用。透过后窗，我看到一个围着栅栏的院子，里面有几棵可供攀爬的树。也许，这里是一个很适合佩德罗的养老院。"它和邻居的宠物有过冲突吗？"

"没有，从来没有！它块头很大，但很温驯。"说这话时，韦斯帕笑了，我希望安娜贝尔·克里斯蒂能尽快让他和红毛猩猩重聚。

然而，有件事情我必须先做。

我回到诊所时已经快六点了，玛丽正准备关门。"我以为你已经回家了。"她说。

"我开车去希恩镇兜了一圈。有电话找我吗？"

"克里斯蒂医生，她说那事不重要。"

"我跟她核实一下，我还想打电话给伦斯警长。你可以回家了。"

我打电话把我的想法告诉了警长，他对我的请求感到困惑。"你在做什么，医生？和一只猩猩一起过夜？"

"我想这是我破解此案的唯一办法，警长。"

"什么案子？你看到的不过是只死猫，没有别的。这甚至都不算重罪。你想让我以虐待动物的罪名逮捕某人？该死的，法官顶多罚他一百美元了事。"

"就当是帮我个忙吧，今晚我需要你去那里一趟。"

他长叹了一口气。"医生，我觉得你疯了，但如果你需要，我会去的。"

接着，我打电话给安娜贝尔·克里斯蒂，告诉她："我想在你的后屋待一晚上，看着猩猩。"

"它不会在这儿了，萨姆。这就是我之前打电话想告诉你的，我治好了它的蜇伤，正准备打电话给韦斯帕，让他来接走它。"

"你不能再留它一个晚上吗？"

"这很重要吗？"

"我想是的，我马上就过去。也许我们可以吃点东西，然后你把我和佩德罗锁在一起过夜。"

"不能是一个人。"她告诉我，"如果你留下，我就留下。"

"没那个必要。"

"听着，萨姆，这是我的诊所。我在诺斯蒙特才刚起步，这笔投资需要维护，要是再失去一只动物，我可承受不起。"

"不会的，我半小时后到。"

到达宠物诊所时，天已经黑了，安娜贝尔在门口等我。我们开车去了附近一家路边餐馆，饭菜味道不错，价格也算公道。吃饭时，她说她以前从未去过那里。"你得多带我看看诺斯蒙特的风景。"

"乐意效劳，今天来新病号了吗？"

她耸了耸肩。"只有一只生虱子的狗，我还在等着给牛出诊呢。"

我忍不住笑了。"你会等到的，迟早的事。"

"至少我还没有治死过任何动物。"她的笑容很快消失了，因为想起了赛博斯，"很抱歉。我想都没想就说了。"

"你对它的死没有责任，我打算证明这一点。雷把它埋在后院了？"

她点了点头。"我不能把这个地方变成一个宠物墓地，以后如果主人不想要尸体，我就去城里的火葬场火化。"

饭菜很好，我们甚至还有胃口吃了几块巧克力蛋糕，然后才回到方舟。"我把车停在路边。"我建议道，"也许你也应该把你的车挪到路边。"

她疑惑地看着我。"你认为接下来会有事情发生？"

"我希望没什么坏事发生。"

看到前屋的笼子几乎全是空的，我很高兴。安娜贝尔治疗的猫和狗大都送回给它们的主人了。在后屋，她和我一起坐在小床上，面对着关佩德罗的笼子。那只大猩猩跳了起来，紧紧抓住铁栅栏，但很快就厌倦了在我们面前卖弄身手。

"这合适吗？"她问，"我们就这样坐在小床上过一夜？"

"这不是为了破案嘛，"我宽慰她道，"挂锁和周日晚上的那把一样吗？"

"对的。挂在扣鼻上，但没有锁，我们要等着看它能不能从笼子里出来吗？"

我没有直接回答，而是从外套的口袋里拿出一个手电筒。"你能把灯关了吗？然后打开后门，别让我打瞌睡。"

她照我说的做了，然后回到小床上。屋外，月光洒在后院。"我以前读过的小说？"沉默了片刻后，她问道，"红毛猩猩杀手？"

我在黑暗中点点头。"爱伦·坡，你的名字是安娜贝尔·李，你以为我没联想到吗？"[①]

"我妈妈是个浪漫主义者。"

"那首诗中的安娜贝尔·李死了。"

"这就是为什么我不用中间名。"在我们对面的屋里，佩德罗敲得铁栅栏咔咔作响。

我们都沉默了一会儿。"你还醒着吗，萨姆？"最后她问道。

"差点睡着。"

"我们在等什么？佩德罗没有杀那只猫。"

"当然，但它可能会从笼子里出来，甚至可能会打开赛博斯的笼子，但不会用绳子或铁丝勒死它。"

"那谁……"

就在这时，我看到方舟后院有手电筒光在闪动。"他在那儿！"我急切地低声说道，"来吧！"

我们立刻走出后门，用手电筒照向了他。"站在那里，别动！"我喊道。

那人个子很高，一身黑衣。他扔下铁锹，愣在了原地，也许害怕我们有枪。伦斯警长从藏身之处出来时，一辆汽车的前灯从路上射了过来。

"可他是谁呢？"安娜贝尔问，"我以前从没见过他。"

"自从方舟开业以来，你大概见过他几次，只是从没注意过他。"

[①] 在爱伦·坡的《摩格街凶杀案》中，受害者死于一只红毛猩猩之手。《安娜贝尔·李》为爱伦·坡的一首诗。——译者注

伦斯警长气喘吁吁地跑了过来。"这就是我要逮捕的人吗，医生？"

那个高个子男人转向我，脸上带着淡淡的微笑。"凭什么逮捕我？非法闯入？虐待动物？"

"你姨妈的钻石被偷了。"我径直说道，"安娜贝尔，让我为你介绍戈登·罗林斯，就是给你送牛奶的送奶工。"

一小时后，回到警长的办公室，我向安娜贝尔和伦斯警长解释了一切。"从一开始就很明显，犯罪动机肯定不是杀死多拉·弗拉热尔的猫那么简单。如果有人想勒死一只猫，附近有足够多的流浪猫供他下手。不管是谁，在锁着的动物诊所里杀死赛博斯都一定另有目的。"

"那是什么？"安娜贝尔问，"你说的钻石被偷是怎么回事？"

"赛博斯属于多拉·弗位热尔，我跟她谈过之后才知道她的宝石戒指上有一颗珍贵钻石丢了。这件事发生在她的猫生病之前。我记得你跟我说过，安娜贝尔，赛博斯得了某种肠梗阻。这两件事似乎不仅仅是巧合，于是我开始考虑有没有可能是暹罗猫吞下了钻石，导致大便不畅。"

安娜贝尔·克里斯蒂摇了摇头。"猫不可能吞下钻石。"

"如果掺在猫粮里，它们就有可能吞下去。"我向前靠到警长的桌子上，"尽管戒指上两个镶钻石的嵌爪似乎被人掰弯了，但弗拉热尔太太还是不认为钻石是被偷了。小偷怎么会花时间把钻石从戒指环上掰下来，而不是把整枚戒指偷走？她的疑惑在这里。"

"在这一点上她是对的。"伦斯警长表示赞同。

"不完全对。假设小偷是她的家人，经常出入她的房子，就会有完美的机会偷钻石。如果戒指环还在，弗拉热太太可能会几周甚至几个月都发现不了钻石丢了。记得她戴的厚眼镜吗？那是因为视力不好。她告诉我她的外甥负责割草和照料院子。显然，在这种情况下，即使是上厕所，他也会进到屋里。虽然我是猜测，但我觉得这就是上周五发生的事。她在他从戒指上取钻石时走了过来，他担心她会责骂他，甚至要求他掏口袋检查，于是便掺着一点猫粮把钻石喂给了赛博斯。后来，还没等他取走宝石，赛博斯就出现了肠道问题，被她送去了安娜贝尔的方舟。"

"你还没有告诉我们你是怎么知道他的。"安娜贝尔说，"还有他是怎么在我锁着的屋里杀死那只猫的。"

"一旦弄清他们的家庭关系，第一个问题就很容易回答了。多拉·弗拉热尔只有一个姐妹，即她的姐姐罗丝·罗林斯。罗丝只有一个孩子，即她的儿子戈登，是送牛奶的。我想起多拉已故的丈夫没有任何亲戚。所以，照料多拉院子的人一定是她的外甥戈登。我记得你们会在方舟给猫喂牛奶，而牛奶就放在前门的牛奶箱里。那么，送牛奶的会是戈登·罗林斯吗？我记得赛博斯的笼子正对着前门，只有几英尺远，牛奶箱就在门旁边。罗丝·罗林斯前几天告诉我，戈登小时候常用一根末端有绳套的长杆捉草蛇。这样的长杆可以用来杀死赛博斯吗？确实可以。我注意到你的助手雷昨天拉开过牛奶箱的门，放进去了一个空瓶。里面没有卡扣，也没有锁。戈登只要拉开外侧的门，推开里侧的门，就会看到笼子里的赛博斯。为了以防万一，他一定带了绳套或套索。他可以用长杆末端的绳套拉开笼门上弹簧插销的旋钮，然后再把它套到猫的脖子上，但不是要杀死它，而是要偷走它。赛博斯抓着笼子不放开，还记得那只被扯掉一块的爪子吗？戈登不断拉扯，猫便就这样被勒死了。即使猫死了，他仍然不能把它弄出去，于是他只好松开绳套，用长杆推着关上笼门，直到听到锁扣咔嚓一声扣上，然后离开。"

"牛奶箱里侧的门他是怎么关上的？"警长问。

"通常可以抓住边缘，摇几下把它关上，不一定非要关严实。"

"那今晚是怎么回事呢？"

"我知道他会回来取赛博斯的尸体。他姨妈一定告诉过他，它被埋在方舟的房后。我想安娜贝尔以为我是想守着关猩猩的笼子，但其实我是想通过后窗看杀猫的人回来。"

"也不一定就是送奶工吧。"安娜贝尔争辩道，"谁都可能把那根长杆插进牛奶箱。"

"在方舟屋内漆黑一片的夜晚，没人会干这种事，因此肯定是天亮不久干的。记住，你们发现赛博斯的尸体时，它还是温的。在那条路上，大清早的，还有谁可以安心地摆弄牛奶箱而不用担心被人发现呢？只有送奶工。"

我回家睡了几个小时，午后不久，我回到诊所，林肯·琼斯正和玛丽聊天。"你的狗怎么样了？"我问道。

"很好，恢复如初，但你看起来很累，昨晚没睡好？"

"陪病号熬夜了。"

"是我认识的人吗？"

"一个叫佩德罗的家伙，今天就要回家了。"

11

花园里的棚屋

　　"那是一九四〇年十月的第二个周六，我的护士玛丽·贝斯特告诉了我一个我一直担心的消息。她一直等到下午三点左右，我们决定提前结束当天的营业，才告诉我她决定加入海军，去当一名军队护士。就在几天前，海军部长诺克斯宣布有限征召海军预备役，护士短缺。"即便到了今天，很多年过去了，萨姆·霍桑医生似乎仍对得知那个消息时内心的痛苦记忆犹新，他又给访客倒了一杯小酒，然后接着往下说："我并非完全出乎意外，因为她已经谈了这个想法一个多月了，只是对加入陆军还是海军始终犹豫不决。不管怎样，听到她说出这个决定对我来说就是一种打击。玛丽不仅是我的护士，还是我的好朋友和伙伴，跟我的朋友也处成了朋友。我以前的护士阿普丽尔嫁给了缅因州的一个旅馆老板，玛丽甚至偶尔还会和阿普丽尔通信联系。"

　　"你和我共事五年多了。"我告诉她，"这几年我过得很开心。"

　　"我也是，萨姆。但我只是诺斯蒙特的过客，还记得吗？我总是在去别处的路上。"

　　"我想我们可以……"

　　她用手指压住自己的嘴唇，阻止我说下去。"战争不会永远打下去的，也许我还会回来。"

　　我了解玛丽·贝斯特，她是那种勇往直前的人，从不后退。"你什么时候走？"

"十一月一号，你来得及再找一个护士吗？"

"不知道。"我诚实地回答，"只剩三周了。"

电话铃声响起，打断了我们的谈话。因为电话就在眼前，我便接了，我立刻听出是伦斯警长沙哑的声音。"医生，你现在有空吗？"

"我刚诊治完一个病人，警长，有什么事吗？"

"你能到老农场路上奥伯曼家来一趟吗？我们在这儿处理一件事，很适合由你来分析。"

"什么事？"

"道格拉斯·奥伯曼死在了一个关着的花园棚屋里。如果你能尽快赶过来，我们就不进去了，等你到了再说。"

"我的天哪，警长，那人可能还活着！"

"不可能，医生，我们通过窗户看到他的右太阳穴中枪了，流了很多血。"

"好吧，我马上就到。"

我挂了电话，跟玛丽说明了情况。"我最好去看看发生了什么事，我们晚点再谈。"

一九二二年，我获得医学学位，随即来到诺斯蒙特，当时，奥伯曼家的农场还在正常经营。一九三〇年左右，奥伯曼夫妇相继去世，他们唯一的儿子道格拉斯将田地和谷仓全部卖掉，只留下住宅和一个硕大的花园。他的职业是汽车修理工，他用卖地赚的钱在诺斯蒙特建了一个最大的加油站。按照当地的标准，道格拉斯和他的妻子安吉算是生活富足了。他们结婚已有八个年头，现在正期待着第一个孩子的降生。安吉娇小且友善，在我们的印象中，年轻时的她就是个假小子，没想到现在突然要当一个负责任的妈妈了。整个夏天，我看着她的肚子一天天变大，而且越来越快乐，尽管她选择了希恩镇的一位医生负责照顾她，但我还是为她感到高兴。现在，我只希望她能承受住丈夫发生变故带来的打击。

四点多，我赶到那栋房子，认出了停在房前的警长的车，还有他的一个手下的车。私家车道上还有两辆车，其中一辆是奥伯曼的。我匆匆走到前廊，伦斯警长亲自过来开门。"很高兴你能来，医生，这里的情况很棘手。"

"安吉·奥伯曼怎么样了？"

"我们让她躺到床上了，也许你需要给她用点镇静药。"

"我最好先去看看她丈夫。"尽管警长肯定他已经死了，但我还是得亲眼确认才好。我朝伦斯的手下费利克斯·奎因点点头，跟着他们走出后门。花园棚屋是个绿色的小建筑，位于花园尽头，靠着低矮的树篱，这些树篱很好地起到了标明财产边界的作用。也许，奥伯曼想以此遮挡视线，以免看到什么标志物，让他想起十年前卖掉的农场。

另一位警员站在花园棚屋外面，旁边是一个矮胖的男人，我一眼认出他是道格拉斯的哥哥。"发生什么事了，霍华德？"我问。

"我不知道。我和妻子顺道过来看看他们，他们的邻居也来了。我们五个人围坐在一起喝酒，道格拉斯说他要送我们一盆菊花，已经准备好了，放在棚屋里。他走后过了几分钟，托姆利就……"

"托姆利？"

"他们家的邻居，就住在马路对面，他回家了，但我以为他还会回来。就在那之后，我听到外面传来一声枪响，于是我赶紧走到花园棚屋前看看是不是发生了什么事。门从里面锁着，道格拉斯也没有应门。桑德拉从厨房里出来，站到了我身边。"

我试着推了推门，关得紧紧的，但锁扣上没有挂锁。"有窗户吗？"

"在这边。"

顺着他指的方向，我在棚屋的墙壁上看到了一扇小窗户，那不过是一个长方形的开口，宽度不到一英尺，高度九英寸，离地近六英尺。我踮起脚尖才能透过它往里看。道格拉斯·奥伯曼仰面躺在石板地上，一双蓝眼睛睁着，茫然地盯着屋顶。从他被火药烧得血淋淋的伤口来看，他的右太阳穴无疑被枪击中了，而且枪口离他很近。

"我打电话给伦斯警长时，我说看起来像是自杀。"死者的哥哥说。

警长嘟囔了一声："若是自杀，枪在哪儿？"

"从这个角度我们只能看到一小部分地板。它可能在他身子底下，或者在窗户下面。"

"你能看到是什么东西让门打不开的吗？"

"从外面看，挂锁好像挂在什么东西上。我们得破门而入了，或者砸碎窗户。"

"没人能从窗户爬进去。"伦斯警长说，我觉得也是，小孩子或者矮个子大人可能行。"那我们破门而入吧。"

两位警员合力用肩膀撞门，很快木门就被撞开了。一进去，我就跪到尸体旁，确定道格拉斯·奥伯曼已经死亡。我立刻发现了左轮手枪，离他伸出的右手只有几英寸远。

"别碰！"伦斯提醒道，"指纹。"他掏出一块手帕，小心翼翼地抓住枪管，捡起枪。"左轮手枪只开了一枪，医生，我想也许我把你喊来是调查一起自杀案的。"我走过去检查那扇被撞开的门。木门的里侧用螺丝钉固定了一个搭扣，搭扣上的锁鼻与门框上的锁鼻被挂锁锁在了一起。在硬件上，门内侧和门外侧一样。"也许他打开挂锁，然后进屋，把自己反锁在了里面。"

"他为什么要这么做？"警长想知道。

"为了他怀孕的妻子，这是最有可能的解释。"我解释道，"他从里面锁上门，是因为不想让安吉在发现他的尸体时感到震惊。"然而，两个搭扣的表面颜色随着时间的推移而变暗了。他进入棚屋后锁上门，想必还有别的原因。

"你现在要去哪儿？"伦斯警长问道。

"我应该去看看安吉。"他和他的手下留在原地，我回到了房子里。

霍华德·奥伯曼的妻子桑德拉和她怀孕的弟媳一起待在楼上。桑德拉个子高，四十多岁，身体已经发福。"这事太令人震惊了。"她轻声告诉我，"她不让我碰她。"

安吉的身体几乎完全裹在被窝里，尽管我还能看到她穿的一部分衣服。"我是霍桑医生，安吉。"我告诉她，以防她不记得我了。

"道格拉斯在哪儿？"她好不容易开口了，将那双泪眼汪汪的蓝眼睛转向我。

"出了事故。我给你开了镇静药，但我想先为你检查一下，以确定孩子没事。"

"不了，我在希恩镇有自己的医生，我很好。"然后说道，"他死了，是吗？道格拉斯真的不在了？"

"恐怕是的。"

她全身似乎打了个寒战。"我听到枪声了，有人朝他开枪了？"

"我们还不清楚，警长认为伤口可能是他自己造成的。"

"不。"她几乎发出了尖叫，"不，不，不！他绝不会这么做的。他的孩子就要出生了。我们等了这么久，可现在……"

我打开包，拿出一包镇定药粉剂。桑德拉端来一杯水，我把药粉倒了进去，搅拌均匀。"喝了它，安吉，有助于你入睡。"

"我不想……"她虽这么说，但当我把杯子送到她嘴边时，她还是喝了下去。几分钟后药粉起作用了，再加上疲惫和恐惧，她睡着了。

"她怀孕多久了？"我问桑德拉。

"八个半月，现在随时都有可能生。"

"她的医生是谁？"

"博因顿，在希恩镇。他很关心她，今天早上还打电话问她怎么样了。她和他简单聊了几句。"

"如果她不信任其他人，你最好明天带她去见他，她受到这种刺激可能会诱发早产。"

"我开车送她去。"

"我们会设法弄清楚到底发生了什么。"

"你真的认为他是自杀的吗？"

"看样子像。"我告诉她，"听到枪声时，你们几个人都在一起吗？"

她想了想。"不全在一起。安吉和我在厨房准备小点心。男人都在客厅里。没多久，道格拉斯走了出来，从厨房的挂钩上取下了棚屋的钥匙。他说他想拿点东西。安吉整个下午都很不舒服，毕竟孩子越来越大了，她去了楼上的卫生间。听到枪响时，我正在做小三明治，沏了一壶茶。我马上就判断出声音来自花园棚屋。"

"棚屋的门是开着的还是关着的？"

"当时是关着的。我正忙着做三明治，没看到他进去。听到枪响后，我看到我丈夫朝棚屋走去，应该是想去看看是怎么回事。他试着推门，但就是打不开。"

我点了点头。"道格拉斯拿着挂锁，从里面锁住了门。他以前这样做过吗？"

"我不知道，也许安吉了解情况。"

"她现在的状况不适合问话，那位邻居托姆利先生在哪儿？"

"我不知道。"

她留下来陪安吉·奥伯曼，我离开她们，穿过马路去了托姆利家。我隐约知道赫布·托姆利这个名字，但我们从未真正见过面。他养鸡，还在本州各县级博览会上参加过几次轻驾马车赛。我本以为他是个有几分绅士风度的农夫，可在门口见到他时，却无法在他身上看到一点绅士的影子。他已人到中年，肌肉发达，头发花白，穿着马裤和马靴，身上的花衬衫没扣扣子，一直敞到腰部。"怎么了？"他问。

"托姆利先生吗？我是萨姆·霍桑医生，奥伯曼家发生了不幸的事。"

在下午的阳光下，他眯着眼望着我。"我看到警长的车了，发生了什么事？"

"道格拉斯·奥伯曼中枪了，死了。"

"不到一小时前，我还在那里和他们喝酒呢。"

"霍华德·奥伯曼以为你会回去。"

"我没回去，我不太喜欢在下午喝酒，一杯是我的极限。"

"你离开后不久有没有听到枪声？"

"可能有吧，我没太在意。那些该死的鸡鹰总在周围盘旋，附近的人经常朝它们开枪。我自己也会这么做。"

"你在那儿的时候，道格拉斯有没有表现得奇怪或沮丧？"

"到不了引人注意的程度。我们只是在聊天。"

"好吧。"我说，"一会儿伦斯警长可能会找你谈谈。"

"我在这里等他。"他没有任何邀请我进屋的意思，我只能匆忙退出他家的院子，邻居突然死去的消息显然没有让他感到难过。

在我过马路时，伦斯警长正好走了过来。"你让安吉服用镇静药了吗？"

我点了点头，"你可以过会儿再问她。你怎么看这个案子？"

"所有线索都指向自杀，医生，不可能是别的什么原因。"

尽管如此……

"你的手下会清点那个棚屋里的所有东西吗？"

"当然，我想是会这样，但若是自杀，那还有什么必要呢？"

"我只是想确保不要遗漏什么东西。"

周日早上，警长来到我的住处，当时我正在准备早餐。"来点培根和鸡蛋怎么样？"我问他。

"在家吃过了，我来是送你要的这个物品清单的。"

在看之前，我告诉他玛丽·贝斯特打算入伍当海军护士。"我不愿她走，但她主意已定。"

伦斯警长无奈地摇了摇头。"这场战争正在改变每个人的生活。医生，如果我们真的卷了进去，他们甚至可能会让你上前线。"

"我觉得他们不会想要找一大群四十四岁的男人。"我笑着说。我们都知道，那周已经开始征兵登记了，月底前就会选定第一批年轻人。

警长递给我一张纸。"除了一块手帕，奥伯曼口袋里什么也没有。这是棚屋的物品清单，其中一个花盆里有菊花。我猜这就是他要送给哥哥和嫂子的礼物。"

我快速地读了一遍清单，然后开始仔细研究。不用想就知道，无非是一些园艺用具：大小不一的花盆，几袋土、肥料和泥炭藓，两把铲子，一把钉耙和一把锄头，一台割草机，一把泥铲，一个卷起来的睡袋，几个零散的郁金香球茎，一盒草籽，一双破旧的帆布手套，还有一本卷了边的园艺书。"这是所有的东西？"我问。

"就这些。当然，左轮手枪和挂锁除外。你希望找到什么，医生？"

"我不过有一种破解密室谜案的直觉而已。我想确认是否存在爆竹或其他可能被误认为枪声的东西。"

"没有这种东西。肯定是自杀。左轮手枪是他的。安吉说他留着它是为了杀害兽的。"

但有件事困扰着我，我也说不清道不明。"他为什么要这么做？他拥有好好活着所需要的一切，而且他们的第一个孩子就要出生了。"

"有人会突然发疯，谁能说得清，医生，我们不得不接受这一点。"

警长走后，我设法把奥伯曼的死抛诸脑后，但那天下午，我在院子里扫树叶，心里还是一直在琢磨，挥之不去。最后我休息了一会儿，进屋给他的遗孀打电话。奥伯曼家没人接电话，考虑到遇上这种惨事，这也不令人惊讶。我打给道格拉斯的哥哥，这回运气不错。

"安吉的情况真的很糟糕。"霍华德告诉我，"桑德拉给希恩镇的博因顿医生打了电话，他让我们马上把她送过去。他家里有一个空房间，她可以在那里住到孩子出生。桑德拉和我会安排好葬礼，至少让她不再去想这件事。"

"我们撞开门进去后，你没有从棚里拿走任何东西吧，霍华德？"

"拿东西？当然没有。我要拿什么呢？"

"我只是随口一说，如果孩子有消息了就打电话给我。"

"当然。"

我挂了电话，回到院子里继续干活。十五分钟后，我打电话给伦斯警长。"警长，道格拉斯·奥伯曼是被谋杀的。"

"你怎么知道？"

"物品清单上没有钥匙。"

"钥匙？什么钥匙？"

"奥伯曼总是锁着棚屋。桑德拉告诉我，他昨天去过厨房，从挂钩上取了钥匙。他打开了挂锁，进了屋，又把挂锁挂到里面的锁鼻上，再锁住门。可钥匙去哪儿了？"

"锁门又不用钥匙，你只要把锁扣上就行了。"

"但他需要钥匙打开，它去哪儿了？他的口袋里没有，棚屋里也没有。"

"也许他把它还给了桑德拉，而她忘了说，我们也许能在厨房的挂钩上找到它。"

"你有那栋房子的钥匙吗？"

"我没理由拿人家的钥匙，医生。这是自杀，知道吗？我想他哥哥应该有钥匙。"

"你能拿到它，去那里和我会合吗？"

215

"现在？再过一个小时天就黑了。"

"我三十分钟后到。"

伦斯警长比我到得早，见到我后就开始抱怨这是在浪费时间。他打开前门，我跟着进去。房子早上才关门，但我已闻到了死亡的霉味。我先走进厨房，"啪"的一声打开灯。门边有四个挂钥匙的挂钩，其中一个是空的。很明显，剩下的钥匙都不是用来开棚屋挂锁的。

"它在哪里呢？"警长问道。

"我认为道格拉斯从挂钩上取下钥匙，打开了棚屋的挂锁，然后可能像人们有时做的那样，把钥匙落在了外面的扣鼻上。过了一会儿，凶手来到，把挂锁拿进屋，挂在里面的锁鼻上锁住。然后，可能是出于习惯，他取下了钥匙，向道格拉斯·奥伯曼开枪，把枪放在了他的右手边，最后逃走。"

"怎么逃？"

"嗯，地板是石头的，屋顶是实心的，只剩下门和窗了。我们再去那里看看。"

太阳快落山了，但光线还够我们看清那扇被撞开的门上的搭扣和挂锁。"螺丝已经很多年没动过了，"伦斯警长边观察边说，"挂锁仍然牢牢地挂在上面。我们开不了。"

我笑了笑。"因为你没有钥匙，让我们看看窗户。"我用掌跟使劲敲了敲，只见它动了一下，我又费了一点劲才把它打开。

"小孩子才能钻过去，而小孩子怎么能爬到上面去呢？你还是得面对这是自杀的事实，医生。"

"那么挂锁的钥匙在哪里呢？"

"这些花盆里都是土，钥匙可以插进任何一个盆里。"

"那祝你好运。"我说，然后他开始用小铲子戳花盆里的土。我走到外面，检查地面。小窗下的泥土很结实，没有脚印留下。从那里我可以看到楼上卫生间的窗户，枪响时安吉·奥伯曼就在那里，但看不到霍华德和桑德拉应该在的厨房或客厅，而赫伯·托姆利已经离开，正过马路。

我一直转着圈找，范围不断扩大，我到底在找什么呢？道格拉斯开枪自杀前从窗户扔出去的那把钥匙？一无所获。也有可能是这样的：凶手推开窗户，把绑在长杆上的枪伸进去，顶在受害者的头上，用一根绳子拉动扳机，再收回长杆，解下手枪，把枪从窗户扔回屋里。如果是这样，在此期间，道格拉斯在做什么？那钥匙怎么办？为什么听到枪声后，安吉、桑德拉或者死者的哥哥都没有看到凶手逃跑的身影？

我发现离棚屋三十英尺的空地上有个小坑，里面似乎有东西。一开始我以为那是鸟窝的残骸，但后来意识到那里有烧过什么东西的痕迹。经过辨认，我认出那是羽毛，想到了赫伯·托姆利提到的盘旋的鸡鹰。

伦斯警长出来找我。"有什么发现，医生？"

"我车里可能有一个。"过了一会儿，他拿着一个棕色小袋子回来了，我把烧焦的剩余物放了进去。

"找到钥匙了吗？"我问。

他摇了摇头。"花盆里都没有，我甚至检查了那个卷起来的睡袋，真不走运。"

"睡袋？"

"没错，医生，它在物品清单上。"

"为什么有人会把睡袋放在花园棚屋里？"

"也许他喜欢偶尔在外面的星空下睡觉。"

我走过去，又检查了一遍那扇被撞开的门。"我仍然认为这是谋杀。有人从里面用挂锁锁住了门，并出于习惯拿走了钥匙。当你'啪'的一声扣上挂锁时，你总会把钥匙拿走。"

"医生，这次你错了，这是自杀。"

"那钥匙到哪儿去了？"

"该死，难道他把它吞下去了？"这句话是开玩笑的，但话刚一出口，我就发现警长的表情变了。"就是这么回事！他吞进了肚子里！"

"警长……"

"明早我会让验尸官给尸体照X光！"

周一早上，我没有等警长的电话。相反，我开车去了安娜贝尔的方舟，那位女兽医最近开的动物诊所。安娜贝尔·克里斯蒂很有魅力，让人十分亲近。自从她在几个月前开业以来，我的护士玛丽没少拿她跟我开玩笑。

"萨姆，你好？"安娜贝尔边跟我打招呼，边将一只肥胖的灰斑猫送回笼中。

"还好，近来你的病号都挺健康嘛。"

"比你的病人健康多了，我听说道格拉斯·奥伯曼周六开枪自杀了。"

我微微一笑。"他不是我的病人，你认识他吗？"

"见过几面。我在他的加油站买过汽油。"

"其实，我这次正是因为他的死而来。"

"不是来见我？"

"嗯，也是。"我打开纸袋。"伦斯警长认为这是自杀，但我不这样认为。我在奥伯曼家的院子里发现了这些烧焦的东西，你能否辨认一下它们是什么。"

她拿起一块压舌板，把较大的碎片分开。"羽毛。"

"我正是因此想到了你，他们的邻居说周围的人都在射鸡鹰。"

她摇了摇头。"鸡鹰的羽毛没有这么小，而且花纹也不对，我看像是普通鸡毛。"

"为什么会有人烧掉它们？"

"很简单，他们拔光了一只鸡的毛，吃了它，然后将鸡毛扔进了垃圾桶烧了。"

"鸡毛。"我此刻看起来一定很失望。

安娜贝尔笑了。"事情没有那么糟，也许警长说他是自杀是对的。"

我开车回到诊所，感觉我在一个毫无进展的案子上花了太多的时间。伦斯警长打来电话时，我以为会听到他得意扬扬地告诉我X光的结果，但他的第一句话就让我大吃一惊。"没有钥匙，医生，他没有吞下钥匙。"

"哦？"

"我开始觉得你关于谋杀的看法是对的。"

"让我从另一个角度相信。"我说，我还在思考那个无法解释的睡袋，"我会再打给你的。"

下午的门诊预约不多，我抽空给奥伯曼的邻居赫伯·托姆利打了个电话，问他我能不能再去跟他聊一聊。"如果我不在房子里，那就是去房后打旱獭去了。"他告诉我。

在出发之前，我给希恩镇的博因顿医生打了个电话。我曾在清教徒纪念医院举办的一次地区会议上与他见过一面，但不是很了解他。在电话里，他的声音显得很粗暴，十分不耐烦，在我表明身份后，他的语气才变得友好起来。

"你打电话是想了解奥伯曼太太的情况吗？"他问。

"是的，她丈夫的死对她来说打击巨大。"

"嗯，我很高兴告诉你，今天凌晨三点十五分，安吉生下了一个健康的男婴，重八磅一盎司，她以已故丈夫的名字为他取名道格拉斯。"

"她分娩得还顺利吗？"

"很顺利，孩子早产了近两周，但母子平安。这周剩下的时间里，我会让她住在我们的客房里，直到可以带孩子回到诺斯蒙特。"

"这或许是最好的安排。"我同意道，"到那时，葬礼已经结束了。她能见客人吗？"

"今天不行，不过我想她的大伯哥和他的妻子明天下午会开车过来。"

"如果可以的话，我也想见见她。"

他犹豫了。"时间短还可以，我不想让她累坏了。"

"我会设法在中午前后赶到你那里。"

我开车赶去赫伯·托姆利家，敲门，没人应。我绕到房后，眺望空旷的田野，听到远处传来尖锐的猎枪声。然后我看到了他，一个小小的红点。我费劲地向他走去，他则放下武器，迎着我走来。"该死的旱獭！我想我打中了其中一只。"

"你有没有跟偷你鸡的人起过冲突？跟邻居呢？"

"没有这样的事。几年前，有一次，火车上下来一个流浪汉，从我的鸡舍里偷了几只鸡。当时我用猎枪瞄准他了，但转念一想，可能他比我更需要它们。"

"我想多问你一些有关奥伯曼夫妇的事。"

"我听说她要生孩子了。"

"今天早上生了。"我告诉他，"一个男孩。"

"那很好。"

"你就住在他们对面，晚上有没有注意到什么不寻常的事情？"

"比如？"

"道格拉斯夏天会在户外睡过吗？"

"他为什么要这么做？"

"也许在跟他妻子吵了一架之后？"我说。

"见鬼，他们还有三间卧室没人睡，他不需要去外面。"

"棚屋的门里外都能上锁？"

"是啊，"托姆利幸灾乐祸地笑着回答，"他在'往花盆里栽花'时不喜欢被人打扰。"

"那是在做什么？"

"不能告诉你。"

我深吸了一口气。"如果不告诉我,你可能会有大麻烦,那女的叫什么?"

他盯着秋天的天空,扫视一下树梢上的鸡鹰,过了一会儿才回答。"里莎·奎因。"他轻声说道,"一个警察的女儿。"

一年多前,也就是一九三九年夏天,费利克斯·奎因的女儿成了街谈巷议的对象。那年她十九岁,在诺斯蒙特唯一一家电影院旁边的冷饮店打工,由于镇上的人纷纷传言她未婚先孕,她突然离开了小镇。有人甚至说她与一个已婚的老男人有染,只是没人说出他的名字。后来我们得知,她确实生了一个孩子,跟姑妈住在波士顿。当我开车去希恩镇看望安吉·奥伯曼和她刚出生的孩子时,我脑子里不停地想这些事。道格拉斯有可能和两个女人生了两个孩子吗?当然是可能的,这种事一直都有发生。但我不得不承认,在上锁的棚屋里做这种非法的事我还是头一回遇到。

我试着回忆里莎·奎因长什么样。她的体形能钻过棚屋的那扇小窗户吗?她回来是要报复那个欺骗了她的人吗?还是赫伯·托姆利只是在重复一个捕风捉影的流言蜚语?

希恩镇在邻县,比诺斯蒙特还小。那里是连绵起伏的丘陵地带,山峦之间,既有地势平坦的大片烟草田,也有灌木丛生的乡村野地。希恩镇没有哪家医院比得上我们的医院,安吉却选择在那里生孩子,这让我感到惊讶。当我把车停到博因顿医生家时,我看到的是一幢大房子,花园经过了精心的打理,树木高大成荫。这让我想起安吉·奥伯曼在诺斯蒙特的房子,也许这就是她选择这里的理由。

博因顿医生是个身体健壮的红脸汉子,左脸颊上有颗痣。他热情地招呼我,并立即把我介绍给他的妻子伊丽莎白。"她帮忙接生,"他解释说,"她是注册助产士。"

"夫唱妇随当然好了。"我说。

伊丽莎白·博因顿笑了。"我们喜欢这种配合。希恩镇的医院还有待提升，我们希望不久能建一家新的医院。你现在想见奥伯曼太太吗？"

"如果可以的话。"

"请这边走。"

我跟着她走上楼梯，来到二楼，听到了小孩发出的叫声。安吉·奥伯曼坐在床上，怀里抱着新生儿，身形瘦了下来，但很开心。"你能来看我真是太好了，霍桑医生。"

"气色不错，安吉。道格拉斯是个漂亮的宝宝。"他嘴里含着小拇指，深棕色的眼睛上方长着一簇柔软光滑的头发。

"谢谢，我觉得他有点像他父亲，看嘴角这里。"一提到丈夫，她的神情突然悲伤起来，仿佛刚刚想起他似的。"葬礼是哪天？"她问。

"我想是周三。霍华德和桑德拉马上就到，他们会告诉你确切的日子。"

"能见到他们真好。"

我们谈了几分钟孩子的事后，博因顿医生走了进来。"我们不能让她太累了，她还有更多的客人正在赶来。"

安吉有一个问题要问我。"我丈夫真的是开枪自杀的吗？"

"警长确信是这样。"

"那你呢？"

"只有一件事我想不明白，你丈夫为什么要从里面锁上棚屋的门呢？"

"我不知道，我从没进去过。园艺是他的爱好，也许他在里面干活时，不想被赫伯·托姆利或其他邻居打扰。"

"你真的看到托姆利回家了吗？"

"没有。当时我和桑德拉在厨房里，然后我又去了卫生间。"她拍了拍已经变得扁平的肚子，"我很不舒服。"

"但当你听到枪响时，从卫生间的窗户往外看过。"

"是的。"

"你在棚屋的门窗附近看到过什么人吗？"

"没看到，没有人。"

博因顿医生清了清嗓子。"不好意思，霍桑医生……"

"好吧。"我与她握手，"我们诺斯蒙特见。"

伊丽莎白·博因顿在楼下等待。现在我意识到她个子高大，双手有力，这正是助产士所需要的。她们就像大地母亲，引导我们穿越未知的海洋。

在返回诺斯蒙特的路上，我认出霍华德·奥伯曼的车，便按了按喇叭。他把车停在我对面的路边，我走过去跟他说了几句话。桑德拉坐在旁边的副驾驶座位上。"我刚刚见过安吉和她的孩了。"我说，"他们的状态挺好。"

"我急着想见她。"桑德拉说。

"博因顿是个什么样的人？"她丈夫问。

"看起来很有爱心，据我所知，他是个好医生。他的妻子帮忙接生，不过只是在他们家里。"

"她要在那儿待多长时间？"

"至少到周末吧，葬礼结束后再回来也好。"

"调查结束了吗？"桑德拉问。

"我还要找一个人谈谈，伦斯警长的一个手下，然后我想就可以结案了。"

他们继续赶路，我回到自己车里。一回到诺斯蒙特，我就开车去了警长办公室，发现费利克斯·奎因坐在一张办公桌前。"你好吗，费利克斯？"我跟他打招呼。

"还行，今天没什么事。"

我拉了一把椅子坐到他的桌前。"我要问你一些关于你女儿的事。"

"里莎？她和我姐姐住在波士顿，她走后我就没见过她。"

"我听说她有个孩子。"

他避开了我的视线。"我想是这样，我和我妻子不怎么谈这个。"

"你知道孩子的父亲是谁吗？"

"我心里有数。"

"你有没有想过可能是道格拉斯·奥伯曼？"

他猛地抬起头，紧盯着我的眼睛。"你都知道些什么？"

"我听到一些传言。"

"你是想把他的死嫁祸给我吗？"

"你就是撞开棚屋门的警察之一。也许那个挂锁没锁，是你'啪'的一声把它扣上了。"

"你知道不是这样的，我们从窗户里就看到门是锁着的。"

"但那儿就是他带你女儿去的地方，不是吗？"

"如果我知道是这么回事，我早就把他杀了。"

这时，伦斯警长走了进来，看到我们凑在一起严肃地交谈，有点惊讶。"这是怎么了？"

"我们在重新审视证据。"我说，"你还记得我们注意到棚屋是从里面锁上的吗？"

"当然记得，从窗户看到的。"

"我记得也是这样。"费利克斯证实道。

我知道他们是对的。奎因完全有动机，但不可能是他干的。首先，他得减重大约四十磅才能钻过那扇窗户。我目不转睛地盯着他，就在那一瞬间，我知道是谁、如何和为什么杀死道格拉斯了。

"警长，你得跟我走，马上。"

"我们去哪里？"

"路上再告诉你。"

在乡间公路上行驶时，我没有向警长解释，给他留了点悬念。因为在我的脑子里，还有很多事情需要想清楚。我只能不无神秘地说："我可以用五个字把整件事情告诉你。它们解释了在那个上锁的棚屋里道格拉斯是如何被杀的，谁扣动了扳机，甚至还给出了合理的犯罪动机。"

"五个字？"

"五个字。"

"医生，你能多告诉我一些吗？凶手真的和他一起待在棚屋里？"

"是的。"

"那门真的是从里面锁上的吗？"

"当然。"

"那么，道格拉斯一定活了一段时间，在凶手离开后还能把挂锁扣上。"

"从头部的伤势看，他肯定做不了这事，他应该是当场死亡。"

在我开车的时候，伦斯警长一直在琢磨这个问题。过了一会儿，他说："嘿，我们在去希恩镇的路上。"

"对啊，我们要去博因顿医生家，我希望霍华德和桑德拉还在那儿。"

"博因顿对此事了解多少？"

"几乎什么都知道。"

我们把车停在他家门前，我很高兴看到霍华德的车还在那里。伊丽莎白在门口迎接我们时，我能看到她眼中突然流露出的恐惧。"你们想怎样？"

"真相。"我回答。

她丈夫就在她身后。"你今天已经探视过了，安吉现在需要休息。"

"我看不需要，医生。"

听到我们的说话声，霍华德·奥伯曼走到楼梯口。"这是怎么回事？"

"我必须马上见安吉。"

我们上了楼梯，警长跟在后面。桑德拉和新妈妈在一起，小心翼翼地抱着孩子。她盯着我们，吓了一跳。"怎么回事？"

"我们是来结束这一切的。"我说，"现在我可以告诉你们谁杀了道格拉斯，以及怎么杀的，只需五个字。"

"哪五个字？"博因顿医生问道。

我看了看床上那个瘦下来的女人，直截了当地说："安吉没怀孕。"

在别人开口之前，我继续说道："不久前，在诺斯蒙特，我怀疑过你的一个手下，警长。我认为费利克斯·奎因应该有动机，我想过他为此减轻体重，爬进棚屋的那扇狭小的窗户。你看，我们的问题就在这里。棚屋不是典型的密室，它有一扇没有上锁的窗户，稍微用点力就能推开，但相关的人没有谁能钻过去。"

"你到底想说什么？"博因顿医生问道。

"安吉是唯一一个可以用'瘦小'来形容的人，当时她已经怀孕将近九个月了。以她的身体状况，肯定挤不过那扇窗户。但我又想到了别的事。道格拉斯和安吉都是蓝眼睛，这样的父母几乎不可能生下小道格这样棕色眼睛的孩子。博因顿医生想必知道，在前些年，女人戴上衬垫，假装怀孕，然后抱来别人不想要的孩子当成自己生的来养并不稀罕。"

"衬垫？"伦斯警长问道。

"起初是塞个小枕头，随着时间的推移，枕头的尺寸越来越大。女人会把它们绑在腰腹部装孕肚。你就是这么做的，对吧，安吉？周日上午来这里之前，你把那个小枕头烧掉了，这样也就不会有人发现它了。我辨认出了一些烧焦的鸡毛，是枕头经常用的那种填料。"

"你是说安吉杀了我弟弟？"霍华德问道。

"我就是这个意思。她一定知道他在锁着的棚屋里和其他女人胡搞的事。或许，她甚至听说过他和奎因十几岁的女儿生了一个孩子的传言。然而，她却被逼迫假装怀孕，等着把一个不知姓名的孩子带回家。这很可能是道格拉斯的主意，对此她很是反感，又或许她担心这个孩子是他另一桩风流韵事的结果。"

"不是这样的。"博因顿向我们保证，"我认识孩子的父母，他们在本地有一个大家庭。"

"从一开始我就应该起疑心，你不让我给你检查，也不让你嫂子碰你。你不能让我们找到衬垫，尤其是在你杀了道格拉斯之后。"

"但是，在听到枪响后，没有人看到她离开棚屋。"警长争辩道。

"我确定只有从楼上的卫生间才能看到棚屋的窗户，安吉说过自己就在卫生间，其他人只能看到前门。安吉走后面的楼梯，悄悄地下了楼，或者可能一开始就没上楼。毫无疑问，是她建议她丈夫送菊花给桑德拉的，然后她就跑去棚屋找他。她把挂锁拿进屋，锁上门，近距离枪杀了他。我想，她习惯把钥匙顺手装进自己的口袋。那次她没有戴衬垫，推开那扇狭小的窗户，爬上窗户，再钻出去，对她来说不算什么难事。安吉，你年轻的时候像个假小子。你关上窗户，从那排灌木丛后面回到了房子里，毫无疑问，你早些时候应该练习过。"

"博因顿夫妇对此一无所知。"安吉说，这是她第一次开口，"他们是好人，试图把没人要的婴儿安置给没有孩子的夫妇。"

"他们周六早上给你打电话，告诉你时机成熟了。"

"是的，我早就准备好了枪，这是一个好时机。"

伦斯警长摇了摇头。"奥伯曼夫人，从来都没有适合杀人的好时机。"

第二天上午，我把此事讲给玛丽·贝斯特听，我说的时候就感觉她有什么事情急于告诉我。"我得告诉你，萨姆，我想我给你找了一个新护士。"

"哦？"

"你知道我和阿普丽尔会通信。我告诉她我要走了，她昨晚从缅因州打来电话，说她丈夫安德烈是海军预备役，现在被征召服十八个月兵役。有人替他们管理旅馆，她就想搬回诺斯蒙特，等他回来。"

"阿普丽尔？你觉得她愿意回来工作吗？"

"她会愿意的。"玛丽告诉我。

12

黄色的壁纸

"一九四〇年十一月，老天总是阴沉着脸，玛丽·贝斯特要离开我的诊所，去当海军护士。尽管很不愿意看到这一天的到来，但当我以前的护士阿普丽尔搬回诺斯蒙特时，我还是很高兴的。她的丈夫被征召服兵役十八个月，此次她乘火车从缅因州过来，带来了她的四岁儿子小萨姆。她还是我记忆中的样子，一点也没有显老。我人生中事情最多的两年开始啦。"在继续讲述之前，萨姆·霍桑医生停顿了一下，擦了擦眼角，如果他的访客没有看错的话，是的，那是一滴眼泪。

刚到诺斯蒙特不久，我就雇了阿普丽尔，那时她三十岁，胖乎乎的，性格很开朗。现在，快五十岁的她婚姻幸福，还当了母亲，生了一个可爱的小男孩。也许我对萨姆·穆霍恩有一种天然的亲近感，因为他的父母是以我的名字给他取的名。在车站，我和这个男孩玩了几分钟，很快我们就成了好朋友。

"你能回来真好，阿普丽尔。"我对她说，这是我的真心话。

"你确定没有因为我而让别人失去工作吗？"

"绝非如此！"我很确定地告诉她，"玛丽去当海军护士了，我的诊所确实需要个帮手。她把这事托付给你，亏她想得这么周到。"

阿普丽尔点了点头。"海军几乎同时带走了玛丽和我的安德烈。"我的别克车在停车场，当我领着她们过去时，她紧紧抓着小萨姆的手。

看到那车，她笑了。"车不错，萨姆，但我还记得你那辆皮尔斯利箭敞篷车。"

"我那时还年轻。"我打开行李箱，提起她的行李，放了进去。"我们不都是嘛。"她把小萨姆放到前座上，然后自己钻进车里，我坐在驾驶座上。她租了一套不错的公寓，离我在医院的诊所只有几个街区，我从车站开车直接把她送到了那里。我为她安排了一个可靠的女邻居，在阿普丽尔工作时照看小萨姆，但我们约定，只要那个女邻居不得闲，她就可以把小萨姆带到诊所。阿普丽尔不想开车带着儿子从缅因州长途跋涉，因此，有个朋友会在下周把她的车开过来，并为她带来更多的衣服和用品。

我帮她安顿下来，然后邀请她第二天去我家吃晚餐，过感恩节。"你和你儿子不能单独过节。"我说服她道。

"哦，萨姆，我们上周过过感恩节了！"自从罗斯福总统把这个节日的日期从十一月的第四个周四改为第三个周四以来，我们已经混乱了两年，很让人恼火。

我只是笑了笑。"好吧，我想你可以过两次节。在诺斯蒙特，很多人都这样。"

于是，在阿普丽尔投入诊所的日常琐事之前，她和小萨姆吃了第二次感恩节晚餐。那天晚饭后，她的儿子在我客厅的沙发上睡着了，她对我说："给我说说最近是怎么回事，我知道你和玛丽有段时间关系很亲密。"

"我们是很亲密。"我叹了口气答道，"有些事情到了双方都需要向前走一步的时候，却谁也不迈出那一步，这算是原因之一吧。我希望这不是促使她加入海军的原因，但很可能正是原因所在。"

"你现在有其他女性朋友吗？"

听她这样问，我笑了。"我们这里来了个女兽医，在镇外新开了一家诊所，就在去希恩镇的路边。她叫安娜贝尔·克里斯蒂，她管诊所叫安娜贝尔的方舟。我们成了好朋友，仅此而已。"

"这里的犯罪率怎么样？你还是经常帮伦斯警长破案吗？"

"哦，警长是个好人。他会很高兴看到你回来的，在力所能及的情况下，我肯定会助他一臂之力的。"

"你也太谦虚了，萨姆，你一向如此。我们的病人呢？有什么不同寻常的吗？"

"这儿有个荷兰人，叫彼得·哈斯，他声称自己的妻子精神失常了，镇上却没人能治，他也不愿意送她去外地就医。我明天上午去他那里，你最好跟我一起去一趟。"

"他疯了吗？他把自己的妻子锁在顶楼上？"

"他确实是这么做的。"

为了追求更好的生活，彼得·哈斯和他的妻子从巴黎来到美国。他们对希特勒的崛起以及纳粹对欧洲未来的影响感到恐惧。哈斯曾经做过钻石生意，我猜过去的生意应该让他赚了不少钱，因此也就不难理解他和妻子为什么能住进本镇最大的房子了。那是一栋维多利亚式的三层豪宅，建于世纪之交，地下室有厨房和用人住房，房后有一间车库。除了一个女佣为他们打扫卫生和做饭外，就他们两个人住在那里。

周五早晨，也就是我们传统感恩节的第二天，哈斯亲自在门口迎接我们。他又高又瘦，头发稀疏，戴着一副金属框眼镜，说话时经常会把眼镜摘下来。看其医疗记录，我得知他已经四十四岁了。他的妻子凯瑟琳二十九岁，但看起来显老。大约一年前，我开始为她治疗神经性抑郁症，但她的病情却日益加重。我察觉到哈斯有轻微的歇斯底里倾向，我劝他去波士顿寻求帮助，那里有治疗精神科疾病的专科医生。

今天，当我把阿普丽尔介绍给他时，他似乎特别心烦意乱。"她一直在撕下她房间里的壁纸。我不知道该怎么办，霍桑医生。"

"我们去看看。"

他领我们上了两层楼梯，来到三楼的一个房间。十月初，有两个晚上他发现她在花园里裸奔，自那以后，这个房间就成了她的专用卧室。打开门锁时，他大声说道："凯瑟琳，霍桑医生来看你了。"

"请进！"她几乎是欣喜地大声喊道。

我们走进卧室，我开始观察房间，我第一次觉得阿普丽尔的观察视角跟我的一样。室内有一张大双人床，床头靠在对面较远的墙上，位于两扇带栏杆的窗户之间，透过窗户能看到后花园和车库。在我们的右侧有两扇窗户，朝向镇中心，它们也是有栏杆的，其中一扇开了一点缝，以便新鲜空气进入。窗户都安了纱窗，以阻止夏天的昆虫飞进来。我们左侧的墙没有窗户，跟其他的墙一样贴着黄色壁纸，只是壁纸已经褪色，上面的花纹图案也不是很好看，而且有几处被撕开了，垂在墙上，露出了光秃秃的石膏。房间里除了床，只有一个床头柜、一把直背椅和一个衣橱，没有其他家具。

凯瑟琳·哈斯直挺挺地坐在床中央，穿着一件粉红色的睡衣，在喉咙处系了一个蝴蝶结。这是年轻女人才会穿的衣服，与她那张满是皱纹的憔悴的脸形成了鲜明的对比。毋庸置疑，她病了。"我一直在等你，医生。"她马上告诉我，"我有一整套全新的症状要告诉你。"

"让我先为你检查一下。"我拿出听诊器，听了听她的心脏和肺部。它们似乎还不错，体温也正常。我把阿普丽尔介绍给她，我们聊了几分钟，然后我说："你有什么麻烦，要不要讲给我听听？"

"主要是做梦，医生。它们每晚都来找我，而且都是噩梦。我梦见这些墙里困着一个人，在壁纸后面，想要抓破壁纸爬出来。"

"壁纸就是这样被撕破的吗？"我问。

"我想是的，我记不太清了。"

又聊了一会儿后，我开了一个新的处方，更多是为了安慰她，并没有什么真正的疗效。一出门，我看到彼得·哈斯锁上了门，便问道："真的有这个必要吗？把她关起来只会加重她的病情。"

"你是没有大半夜在花园里追过她。"他直截了当地回答，"我可是追过。"

"那就带她去波士顿吧，看在上帝的分儿上！"我敦促道，"我知道那里有一个好医生，我可以告诉你他的名字。"

"我认为在这里更有利于她的恢复。"哈斯说着，一只手紧张地将着他那日渐稀疏的头发。

"怎么恢复？锁在顶楼的房间里？"

阿普丽尔第一次开口说话了。"哈斯先生，为什么她的窗户上有栏杆？"

他叹了口气，似乎对一个他能回答的问题心存感激。"我了解的情况是这个房间曾经是儿童房，后来是孩子的游戏室。屋主安装了最新的安全装置，可以在紧急情况下召唤用人，栏杆是为了防止孩子爬上屋顶的。"

"我明白了。"

突然，他明白了她问这个问题暗含的意思。"你以为是我装的栏杆？"

"我就是想知道而已。"阿普丽尔说，"这个房间看起来像间牢房。"

那个荷兰人转而看着我，眼中充满了愤怒。"这位女士是有意侮辱我吗？"

我试图安抚他。"她当然无意冒犯你。我们都很关心你的妻子，仅此而已，只是她需要的治疗超出了我的能力所及。"

我们走到门口的时候，他已经平静了一些。"医生，你什么时候再来？"

"周二上午，来看看开的新药是否起作用了。"

回到车上，我不得不听阿普丽尔谈她对此事的看法。"萨姆，你不能让那个可怜的女人再忍受这样的日子了。就像……就像我读过的一本小说。我忘记是在哪本书里读的了，不过，书我带来了。"

在开车返回诊所的途中，我直摇头。"我是束手无策了。"我承认。

"波士顿有谁愿意来这里给她检查吗？"

我突然想起了我的一个老同学，他现在是精神科医生。对，道格·弗利。几年前，我难得度了一次假，顺便拜访过他。"有这种人，但他在纽约。"

"周末他能过来吗？"

我想了想，跟我一样，道格·弗利也喜欢挑战，他可能愿意来一趟。"我可以问问他。"我决定。

当天下午晚些时候，我电话联系上了纽约的道格，他同意下周六上午只要别赶上十二月初常有的暴风雪，就会乘坐去斯坦福的火车来诺斯蒙特。我会去车站接他，再开两个小时车抵达诺斯蒙特。他会在我家里住一夜，然后在周日下午返回纽约。同时，阿普丽尔还提出了一个建议。

"她在那个房间里独处的时间太长了，难怪她开始胡思乱想壁纸的事了。你觉得我们可不可以给她买只宠物，或许一只猫？它们对人来说是一种抚慰。"

"这倒是个好主意。"我表示赞同。

那天晚上，我邀请安娜贝尔·克里斯蒂到诺斯蒙特旅馆与我共进晚餐。老的费里旅馆早就不见了，现在这家旅馆可以说是我们这里唯一真正的乡村旅馆了。跟大多数人一样，我们首先聊起了有关战争的新闻。对英国来说，那是糟糕的一个月，考文垂市几乎被德国轰炸机夷为平地。英国和意大利的军舰在地中海撒丁岛附近展开了一场海战，但现在说谁输谁赢还为时尚早。

那天晚上，安娜贝尔穿着一件浅棕色的连衣裙，与她的金发和淡褐色的眼睛很相配，显得特别迷人。很难相信我认识她只有十周左右，在她的兽医诊所"安娜贝尔的方舟"发生不寻常事件时才第一次见她。

吃饭时，我把凯瑟琳·哈斯的病症及情况告诉了她。"我的护士阿普丽尔想知道养一只宠物猫是否对她有帮助。你的方舟那里现在有流浪猫吗？"

"我有一只小猫，只有几周大，很合适。它在方舟出生，主人把她送给了我，抵了一部分账单。我叫她'毛球'，但名字是可以改的。它几乎全黑，但爪子是白色的。"

"你觉得这会有帮助吗？"

她耸了耸肩。"可能吧。"

"我为她的丈夫感到难过。"

安娜贝尔嘲笑道："任何一个把妻子那样关起来的男人都应该挨鞭子，而不是同情。"

"我的朋友道格下周末会来，我希望他能给我一些建议。"

周一上午，我去方舟接上小猫，独自开车去了哈斯家，而阿普丽尔则去了我的诊所，开始忙活起来。凯瑟琳仍旧被锁在三楼的卧室里，看起来和上周没什么不同。当我把这只黑身白爪的小猫送给她时，她似乎真的很高兴。"这是给你的，"我告诉她，"你想叫它什么都行。"

"我该怎么感谢你呢，霍桑医生？这是别人为我做过的暖心的事情之一。"

"病情好转就是对我最好的感谢了。你吃药了吗？"

她瞥了一眼站在门边的丈夫。"我吃了。我想它们对我有帮助。"

"还做梦吗？"

"不……没了，过去几晚我都没做梦。"

在我看来，自从周五我来过之后，似乎被撕开和抓挠过的黄色壁纸更多了。凯瑟琳在床上和她的小猫玩耍，我们则回到楼下。"她又对着壁纸发泄了。"我说。

彼德·哈斯叹了口气，点了点头。"她否认了，坚称壁纸后面有个女人想挣脱出来。尽管她不承认，但想必她还在做同样的梦。"

我把手搭在他的肩膀上，安慰道："我有个朋友，是我在医学院的同学，他在纽约开了一家精神病诊所。下周末他来看我，我想让他见见凯瑟琳，也许能帮到她。"

　　他犹豫了一会儿才同意。"那好吧，如果你真的认为有帮助的话。"

　　"周六我朋友到后我会给你打电话，你可以称呼他道格·弗利医生。"

　　十二月的第一周，诺斯蒙特的医院和医护人员开始忙碌起来。每年到这个月初，气温便会骤降，迎来降雪，预示各种感冒和流感的来袭。虽然小儿麻痹症的流行季节已经过去了，但紧张的父母们还有很多其他的担忧。一周来忙忙碌碌，我和阿普丽尔很少再想起彼得·哈斯和他的妻子。

　　直到周五，即道格·弗利到来的前一天下午，阿普丽尔才想起她要给我看的那本小说，那是一本二十年前出版的选集，名为《当代美国小说名篇》，由作家威廉·迪安·豪厄尔斯编辑，其中的《黄色壁纸》是一个恐怖故事，作者是夏洛特·珀金斯·吉尔曼，讲述的情况与凯瑟琳·哈斯的情况很相似。

　　"确实是个恐怖故事。"读完后，我说道，"我只希望我们能把哈斯太太从那样的命运中拯救出来。"

　　"带栏杆的窗户和墙纸的情节让我想起了它，我觉得小说中的故事在诺斯蒙特变成了现实。"

　　"巧合得确实有点奇怪。"我承认，"这本书我能借走，明天还你吗？我想让安娜贝尔读一读。"

　　那天晚饭后，我把书拿给安娜贝尔阅读，但她的反应与我和阿普丽尔的看法相去甚远。看完后，她合上书，放下。"你把这当一个纯粹的恐怖故事来读吗？"

　　"难道不是吗？"

"萨姆，这本小说其实是讲女性意识的，讲述者是一个被男性权威囚禁的女人。在她的想象中，困于壁纸图案中的女人就是那个无名的叙述者自己。她的丈夫把她当小孩子看待，对于她的需要不予理会。在他们的孩子出生后，她患上了某种非精神病性抑郁症，他便开始用最恶劣的态度对待她。"

我理解她的意思，也许她是对的。"那你不应该把时间浪费在动物身上。"我半开玩笑地对她说道。

周六早晨，天气寒冷，但阳光明媚，我开车去斯坦福的火车站接道格·弗利。我察觉到他的白发比我们上次相聚时略显增多，但我们当时都不过才四十岁出头。当我说及此事时，他笑道："这对诊治病人有利。人们不喜欢把自己内心深处的秘密透露给初出茅庐的年轻人。每当我发现多了几根白头发，我就会提高每小时的诊疗费。"

"你对这场战争怎么看？"我边开车边问，"我诊所的护士刚加入海军。"

"我们会卷入战争的。"他预测道，"也许用不了一年，但你我都四十多岁了，征兵的人也瞧不上我们吧。现在讲讲你那个病人的情况吧。"

"到了诊所我会给你看她的档案。凯瑟琳·哈斯，二十九岁，但看起来更显老一些。几年前，希特勒开始对欧洲其他地区构成威胁时，她和丈夫从巴黎搬到了诺斯蒙特。他们买下了镇上最大的维多利亚式豪宅，但很少在公开场合露面。大约一年前，我开始为她治疗轻度抑郁症，但她的病情越来越重。有几天晚上，她甚至在花园里裸奔，自那之后她的丈夫就开始限制她的自由，把她关到了三楼一间窗户带栏杆的房间里。从一开始，我就建议他带她去波士顿，找精神科方面的医生给她治疗，但他不听。我不知道他会对你的来访做何反应，但至少他同意让你见她。"

道格在座位上换了个姿势，应该是感觉不舒服了。从中央车站出发后，他已经坐了一个小时的火车，路远迢迢。"很遗憾，很多人仍然把我们比作巫医，弗洛伊德和荣格毕竟不是梅奥兄弟。"

"我很感谢你能远道而来，道格，当然，你花了时间，我会补偿你的。"

弗利挥了挥手，拒绝了这个提议。"有时到乡村走走挺好的。在曼哈顿，很多人因为生活节奏过快而精神错乱，这样的病人我们见多了，他们根本无法适应大都市的生活。"他从车窗向外望去，目之所及尽是贫瘠的荒野以及零星的积雪。"我想不会有什么大问题吧。"

虽然周六我的诊所只开半天，阿普丽尔中午就可以回家了，但当我们回来时，她还在整理文件。"我在等我的朋友埃伦把我的车开来，他会给我捎来更多东西。"她解释说，"再过会儿我就走。"

"我想玛丽的病例管理做得很好。"看着桌上的一叠病历夹，我说道。

"是的，萨姆，但每个人的做法不一样，我从安德烈那儿学到了很多管理旅馆的方法。"

我向道格解释，告诉他阿普丽尔的丈夫被征召，去海军服役了。我们三个聊了起来，直到她的朋友把车停在了停车场。她们离开后，我从病历夹中找到了凯瑟琳·哈斯的病历给道格看。他读了两遍，脸上的表情十分严峻。"我想我们最好现在就去她那里。"他决定道。

"你不先吃午饭？"

"可以等会儿再吃。"

在路上，他问我关于阿普丽尔的事。"我刚来这里开诊所的时候，她帮了我很大的忙。"我告诉他，"但现在不一样了，她有了自己的做事方式，这是好事。我很幸运，她回来了，即使只有十八个月。"

"按照欧洲战争的发展态势，她的丈夫离开的时间可能会比这长得多。"

看在阿普丽尔的分儿上，我希望他的判断是错的。

彼得·哈斯在他家前门迎接我们，请我们进屋。"很高兴见到你，弗利医生。"在我介绍完后，他说，"恐怕我妻子今天心情很不好。"

"出什么事了吗？"我问。

他领着我们穿过走廊来到楼梯，我瞥见他们家的女佣正在客厅打扫卫生。"她不让我进去，说如果我打开门，她就躲进壁纸里去。"

来到三楼那个房间，我轻轻地敲了敲门。"凯瑟琳，你在里面吗？"

"走开！"在关着的门的另一边，她喊道，"不要进来。"

"我是霍桑医生，凯瑟琳。"

"我知道你是谁，走开。"她的声音很小，应该离门口很近。

"我的朋友从纽约过来了，我想他对你会有很大的帮助。"

"不！"她几乎尖叫起来，"他会把我关起来的！"

"你现在不就是被关着吗？"我试图隔着门跟她讲道理，"弗利医生可以帮你。"

"壁纸……"她的话被一种喘息声中断了。

我转向她的丈夫。"现在没办法与她讲道理，你得把门打开。"

哈斯深吸了一口气，把钥匙插进锁孔里。一听到锁舌滑开的声音，我就转动把手打开了门，只见房间里黄色的壁纸又被剥落了一些，大张大张地挂在石膏墙上。

房间里看起来空无一人，当哈斯和道格·弗利进来时，我迅速向门后看去。"她一定在床底下。"哈斯说。

但她不在床底下，也不在任何地方。那只黑身白爪的小猫坐在被子中央，是此刻房间里除了我们之外唯一活着的东西。

我打开衣橱，里面只有一件连衣裙和一件睡衣。我沿着墙在房间里走了一圈，边走边敲击坚实的石膏墙。我检查了一下窗户，栏杆和纱窗都很牢固。

然后，我扭头看向窗户对面的墙，发现了一个让我脊背发凉的东西。那是凯瑟琳·哈斯模糊的脸，正从她的墙纸牢笼里盯着我。

一小时后，伦斯警长检查了壁纸上的那张脸，说道："我看它像是某种水彩画。"在确定凯瑟琳·哈斯从关着的房间里消失后，我立刻打电话把他喊了过来。"你的妻子是画家吗，哈斯先生？"

"好多年不画了。我们第一次见面是在巴黎，那时她经常沿着塞纳河画水彩画。"

在我们等待警长到来的时候，道格和我考虑过各种可能性。我们把房子从上到下搜了一遍，特别留意检查了三楼的储藏室，但什么也没发现。凯瑟琳·哈斯消失得无影无踪，就好像她从未在那里存在过一样。

跟我一起检查了她的房间后，道格沮丧地摇了摇头。"完全没有她的东西！没有个人物品，没有书，没有化妆品，甚至连面镜子都没有！"他生气地转向那个女人的丈夫，而他正站在门口看着我们忙活。"你有没有让她上过厕所？"

"当然了，每天我都会带她下楼好几次。她会和我一起吃饭。我也不放心她离开我的视线，除非把她锁在这里。"

"现在她在哪儿？"

"我不知道，"他承认，"也许在另一个世界。我希望对她来说那是一个更好的世界。"

在回答伦斯警长的问话时，他也这样说，而伦斯警长并不比道格·弗利更满意。"你杀了你妻子，对吧，哈斯先生？"

"什么？当然没有！我怎么可能杀她？这两位先生一直在我身边。"

"我是说在这之前。"警长说着，瞥了我一眼，"医生听到的那个声音说不定是录音什么的。"

我不认为存在这种可能性。"她是隔着门直接跟我说话的。"我指出，"她回应了我的问话。我们之间发生了简短的对话。"

我们继续检查房间，对着床又戳又捅，在衣橱里一顿翻找，还将床和衣橱从墙边拉开，试图发现什么隐藏隔间，但一无所获。

伦斯警长有个新的推测。他确定了一下当我和凯瑟琳隔着门交谈时，我们在走廊里各自站的位置，然后问道："哈斯先生，你是不是会腹语？"

"当然不会！"

对此，我不得不同意。"那确实是他妻子的声音，我敢拿我的性命做担保。当时她就在这个房间里，可现在却不见了。"

我们下楼，回到客厅，看到那些维多利亚时代的小摆设，伦斯警长显然对它们感到不舒服。他用手指在一套银制茶具上抹了一下，随即急忙擦去手上的灰尘，面露不快。"女佣呢？"他问，"我看到她来了。"

"她肯定在用人房间里。"哈斯回答。他走到墙边，大声喊道："罗丝，你能上来一下吗？"我没听清她的回答，但当这个年轻的女佣出现时，我意识到她是罗丝·韦斯特，本地一个五金经销商的女儿，去年六月高中毕业。"你好吗，罗丝？"我跟她打招呼，"我不知道你在这里工作。"

"你好，霍桑医生。我正设法在挣读大学的学费。每天上午，我会去我爸爸的店里帮忙，下午两点到六点会来这里打扫卫生，并帮忙准备晚餐。"她看看我，又看看伦斯警长，最后又看看彼得·哈斯。"怎么了？哈斯太太出什么事了吗？"

"她失踪了。"她的雇主告诉她，"凯瑟琳不见了，我们找不到她的任何踪迹。"

罗丝张大了嘴。"希望她没有伤害自己。"

"这我们就不知道了。"伦斯警长说，"你来的时候发现什么不寻常之处了吗？"

她摇了摇头。"一切都是老样子，我没有看见哈斯太太。"

"你去过她三楼的房间吗？"

"有时会去，她不下来吃晚饭，我就会把晚餐带上去交给她。哈斯先生会一起去开门。"

"你打算怎么处理，警长？"我问他，"整件事令人难以置信。"

他只能耸耸肩。"没什么，医生。我看不出有任何犯罪行为。"

"可那个女人消失了！"

"有个人失踪了而已，她可能是从窗户栏杆中间钻出去了。"

"栏杆之间只有五英寸宽，警长。"我指出，"而且还有一层纱窗罩着它们。"

"我们再等一天吧，我猜她会安然无恙地出现的。"

当我们要离开时，哈斯说："你们最好把这只小猫带走，现在没人照顾它了。"

开车回家时，我向道格道歉。"看来我让你大老远折腾来是白跑一趟了。"

"没关系，这是个远离城市的好机会。"

安娜贝尔·克里斯蒂坚持要为我们准备晚餐，于是我们在她的公寓度过了一个愉快的夜晚。我想把小猫还给她，但她认为我应该留着。"你可以叫他华生。"她建议道。接着，当她提到那个黄色壁纸的故事时，道格坚持要读它。

"感觉如何？"在他读完后，她问道，"这是一个关于精神错乱或妇女被征服的故事吗？"

他能感觉到我们在这件事上有分歧，于是不无明智地回答说："我想，都有。"

第二天在火车站，我们握手道别。他说："有进展了，请随时告诉我。若有必要，我可以再来一趟。"

"谢谢你，道格。"

"萨姆……"

"嗯？"

"安娜贝尔·克里斯蒂是个好姑娘。"

周一过去了，然后是周二，消失的凯瑟琳·哈斯仍然不见踪影。我给罗丝·韦斯特打电话，她告诉我彼得·哈斯似乎对她每天去他家很冷淡，显得心事重重。他吃得很少，甚至暗示他可能不久后会离开镇子。

来自伦斯警长的消息更能引起我兴趣一些，尽管它对解开谜团似乎毫无帮助。他调查了凯瑟琳·哈斯夫妇来诺斯蒙特之前的背景，发现了一件耐人寻味的事情。"在欧洲做钻石商人的是她的父亲，而不是她的丈夫。"他在电话里告诉我，"十四年前，他父亲去世，家里的钱就留给了她，但是采用了信托的形式，在她年满三十岁之前，一家瑞士银行在每月的第一天都会往她的账户里存一笔钱。"

"这么说，他们一直是在靠她的钱生活。"我自言自语道，"有意思，如果她在三十岁前去世，信托基金会怎么处理？"

"全部捐给西班牙的一家女修道院，难怪他会像关囚犯一样关着她，怕她跑掉。"

"也许吧。"但我突然想到了另一种可能，"她三十岁时能收到多少钱？"

"瑞士银行不会透露这样的信息，但可以肯定的是，如果不是金额巨大，它是不会代为管理的。"

"谢谢你告诉我这些信息，警长，有她的消息吗？"

"音讯全无，我已经向新英格兰地区和纽约的警察局和警长办公室发送了一份失踪人口报告。"

"我觉得没多大用处，我想她从没有离开过那栋房子。"

"那她在哪儿呢，医生？"

"我要是知道就好了。"

阿普丽尔终于把病例档案按她喜欢的方式整理妥当，当我要挂断电话时，她有一连串的问题要问我，其中一个与凯瑟琳·哈斯有关。"她的病例记录里有一些法语文件，那是什么？"

"她的诊疗记录。他们从巴黎搬到这里时，她带了过来。我的法语不是很好，但这其实也没什么关系，因为她当时很健康。"

她研究了一下最上面的那张表。"我们刚结婚时，安德烈教过我法语，我能读懂其中的大部分内容。"然后，她说，"你不是告诉我她在那个房间的墙上画了一张自画像吗？"

"看上去是的，哈斯说过，当他们住在巴黎时，她曾经在塞纳河边画过水彩画。"

"这就奇怪了，看这里。"她指着第二段中的一个法语单词：daltonien。

我摇摇头。"什么意思？"

"色盲。"

"哦？"

"当然，色盲当画家也不是不可能，但你不会找到太多这样的人。她有没有向你提起过她是色盲这件事？"

"没有，直到最近她看起来都还挺健康的。"

那天下午的剩余时间里，我一直在想这个问题。最后，我想出了凯瑟琳·哈斯是如何离开那个房间的，以及她有可能待在什么地方。到了晚上，我给伦斯警长打去了电话。

"我要去见哈斯，你想一起去抓人吗？"我问。

"好啊。"

"我就知道！我去接你。"

维多利亚式的房子离得不远，在去的路上，我没有告诉伦斯任何其他的事情。我们把车停在几栋房子远的街边，剩下的路步行，但不是走到大房子前面，而是绕到了后面的车库。我现在只是猜测，但也想不出其他的可能性。车库门没锁，我们悄悄地走了进去。我能听到二楼传来的说话声。踏上台阶，我们的脚步声开始吱吱作响，表明我们来了。

彼得·哈斯立刻出现在楼梯口，手里拿着一把左轮手枪。"谁在那儿？"他问。

"萨姆·霍桑和伦斯警长，彼得。你最好把枪放下。"

那个失踪的女人出现在他身后的门口，惊慌地用手捂住嘴。

伦斯警长转向我。"我想你说过是他杀了他的妻子，医生。"

"我相信他是那么做了。这个女人不是凯瑟琳·哈斯。"

也许我的话有某种魔力，或者哈斯意识到一切都结束了，他放下枪，转身回到房间里，我们也跟了进去。被我们称为凯瑟琳·哈斯的女人问道："你是怎么知道的？"

我们跟着走进楼上的小房间，伦斯警长从哈斯的手中接过枪。"起初我并不知道，"我承认，"也没找对方向，一心琢磨你是'如何'逃离那个房间的，但那不是真正的问题所在，即你'为什么'要这么做。在这方面，警长和我的护士给我提供了一些关键事实。警长告诉我凯瑟琳·哈斯在三十岁前有一笔信托基金。多年来，你们一直靠着这笔钱生活。后来，阿普丽尔在归档旧病历时，发现了一份法国的诊疗记录，显示凯瑟琳·哈斯是色盲。色盲成为画家是极不寻常的，但并非不可能。这让我想到了她在壁纸上画的自画像。她是用什么画的？在那个房间里，我们没有发现颜料或画笔，也没有化妆品，甚至没有镜子。一个色盲画家，没有油彩或镜子，却要创作一张自己脸的自画像，简直是难上加难。此外，还有其他异常的事情。凯瑟琳应该是二十九岁，但这个女人似乎更老一些。房间关着门，窗户安着栏杆，壁纸被撕破，整件事似乎都受到了五十年前的一篇短篇小说的启发。"

伦斯警长逐渐失去耐心。"不管她的真实身份是什么，医生，她是怎么从那个房间里出来的？为什么他们要耍这种诡计？"

"我先回答你的第二个问题，因为'为什么'是整件事的关键。我们假设哈斯在来美国前就已经杀害了真凯瑟琳，那接下来发生的事情就很容易解释了。她每月会通过信托基金收到一大笔钱，对他来说，钱源源不断地到账是头等重要的大事，因此他必须让人觉得她还活着。在账单上伪造她的签名并不难，他肯定有很多她的签名样本。而迁居美国，他便避免了与了解真凯瑟琳的家人和朋友们的接触。但很快有个现实问题摆在了他的面前，真凯瑟琳的三十岁生日快到了。在将信托基金的本金交给她之前，瑞士银行会要求她提供身份证明，那可能需要指纹。哈斯希望所谓精神疾病能延迟她露面，但后来我坚持让弗利医生来给她检查，于是他们知道装疯这一招行不通了。凯瑟琳必须消失，直到他们想出下一步如何应对。不过其他办法都不可取，因为如果他们伪造了她的死亡，信托基金就会自动将钱捐给西班牙一家女修道院。"

"难道他不能放她跑掉？"警长不解地问道。

我朝哈斯的方向瞥了一眼。他还站在那里，但紧闭双眼，仿佛不愿意接受眼前的现实。"她不能长期失踪，否则，人们就会怀疑他杀了她。如此一来，他就必须重演逃离巴黎那一幕，不得不离开这个国家，和一个新的凯瑟琳·哈斯去往别处。他们要如法炮制一个神秘事件，甚至可能是一个超自然的事件，以便给自己争取时间。"

"如何做？"伦斯警长又问。

"当我和道格走到三楼那个门口时，她已经离开了房间。"

"可你隔着门跟她说过话的！"

"过去遗留下来的大房子都有用人的住处，它必须有一种在需要时召唤用人的方法。多数用的是拉铃，但有些人家会用一种像在船上看到的那种通话管。哈斯告诉过我们家里有安全装置，如果孩子出现紧急情况，可以召唤用人，我猜这就是其中之一。通话管就在门里面，对着通话管大声说话，凯瑟琳的声音就会听起来就像是在门的另一边一样。我们知道这栋房子有这样一个系统，因为周六那天，我们看到了哈斯用它召唤过女佣。当他走到墙边叫她时，我们没有意识到他在做什么。"

"检查那个房间时，我们为什么没有发现通话管？"

"这就是更多的壁纸被剥落并一片一片地挂在墙上的真正原因，其中一片纸后面就藏着通话管，我们从没注意到它。"

假凯瑟琳说话了。"你是怎么知道这些的？我们露出了什么破绽吗？"

　　"除了墙上那幅可疑的画，只有一件事。当我周六和道格·弗利一起过来时，我看到了一个女佣在打扫客厅，但那不是罗丝·韦斯特。我后来认出了她，因为警长看到她是大约两点到的，她平时就是那个时间过来。我注意到客厅里依然落满灰尘，你躲在楼下，打扮成女佣的样子，直到我们处于合适的位置，方便你使用通话管，然后你就匆忙跑进车库，躲了起来，这就是我和道格在警长和真正的女佣赶到之前搜了房子却一无所获的原因。"

　　警察拘留了彼得·哈斯和假凯瑟琳，同时通知了瑞士银行和巴黎警方。但六个月前，巴黎已经落入德国人之手，那里没人对此案有丝毫的兴趣。哈斯坚持认为真凯瑟琳是意外死亡的，我们没有办法证明他在撒谎，于是他们被释放，并很快离开了本镇。不过，后来我们听说那家瑞士银行雇了侦探，追踪到他们，收回了信托基金支付的款项。

　　我留下了小猫华生，因为它会让我想起安娜贝尔。